探偵《たんてい》チームKZ《カッズ》事件《じけん》ノート

ブラック教室《きょうしつ》は知《し》っている

藤本《ふじもと》ひとみ／原作《げんさく》
住滝《すみたき》良《りょう》／文《ぶん》　駒形《こまがた》／絵《え》

講談社 青い鳥文庫

もくじ

おもな登場人物《とうじょうじんぶつ》

立花《たちばな》 彩《あや》

この物語《ものがたり》の主人公《しゅじんこう》。中学《ちゅうがく》1年生《ねんせい》。高校《こうこう》3年生《ねんせい》の兄《あに》と小学《しょうがく》2年生《ねんせい》の妹《いもうと》がいる。「国語《こくご》のエキスパート」。

黒木《くろき》 貴和《たかかず》

背《せ》が高《たか》くて、大人《おとな》っぽい。女《おんな》の子《こ》に優《やさ》しい王子様《おうじさま》だが、ミステリアスな一面《いちめん》も。「対人関係《たいじんかんけい》のエキスパート」。

上杉《うえすぎ》 和典《かずのり》

知的《ちてき》でクール、ときには厳《きび》しい理論派《りろんは》。数学《すうがく》が得意《とくい》で「数《かず》の上杉《うえすぎ》」とよばれている。

小塚《こづか》 和彦《かずひこ》
おっとりした感《かん》じで優《やさ》しい。社会《しゃかい》と理科《りか》が得意《とくい》で「シャリ（社理《しゃり》）の小塚《こづか》」とよばれている。
若武《わかたけ》 和臣《かずおみ》
サッカーチームKZ《カッズ》のエースストライカーであり、探偵《たんてい》チームKZ《カッズ》のリーダー。目立《めだ》つのが大好《だいす》き。
七鬼《ななき》 忍《しのぶ》
彩《あや》の中学《ちゅうがく》の同級生《どうきゅうせい》。妖怪《ようかい》の血《ち》をひく一族《いちぞく》の末裔《まつえい》。IT《アイティー》の天才《てんさい》で、人工知能《じんこうちのう》の開発《かいはつ》を手《て》がける。
美門《みかど》 翼《たすく》
彩《あや》のクラスにやってきた美貌《びぼう》の転校生《てんこうせい》。鋭《するど》い嗅覚《きゅうかく》の持《も》ち主《ぬし》で、KZ《カッズ》のメンバーに加《くわ》わった。

1　突然《とつぜん》の担任《たんにん》替《が》え

私《わたし》は立花彩《たちばなあや》、中《ちゅう》1です。

今朝《けさ》、ホームルームが始《はじ》まる前《まえ》、教室《きょうしつ》で皆《みんな》がそれぞれに話《はな》したり、じゃれたりしていた時《とき》、こんな声《こえ》が上《あ》がったんだ。

「昨日《きのう》ねえ、KZ《カッズ》の試合《しあい》、見《み》にいった。もうシビれたっ！」

このひと言《こと》で、教室《きょうしつ》にいた皆《みんな》が、いっせいにその子《こ》の方《ほう》を向《む》いた、男子《だんし》も女子《じょし》もね。

「初《はじ》めは負《ま》けてたんだよ。2対《たい》0で。時間《じかん》はドンドン少《すく》なくなってくるし、ああもうダメだ、このまま負《ま》けるんだろうって思《おも》ってたんだ。その時《とき》、」

皆《みな》が、コクンと息《いき》を呑《の》む。

「KZ《カッズ》の中《なか》にいた若武《わかたけ》が、片手《かたて》を突《つ》き上《あ》げて叫《さけ》んだんだ。KZ《カッズ》は必《かなら》ず勝《か》つ！　決《き》めるのは俺《おれ》だ!!　って。」

おおカッコいい！

「それから1分《ぷん》と経《た》たないうちに若武《わかたけ》は、中央《ちゅうおう》ペナルティエリア手前《てまえ》からシュートしたんだよ。

それだけじゃない。２分後《ふんご》、今度《こんど》はミドルシュートを打《う》って、ゴール左端《ひだりはし》のネットに突《つ》き刺《さ》したんだ。これで同点《どうてん》！　すっかり盛《も》り上《あ》がったKZ《カッズ》は、その後《ご》2点追加《てんついか》して、ついに勝《か》った！」

教室中《きょうしつじゅう》に、大《おお》きな感動《かんどう》が広《ひろ》がった。

男子《だんし》たちは、顔《かお》を見合《みあ》わせる。

「カッコいいよな、若武《わかたけ》。」

「大口《ビッグマウス》だけど、いつも決《き》めるもんな。」

女子《じょし》も、いっそう勢《いきお》いづいていた。

「ん～、若武《わかたけ》たまんない、超《ちょう》いいっ！」

「顔《かお》もイケてるしさ、抜群《ばつぐん》の運動神経《うんどうしんけい》だもんね。」

「若武《わかたけ》だけじゃないよ。KZ全体《カッズぜんたい》が、もうカッコいい!!」

KZ《カッズ》は、進学塾《しんがくじゅく》の秀明《しゅうめい》ゼミナールが作《つく》っているサッカーチーム。

秀明《しゅうめい》ゼミナール自体《じたい》が、かなり難《むずか》しい塾《じゅく》で、入塾《にゅうじゅく》テストで落《お》ちる人《ひと》もいるくらいなんだけれど、その秀明《しゅうめい》の中《なか》でも偏差値《へんさち》が70以上《いじょう》でないとKZ《カッズ》には入《はい》れない。

つまりKZ《カッズ》メンバーは、勉強《べんきょう》もスポーツもできるエリート集団《しゅうだん》なんだ。

「俺《おれ》、KZ《カッズ》の誰《だれ》かと知《し》り合《あ》いになるチャンス狙《ねら》ってんだ。自慢《じまん》できるしさ。」

「私《わたし》、付《つ》き合《あ》いたい。KƵ《カッズ》なら誰《だれ》でもいいから。」

皆《みな》が妄想《もうそう》を広《ひろ》げているのを見《み》て、私《わたし》は、ちょっと溜《た》め息《いき》をついた。

実《じつ》は、私《わたし》・・・KƵ《カッズ》の若武《わかたけ》たちと親《した》しい。

若武《わかたけ》をリーダーとする探偵《たんてい》チームを作《つく》って、ずっと活動《かつどう》してきているんだ。

名前《なまえ》は、探偵《たんてい》チームKƵ《カッズ》。

メンバーが今《いま》のところ7人《にん》だから、派手《はで》なことの好《す》きな若武《わかたけ》は、最近《さいきん》、KƵ7《カッズセブン》なんて呼《よ》び始《はじ》めている。

セブンって、語感《ごかん》がいいし、華《はな》やかな感《かん》じがするもんね。

最初《さいしょ》は偶然《ぐうぜん》から始《はじ》まった探偵《たんてい》チームだったんだけど、今《いま》ではすっかり軌道《きどう》に乗《の》って、ほとんど定期的《ていきてき》に集合《しゅうごう》している。

メンバーも増《ふ》えてるんだ。

皆《みんな》、エリートだよ、勉強《べんきょう》も運動《うんどう》もできて、それぞれ他人《たにん》にはマネのできない特技《とくぎ》を持《も》っている。

で、いつも秀明《しゅうめい》のカフェテリアに集結《しゅうけつ》して、会議《かいぎ》をしたり、謎《なぞ》を見《み》つけて解《と》いたり、協力《きょうりょく》して事件《じけん》を解決《かいけつ》したりしているんだ。

でも彼《かれ》らと一緒《いっしょ》にいるのは、楽《たの》しいことばかりじゃない。

大変《たいへん》なことが、いろいろとあるんだよ。

皆《みんな》、エリートだからすごくプライド高《たか》くて譲《ゆず》らないし、個性《こせい》も強《つよ》くて、始終《しじゅう》ケンカになるしね。

それに一番《いちばん》の問題《もんだい》は、皆《みな》がエリートなのに、私《わたし》だけがそうじゃないってこと。

私《わたし》、国語《こくご》は割《わり》とできるんだけど、それ以外《いがい》は結構《けっこう》ダメだから。

皆《みんな》についていくのは、すごく疲《つか》れるし、コンプレックスを感《かん》じる時《とき》も多《おお》い。

でもね、こう考《かんが》えてるんだ、《努力《どりょく》に勝《まさ》るものはない、努力《どりょく》すれば何《なん》でもできる》って！

メンバーの皆《みな》が好《す》きだし、これからもずっと友《とも》だちでいたいから、頑張《がんば》ってついていくつもりでいる。

「おはよう。」

担任《たんにん》の美坂薫先生《みさかかおるせんせい》が教室《きょうしつ》に入《はい》ってきて、私《わたし》たちはあわてて席《せき》に着《つ》いた。

先生《せんせい》は、持《も》ってきた箱《はこ》を教卓《きょうたく》に置《お》き、室内《しつない》を見回《みまわ》す。

「今日《きょう》は、最初《さいしょ》にお知《し》らせがあります。昨日《きのう》の職員会議《しょくいんかいぎ》でクラス担任《たんにん》の変更《へんこう》が発表《はっぴょう》され、私《わたし》は、明日《あした》からB組《ビーぐみ》を受《う》け持《も》つことになりました。」

皆《みな》が、いっせいに叫《さけ》んだ。

「えーっ⁉」

「薫先生《かおるせんせい》、替《か》わっちゃうのっ⁉」

「そんなの、やだ‼」

驚《おどろ》きと不満《ふまん》が、教室内《きょうしつない》に立《た》ちこめる。

私《わたし》も、すごくショックだった。

だって薫先生《かおるせんせい》はセンスよくて、すごく素敵《すてき》で、私《わたし》たちの気持《きも》ちをわかってくれる担任《たんにん》なんだもの。

「このクラスの新《あたら》しい担任《たんにん》は、大石愛子先生《おおいしあいこせんせい》です。」

皆《みな》が、ザワザワッとした。

「え、大石先生《おおいしせんせい》って、副校長《ふくこうちょう》だよね。」

「ん、次《つぎ》の校長《こうちょう》って言《い》われてる人《ひと》だよ。」

「それが担任《たんにん》って・・・ランク落《お》ちじゃね？」

「何《なに》かやらかして、校長《こうちょう》の怒《いか》りを買《か》ったとか？」

私《わたし》は、大石先生《おおいしせんせい》を思《おも》い浮《う》かべた。

年頃《としごろ》は40代《だい》の初《はじ》めくらいで、いつも地味《じみ》な服《ふく》を着《き》ていて、おとなしそうな感《かん》じの先生《せんせい》だった。

「静《しず》かに！　大石先生《おおいしせんせい》は、有名大学《ゆうめいだいがく》を出《で》られた優秀《ゆうしゅう》な方《かた》です。長《なが》いキャリアを持《も》つベテランでもあります。きっと皆《みな》さんを大切《たいせつ》にしてくれると思《おも》いますので、皆《みな》さんも大石先生《おおいしせんせい》と一緒《いっしょ》に楽《たの》しいクラスを作《つく》っていってください。では今日《きょう》は、新《あたら》しい友《とも》だちを紹介《しょうかい》します。」

そう言《い》って薫先生《かおるせんせい》は、さっき教卓《きょうたく》に置《お》いた箱《はこ》を開《あ》けた。

「名前《なまえ》は、皆《みな》さんで付《つ》けてください。」

箱《はこ》の中《なか》から出《で》てきたのは、なんと、ロボット！

丸《まる》い大《おお》きな頭《あたま》をしていて、二頭身《とうしん》。

顔《かお》には目《め》と口《くち》があって、その目《め》は、ちょっと眠《ねむ》そうに半分閉《はんぶんと》じている。

とぼけた感《かん》じで、すごくかわいかった。

「超《ちょう》かわいいっ！」

女子《じょし》から声《こえ》が上《あ》がり、沈《しず》んでいた教室《きょうしつ》が、一気《いっき》に明《あか》るくなる。

「人工知能《AI》を搭載《とうさい》したロボットです。私《わたし》たちの言葉《ことば》に反応《はんのう》して、返事《へんじ》をしたり、冗談《じょうだん》を言《い》ったりします。」

そう言《い》いながら薫先生《かおるせんせい》は、ロボットの頭《あたま》を撫《な》でた。

するとロボットが、眠《ねむ》そうなその目《め》を上《うえ》に向《む》けて、何《なに》か言《い》ったんだ。

それは英語《えいご》で、私《わたし》には全然《ぜんぜん》、聞《き》き取《と》れなかった。

「英語《えいご》しかしゃべりません。」

すごいっ！

「英会話《えいかいわ》の練習用《れんしゅうよう》に開発《かいはつ》されたロボットなの。」

そっか。

「このクラスのマスコットとして大切《たいせつ》にしながら、英語《えいご》の上達《じょうたつ》に役立《やくだ》ててください。はい、自己《じこ》紹介《しょうかい》してね。」

薫先生《かおるせんせい》が英語《えいご》でそう言《い》うと、ロボットはスラスラとしゃべり始《はじ》めた。

ロボットなのに、うっとりするようなネイティブ・スピーカー。

私《わたし》は、所々《ところどころ》、単語《たんご》がわかるくらいだった。

でも、これからあの子《こ》と会話《かいわ》できるように頑張《がんば》ろう！

そう思《おも》ったのは私《わたし》だけではなかったらしく、皆《みな》が生《い》き生《い》きとした笑顔《えがお》で、その子《こ》を見《み》つめていた。

「では今日《きょう》の当番《とうばん》、前《まえ》に出《で》てきて。」

それでホームルームが始《はじ》まった。

きっと薫先生《かおるせんせい》は、私《わたし》たちを元気《げんき》づけようとして、あのロボットを持《も》ってきたんだ。

だって今日《きょう》で薫先生《かおるせんせい》とお別《わか》れだと思《おも》うと、すごく悲《かな》しい。

薫先生《かおるせんせい》が好《す》きだし、それに急《きゅう》すぎるもの・・・。

そう思《おも》いながら薫先生《かおるせんせい》を見《み》ると、普通《ふつう》の表情《ひょうじょう》だった。

悲《かな》しそうでも、名残惜《なごりお》しそうでも、全然《ぜんぜん》ない。

薫先生《かおるせんせい》は、このクラスや私《わたし》たちと別《わか》れても、平気《へいき》なのかな。

私《わたし》たちは薫先生《かおるせんせい》をすごく大事《だいじ》に思《おも》っているのに、薫先生《かおるせんせい》の方《ほう》は、そうじゃないんだろうか。

いろいろと考《かんが》えていると、さっきまでの意気《いき》ごみは萎《しぼ》んでいき、いっそう悲《かな》しくなってしまった。

2 ブラック教室《きょうしつ》の謎《なぞ》

そのホームルーム中《ちゅう》に、誰《だれ》かが、ロボットの名前《なまえ》を付《つ》けようと提案《ていあん》したんだ。
「薫先生《かおるせんせい》が持《も》ってきたんだから、カオリンでどう!?」
皆《みな》がいっせいに賛成《さんせい》して、ロボットはカオリンになった。
大《おお》きな頭《あたま》をしていて、眠《ねむ》たそうな目《め》のカオリンは、確《たし》かにすごくかわいい。
でも私《わたし》は、悲《かな》しい気持《きも》ちを切《き》り替《か》えることができず、そのままお昼時間《ひるじかん》を迎《むか》えたんだ。
皆《みな》がそれぞれに、お昼《ひる》を食《た》べる場所《ばしょ》に移動《いどう》し始《はじ》める。
部室《ぶしつ》とか、芝生《しばふ》とか、談話室《だんわしつ》とか。
私《わたし》も、お弁当《べんとう》を持《も》って教室《きょうしつ》を出《で》た。
文芸部室《ぶんげいぶしつ》には、たぶん部長《ぶちょう》や副部長《ふくぶちょう》が来《き》ている。
食《た》べながら相談《そうだん》してみようと思《おも》ったんだ。
「アーヤ!」
呼《よ》ばれて振《ふ》り向《む》くと、教室《きょうしつ》の出入《でい》り口《ぐち》から、翼《たすく》が出《で》てくるところだった。

手《て》にタータンチェックのお弁当袋《べんとうぶくろ》を持《も》っている。

翼《たすく》は、完璧美少年《かんぺきびしょうねん》と言《い》われていて、学校《がっこう》のアイドル。

すごく整《ととの》った顔立《かおだ》ちで、ちょっと女《おんな》の子《こ》に見《み》える。

肌《はだ》も白《しろ》くて、透明《とうめい》できれい。

髪《かみ》はサラサラのストレートで、乙女《おとめ》カット。

それなのに性格《せいかく》は超攻撃的《ちょうこうげきてき》で、バスケットのボールを持《も》ったら、相手《あいて》チームのディフェンスがどれほど激《はげ》しくても蹴散《けち》らして突《つ》っこんでいって華麗《かれい》なゴールを決《き》めるんだ。

1年生《ねんせい》で、ただ1人《ひとり》のレギュラー。

で、探偵《たんてい》チームKZ《カッズ》のメンバーだよ。

「さっき若武《わかたけ》からLINE《ライン》きてさ、今日《きょう》、休《やす》み時間《じかん》にカフェテリアに集合《しゅうごう》だって。」

若武《わかたけ》の呼《よ》び出《だ》しは、探偵《たんてい》チーム始動《しどう》の合図《あいず》。

きっと事件《じけん》が起《お》こったのに違《ちが》いない。

いつもなら、すっごくワクワクするんだけれど、私《わたし》は薫先生《かおるせんせい》のことでダメージを受《う》けていたから、どうにも心《こころ》が弾《はず》まなかった。

「どしたの、暗《くら》いよ。」

翼《たすく》は、凛《りん》とした光《ひかり》をたたえた瞳《ひとみ》で、まっすぐに私《わたし》を見《み》る。

「言《い》えよ、どした？」

あまりの美《うつく》しさに、私《わたし》は思《おも》わず見惚《みと》れながらつぶやいた。

「薫先生《かおるせんせい》の異動《いどう》がショックなんだ。でも先生《せんせい》は平気《へいき》みたいだったから、ダブルでショック。」

翼《たすく》は、片目《かため》だけをわずかに細《ほそ》める。

そんなふうにすると、ちょっとニヒルな感《かん》じが漂《ただよ》って、ドキッとするほどカッコよかった。

「平気《へいき》じゃないと思《おも》うよ。」

え？

「大人《おとな》だから、気持《きも》ちを顔《かお》に出《だ》さないだけだ。」

そうなの？

自分《じぶん》の気持《きも》ちを外《そと》に出《だ》さないのが、大人《おとな》ってこと？

だったら大人《おとな》って、不自由《ふじゆう》だね。

「私《わたし》、大人《おとな》になりたくないな。」

そう言《い》うと、翼《たすく》は、長《なが》い睫《まつげ》を伏《ふ》せた。

「それは、間違《まちが》ってるでしょ。」

どうして？

「自分《じぶん》の気持《きも》ちをそのまま外《そと》に出《だ》してたら、それで傷《きず》つく人《ひと》が出《で》てくるよ。今回《こんかい》の場合《ばあい》だって、薫先生《かおるせんせい》が、私《わたし》はこのクラスが好《す》きなんです、動《うご》きたくないって言《い》い張《は》ったら、俺《おれ》たちも、賛成《さんせい》するだろ。そうなるとこのクラスを受《う》け持《も》つことが決《き》まってる大石愛子先生《おおいしあいこせんせい》の立場《たちば》はどうなるの？」

あ！

「きっとすごく困《こま》ると思《おも》うし、傷《きず》つくでしょ。このクラスは自分《じぶん》を受《う》け入《い》れてくれないんだって思《おも》うだろうからね。今後《こんご》が不安《ふあん》にもなるだろうし。薫先生《かおるせんせい》は、そういう事態《じたい》を避《さ》けようとして気《き》持《も》ちを隠《かく》してるんだ。それは思《おも》いやりだろ。」

そっか・・・。

「それに薫先生《かおるせんせい》は、こう考《かんが》えてるんだと思《おも》う。今《いま》はクラスの全員《ぜんいん》が感情《かんじょう》に流《なが》されているけれど、そのうちには大石先生《おおいしせんせい》がきちんとした先生《せんせい》だとわかってくるし、大石先生《おおいしせんせい》のよさを学《まな》ぶ機会《きかい》もあるはずだ、だから今《いま》はスムーズに大石先生《おおいしせんせい》に生徒《せいと》たちを渡《わた》す必要《ひつよう》がある、そのためには自分《じぶん》が冷《れい》静《せい》でないと、ってね。」

そうなんだ。

じゃ私《わたし》たちも早《はや》く落《お》ち着《つ》いて、薫先生《かおるせんせい》を安心《あんしん》させてあげないといけないね。

「大人《おとな》になるってことは、自分《じぶん》のことと同《おな》じくらい他人《たにん》の立場《たちば》や気持《きも》ちを考《かんが》えて、いろいろな選《せん》択肢《たくし》の中《なか》からベストの選択《せんたく》ができるようになるってことだよ。だから俺《おれ》たちも、ちゃんと大人《おとな》にならないとね。」

私《わたし》はすっかり感心《かんしん》してしまった。

翼《たすく》は、私《わたし》と同《おな》い年《どし》なのによくそんなふうに考《かんが》えられるなぁと思《おも》って。

「わかった？」

頷《うなず》きながら、はっとする。

そういう考《かんが》え方《かた》ができるのは、翼自身《たすくじしん》が周《まわ》りに気《き》を遣《つか》っていて、自分《じぶん》の思《おも》ったことを口《くち》に出《だ》さない時《とき》があるからだ。

胸《むね》の中《なか》にしまいこんでいる気持《きも》ちが、きっとたくさんあるんだ。

それ・・・聞《き》いてみたいな。

私《わたし》たちは、友《とも》だちだもの。

周《まわ》りにいる人《ひと》たちとは、違《ちが》うはず。

私《わたし》、誰《だれ》にも言《い》わないから、思《おも》ったことをそのまま話《はな》してくれないかな。

何《なに》か力《ちから》になれるかもしれないし。

それを翼《たすく》に伝《つた》えようと口《くち》を開《ひら》きかけた時《とき》、タッチの差《さ》で翼《たすく》が先《さき》に言《い》ったんだ。

「それより俺《おれ》、薫先生《かおるせんせい》のこと、心配《しんぱい》してるんだ。」

え？

私《わたし》は気《き》を取《と》られ、自分《じぶん》の言《い》おうとしていたことを呑《の》みこんだ。

「B《ビー》組《ぐみ》って、ちょっと前《まえ》に担任《たんにん》が病気《びょうき》で休職《きゅうしょく》になって、それ以降《いこう》、担任《たんにん》がいなかったんだよ。」

へぇ、そうだったんだ。

「ずっとそのままじゃ保護者《ほごしゃ》からクレームが出《で》るだろ。でも先生《せんせい》の数《かず》は、急《きゅう》には増《ふ》やせない。それでとりあえず薫先生《かおるせんせい》が担任《たんにん》になって、その穴埋《あなう》めに副校長《ふくこうちょう》の大石先生《おおいしせんせい》が入《はい》ることになったみたいなんだ。」

私《わたし》は一瞬《いっしゅん》、納得《なっとく》したけれど、すぐ変《へん》だなと思《おも》った。

だってそういう事情《じじょう》なら、薫先生《かおるせんせい》を動《うご》かさなくても、大石先生《おおいしせんせい》が直接《ちょくせつ》、B《ビー》組《ぐみ》の担任《たんにん》になればよかったんじゃない？

「B《ビー》組《ぐみ》ってさ、ほら、あれでしょ。」

は？

「だからずっとクラスを担任《たんにん》していない副校長《ふくこうちょう》の大石先生《おおいしせんせい》が、急《きゅう》に担任《たんにん》をするのは無理《むり》だってことになって、有能《ゆうのう》な薫先生《かおるせんせい》を動《うご》かしたんだと思《おも》う。」

私《わたし》・・・話《はなし》がてんで読《よ》めない、どーしよ。

アタフタしていると、翼《たすく》がクスッと笑《わら》った。

「もしかしてB組《ビーぐみ》のこと、知《し》らないとか？」

うん、全然《ぜんぜん》。

私《わたし》が深《ふか》く頷《うなず》いたとたん、翼《たすく》は私《わたし》の二《に》ノ腕《うで》を掴《つか》み、人《ひと》の気配《けはい》のない自動販売機《じどうはんばいき》の陰《かげ》まで連《つ》れていった。

声《こえ》を潜《ひそ》めてささやく。

「B組《ビーぐみ》はね、実《じつ》は、ブラック教室《きょうしつ》って呼《よ》ばれてるんだ。」

ブラック教室《きょうしつ》？

「担任《たんにん》になった教師《きょうし》が、次々《つぎつぎ》と倒《たお》れる。」

げっ！

「この4月《がつ》から、もう3人《にん》が入院《にゅういん》、休職《きゅうしょく》した。」

ひぇっ！

「で、その後《ご》、2人《ふたり》が死亡《しぼう》、残《のこ》る1人《ひとり》は行方不明《ゆくえふめい》。」

ひぇぇぇ!!

「そして4人目《にんめ》が薫先生《かおるせんせい》。」

ううう、メチャクチャ危《あぶ》ない気《き》がする。

私《わたし》は青《あお》ざめながら、聞《き》いた。

「先生《せんせい》たちは、なんで次々倒《つぎつぎたお》れるの?」

翼《たすく》は肩《かた》を竦《すく》める。

「原因不明《げんいんふめい》。」

不《ぶ》っ、不気味《ぶきみ》!

「俺《おれ》、放《ほう》っておけないってずっと思《おも》ってたんだ。KZ《カッズ》で事件《じけん》として取《と》り上《あ》げて、原因《げんいん》をはっきりさせた方《ほう》がいいんじゃないかなって。」

あ、それがいい、そうしよう!

「いずれ若武《わかたけ》に言《い》うつもりだったんだけど、さっきのLINE《ライン》の様子《ようす》じゃ、あいつ、でかい事件《じけん》を見《み》つけたらしいんだ。すっごく喜《よろこ》んでて、狂喜乱舞状態《きょうきらんぶじょうたい》だよ。」

うーん、その気持《きも》ちは、よくわかる。

だって、そんなことめったにないんだもの。

探偵《たんてい》チームを作《つく》った時《とき》には、依頼人《いらいにん》が来《き》て、事件《じけん》の解決《かいけつ》を頼《たの》まれることを想定《そうてい》してたんだけどね、そういうケースは、今《いま》までたったの1件《けん》だけ。

で、いつも事件《じけん》がなくて困《こま》ってるんだ。

事件《じけん》を捜《さが》し歩《ある》いたこともあるし、募集《ぼしゅう》しようとしたこともある、それでも見《み》つからなくて探偵《たんてい》チームを解散《かいさん》し、社会奉仕団《しゃかいほうしだん》に変更《へんこう》したこともあるくらいだった。

「俺《おれ》たちがこの事件《じけん》を持《も》ちこんだら、きっと自分《じぶん》の事件《じけん》の方《ほう》が先《さき》だって言《い》うぜ。2つの事件《じけん》を同《どう》時《じ》に調査《ちょうさ》するのは、人数的《にんずうてき》に無理《むり》だからって。」

確《たし》かに、2つの事件《じけん》を一緒《いっしょ》に追《お》うことは難《むずか》しい、それはわかる。

でも後回《あとまわ》しにされて、その間《あいだ》に薫先生《かおるせんせい》に何《なに》か起《お》こったら、取《と》り返《かえ》しがつかないよ。

「こっちの事件《じけん》の方《ほう》が、緊急性《きんきゅうせい》がある！」

私《わたし》は、ズリズリッと翼《たすく》に歩《あゆ》み寄《よ》った。

「薫先生《かおるせんせい》を守《まも》らなくちゃならないもの。若武《わかたけ》たちは学校《がっこう》が違《ちが》うし、薫先生《かおるせんせい》のことは知《し》らないだろうから、私《わたし》たちで若武《わかたけ》を説得《せっとく》しよう。薫先生《かおるせんせい》を4人目《にんめ》にしたくない。一緒《いっしょ》に頑張《がんば》ろうよ！」

翼《たすく》は、ちょっと笑《わら》った。

「熱《あつ》くなってるアーヤって、珍《めずら》しいね。」

そうかな。

「そんなに薫先生《かおるせんせい》のこと、心配《しんぱい》？」

ん！

「なんか・・・妬《や》けるかも。」

は？

「もし俺《おれ》がさ、薫先生《かおるせんせい》と同《おな》じ立場《たちば》になったら、やっぱりそのくらい心配《しんぱい》してくれる？」

きれいな2つの目《め》で、のぞきこむように見《み》つめられて、私《わたし》は息《いき》が止《と》まりそうになってしまった。

近《ちか》っ、近《ちか》い、近《ちか》すぎるっ！

「もちろんだよ。」

あわててそう言《い》いながら横《よこ》を向《む》いた、ハアハア、ドキドキ。

危険《きけん》だ、美少年《びしょうねん》って危険《きけん》すぎるっ！

「よかった！」

ほっとしたように言《い》って、翼《たすく》はニッコリした。

「ありがと！」

まるで天使《てんし》みたいな笑顔《えがお》だった。

ん〜っ、きれい、かわいっ！

「じゃ根回《ねまわ》ししとくよ。」

根回《ねまわ》しって、前《まえ》もっていろいろと手《て》を打《う》つことだよね。

はて、この場合《ばあい》、何《なん》の手《て》を？

「若武《わかたけ》が自分《じぶん》の事件《じけん》を譲《ゆず》るとは思《おも》えない。俺《おれ》たちが薫先生《かおるせんせい》の事件《じけん》を押《お》せば、最終的《さいしゅうてき》には、決《けつ》を採《と》ることになるだろ。」

うん、KZ会議《カッズかいぎ》は、いつも多数決《たすうけつ》だものね。

「その時《とき》、必《かなら》ず過半数《かはんすう》を取《と》れるように、予《あらかじ》め皆《みな》に話《はなし》を回《まわ》して、同意《どうい》を取《と》りつけておくんだ。」

翼《たすく》は、きれいな顔《かお》をしているけれど、策略家《さくりゃくか》。

企《たくら》むタイプなんだ。

戦国時代《せんごくじだい》に生《う》まれていたら、信長《のぶなが》を倒《たお》して天下《てんか》を統一《とういつ》していたと思《おも》う、絶対《ぜったい》。

「会議《かいぎ》では、アーヤが提案《ていあん》する？　それとも俺《おれ》？　どっちでもいいけど。」

私《わたし》は、ちょっと考《かんが》えてから答《こた》えた。

「私《わたし》でいいよ。翼《たすく》は根回《ねまわ》し、私《わたし》が提案《ていあん》。分業《ぶんぎょう》でいこう。」

翼《たすく》は頷《うなず》き、片手《かたて》に持《も》っていたお弁当袋《べんとうぶくろ》を顔《かお》の脇《わき》まで持《も》ち上《あ》げて、軽《かる》く振《ふ》った。

「オッケ。これから部活《ぶかつ》なんだ。部室《ぶしつ》で食《た》べて、特訓《とっくん》。」

その時《とき》、すぐそばにあったベンチで、女子《じょし》の声《こえ》が上《あ》がった。

「あ、落《お》としちゃった。」

「5秒《びょう》ルール、5秒《びょう》ルール！　5秒《びょう》以内《いない》に拾《ひろ》って食《た》べれば大丈夫《だいじょうぶ》だから。」

私《わたし》はちょっと眉《まゆ》をひそめた。

「あれ、ほんと？」

翼《たすく》は、クスクス笑《わら》う。

「俺《おれ》が前《まえ》にいた学校《がっこう》では、3秒《びょう》ルールだった。でも嘘《うそ》だぜ。それを実験《じっけん》した研究《けんきゅう》が、2004年《ねん》にイグノーベル賞《しょう》を取《と》ったり、アメリカのラトガース大学《だいがく》の研究《けんきゅう》チームが専門誌《せんもんし》に発表《はっぴょう》したりしてるけど、1秒未満《びょうみまん》でも菌《きん》は付《つ》くんだ。」

そうなんだ。

つまり、そういうルールって世界的《せかいてき》に存在《そんざい》してるんだね、なんか感心《かんしん》する・・・。

「じゃあね。」

立《た》ち去《さ》ろうとした翼《たすく》を見《み》て、私《わたし》は、さっき言《い》おうとしていたことを思《おも》い出《だ》した。

あわてて呼《よ》び止《と》める。

「あの、翼《たすく》も、いろんな気持《きも》ちを胸《むね》にしまいこんでいるの？」

こちらを振《ふ》り向《む》きかけた翼《たすく》の顔《かお》の、きれいな頬《ほお》のラインがビクッと震《ふる》えた。

私《わたし》はびっくりし、口《くち》ごもる。

「まぁね。」

私《わたし》の方《ほう》に向《む》き直《なお》った翼《たすく》の2つの目《め》には、深《ふか》い影《かげ》が広《ひろ》がっていた。

とても暗《くら》い森《もり》の中《なか》を、1人《ひとり》で歩《ある》いている時《とき》のように孤独《こどく》な目《め》だった。

何《なに》か、すごく大変《たいへん》なことがあるんだ。

私《わたし》はそう確信《かくしん》し、力《ちから》になりたいと思《おも》った。

「それ、話《はな》してくれない？」

思《おも》い切《き》ってそう言《い》うと、翼《たすく》は、ふっと笑《わら》った。

今《いま》まで私《わたし》が見《み》たこともないような、虚無的《きょむてき》な感《かん》じのする微笑《びしょう》だった。

「死《し》んでも、言《い》えない。」

う・・・。

私《わたし》は凍《こお》り付《つ》き、翼《たすく》も無言《むごん》で、向《む》き合《あ》ったまま時間《じかん》が流《なが》れた。

ああ気《き》まずい、どうしよう・・・。

そう思《おも》っていた時《とき》、翼《たすく》が廊下《ろうか》の方《ほう》に視線《しせん》を流《なが》したんだ。

「あ、七鬼《ななき》だ。」

見《み》れば、すごく考《かんが》えこんだ様子《ようす》の七鬼忍《ななきしのぶ》が、肩《かた》を覆《おお》う髪《かみ》を靡《なび》かせながらこちらに歩《ある》いてきていた。

「おーい、七鬼《ななき》。」

重《おも》い空気《くうき》が一変《いっぺん》して、私《わたし》は、ほっとした。

きっと翼《たすく》も、同《おな》じ気持《きも》ちだったんだと思《おも》う。

「どこ行《い》くの?」

忍《しのぶ》は、IT《アイティー》の天才《てんさい》。

最難関《さいなんかん》と言《い》われる国家試験《こっかしけん》、情報《じょうほう》セキュリティスペシャリスト試験《しけん》を、なんと小学生《しょうがくせい》の時《とき》に突破《とっぱ》したんだ。

合格者《ごうかくしゃ》の平均年齢《へいきんねんれい》33歳《さい》、合格率《ごうかくりつ》14%《パーセント》の試験《しけん》を、たった10歳《さい》で、だよ、すごい!

今《いま》では、ディープラーニングプログラミングができる。

これは世界中《せかいじゅう》を捜《さが》しても、できる人間《にんげん》は50人《にん》もいないといわれている超《ちょう》、難《むずか》しい技術《ぎじゅつ》。

それを、普通《ふつう》の顔《かお》でさっさとやってしまうんだ、ほんと天才《てんさい》！

でも、前《まえ》は引《ひ》きこもりだったんだよ。

今《いま》はKZ《カッズ》のメンバーになって普通《ふつう》に登校《とうこう》してるけど、引《ひ》きこもりの時期《じき》が災《わざわ》いしてて、空気読《くうきよ》めない感《かん》がある。

だけど誰《だれ》も怒《おこ》らないんだ、イラつきもしない。

なぜって忍《しのぶ》は、すごく無邪気《むじゃき》で、純粋《じゅんすい》だから。

接触《せっしょく》していると、心《こころ》が洗《あら》われるような気分《きぶん》になってきて、まぁいいやって思《おも》えてしまうんだ。

時々《ときどき》は、モロ男子《だんし》で、すごくヤンチャなんだけどね。

「七鬼《ななき》、どこ行《い》くんだよ。」

翼《たすく》が声《こえ》をかけ続《つづ》けているのに、忍《しのぶ》はまったく無視《むし》。

長身《ちょうしん》のその背中《せなか》をまっすぐ伸《の》ばしたまま、すうっと私《わたし》たちの前《まえ》を通《とお》り過《す》ぎようとした。

それで、私《わたし》が腕《うで》を摑《つか》まえたんだ。

「忍《しのぶ》、どっしたの？」

忍《しのぶ》は、ようやく目《め》が覚《さ》めたような顔《かお》になった。

神秘的《しんぴてき》な感《かん》じのするその菫色《すみれいろ》の瞳《ひとみ》を、私《わたし》たちに向《む》ける。

「ここ、妖気《ようき》が漂《ただよ》ってる。」

は？

「学校内《がっこうない》にある何《なに》か、もしくは誰《だれ》かが妖気《ようき》を発《はっ》してるんだ。」

私《わたし》は、翼《たすく》と顔《かお》を見合《みあ》わせた。

忍《しのぶ》はＩＴ《アイティー》の天才《てんさい》であると同時《どうじ》に、平安時代《へいあんじだい》から続《つづ》く七鬼一族《ななきいちぞく》の末裔《まつえい》。

本人《ほんにん》の話《はなし》によれば、七鬼一族《ななきいちぞく》には妖怪《ようかい》の血《ち》が混《ま》じっているらしい。

そのせいだと思《おも》うけど、霊感《れいかん》を持《も》っているし、魔物《まもの》とか鬼《おに》とか魑魅魍魎《ちみもうりょう》にも詳《くわ》しいんだ。

髪《かみ》を背中《せなか》まで伸《の》ばしているのは、霊力《れいりょく》を高《たか》めるためらしい。

「その妖気《ようき》、どのあたりにあんの？」

翼《たすく》が聞《き》くと、忍《しのぶ》は親指《おやゆび》で廊下《ろうか》の向《む》こうを指《さ》した。

「今日《きょう》は、あの辺《へん》。」

それは職員室《しょくいんしつ》や校長室《こうちょうしつ》、来賓室《らいひんしつ》が並《なら》んでいるこの学校《がっこう》のセレブ区域《くいき》だった。

「日《ひ》や時間《じかん》によって違《ちが》うんだ。初《はじ》めてキャッチした時《とき》から、ずっと出所《でどころ》を確《たし》かめようと思《おも》って探《さぐ》ってるんだけど、なかなか難《むずか》しい。急《きゅう》に消《き》えたりもするし。」

その時《とき》、私《わたし》は突然《とつぜん》、いいことを思《おも》いついた。

「ねぇねぇ、それも事件《じけん》としてKZ《カッズ》で取《と》り組《く》んだら、どう？」

そしたらすごいよ、３つもの事件《じけん》が一度《いちど》に起《お》こるなんて、今《いま》までなかったことだもの。

KZ《カッズ》史上《しじょう》、初《はつ》！

きっと若武《わかたけ》が喜《よろこ》ぶよ。

「無理《むり》でしょ。」

なんで？

「上杉《うえすぎ》が、たぶん、」

そう言《い》いながら翼《たすく》は、忍《しのぶ》を見《み》た。

それを受《う》けて忍《しのぶ》は、そっぽを向《む》き、舌《した》を突《つ》き出《だ》す。

「ケッ！」

その様子《ようす》が上杉君《うえすぎくん》にそっくりだったので、私《わたし》は笑《わら》ってしまった。

上杉君《うえすぎくん》は、「数《かず》の上杉《うえすぎ》」と呼《よ》ばれている数学《すうがく》の天才《てんさい》。

いつも冷静《れいせい》で、理知的《りちてき》、そしてクール。

数学《すうがく》だけじゃなくて、心理学《しんりがく》や病理《びょうり》にも詳《くわ》しいんだ。

KZ《カッズ》の頭脳的存在《ずのうてきそんざい》だよ。

霊的《れいてき》なものは信《しん》じないし、それどころか露骨《ろこつ》にバカにするけれど、忍《しのぶ》とは仲《なか》がいい。

お互《たが》いを尊敬《そんけい》し合《あ》っているみたい。

「それにKZ《カッズ》メンバーの中《なか》で、俺《おれ》の他《ほか》に妖気《ようき》をキャッチできる奴《やつ》って、いる？」

はっきり言《い》って、いない。

「だったら調査《ちょうさ》できないじゃん。いいよ、俺1人《おれひとり》でやる。じゃ、も1回《かい》、見回《みまわ》りしてくるから。」

立《た》ち去《さ》る忍《しのぶ》を見送《みおく》って、私《わたし》は思《おも》った。

特殊《とくしゅ》な能力《のうりょく》を持《も》ってるって、羨《うらや》ましいけど、現実生活《げんじつせいかつ》の中《なか》では、意外《いがい》に孤独《こどく》なのかもなぁって。

孤独《こどく》っていえば、翼《たすく》のあんな顔《かお》は、初《はじ》めて見《み》た。

何《なん》とかしてあげたいけど・・・でも話《はな》してくれないんだから、どうしようもないなぁ。

やたらに踏《ふ》みこめないような雰囲気《ふんいき》だったし、う～ん・・・。

3　きもい部屋《へや》

授業《じゅぎょう》が終《お》わると、私《わたし》は秀明《しゅうめい》に行《い》くために急《いそ》いで帰《かえ》ろうとして昇降口《しょうこうぐち》に向《む》かった。

その廊下《ろうか》は、忍《しのぶ》が妖気《ようき》が漂《ただよ》っていると言《い》っていた廊下《ろうか》と交差《こうさ》している。

その前《まえ》まで来《き》て、私《わたし》は気味悪《きみわる》く思《おも》いながら、恐《おそ》る恐《おそ》るそっちの方《ほう》に目《め》をやった。

恐《こわ》かったんだけど、何《なん》となく見《み》ずにいられなかったんだ。

すると、向《む》こうから薫先生《かおるせんせい》がやってくるところだった。

何《なん》だか忙《いそが》しそうで、セカセカと歩《ある》いてくる。

「薫先生《かおるせんせい》、どこ行《い》くんですか？」

声《こえ》をかけると、先生《せんせい》は立《た》ち止《ど》まり、手《て》に持《も》っていた厚《あつ》いクリアファイルに視線《しせん》を落《お》とした。

「これ全部《ぜんぶ》、急《いそ》いでコピーして、資料《しりょう》を作《つく》らなくちゃならなくなってね。」

困《こま》っている様子《ようす》だったので、思《おも》わず言《い》った。

「私《わたし》でよかったら、お手伝《てつだ》いします。」

薫先生《かおるせんせい》は、パッと明《あか》るい顔《かお》になる。

「じゃ頼《たの》んじゃおうかな。こっちよ。」

私《わたし》は、すごく幸《しあわ》せな気持《きも》ちだった。

薫先生《かおるせんせい》の役《やく》に立《た》てるのが、うれしかったんだ。

「コピー機《き》が置《お》いてあるのは、ここなんだけど、」

薫先生《かおるせんせい》は、階段《かいだん》の下《した》のスペースに作《つく》られている物置《ものおき》の引《ひ》き戸《ど》を開《あ》け、電気《でんき》を点《つ》けた。

中《なか》は、とても狭《せま》い。

天井《てんじょう》は、上《うえ》が階段《かいだん》なので斜《なな》めになっていて、その狭《せま》い空間《くうかん》にコピー機《き》が押《お》しこんであるんだ。

でも全体《ぜんたい》に、きれいな部屋《へや》だった。

「うわぁ相変《あいか》わらず、きもい！」

は？

私《わたし》が目《め》をパチパチしていると、薫先生《かおるせんせい》はそれに気《き》づいて、ちょっと笑《わら》った。

「あ、思《おも》わず出《で》ちゃった。私《わたし》、岐阜県《ぎふけん》の生《う》まれなの。」

はあ・・・。

「岐阜県《ぎふけん》の南部《なんぶ》では、狭《せま》くて窮屈《きゅうくつ》だとか、きついってことを、きもいって言《い》うのよ。」

へえぇっ、知《し》らなかった！

「方言《ほうげん》って、忘《わす》れてるつもりでも時々出《ときどきで》るのよね。」

薫先生《かおるせんせい》は、コピー機《き》の電源《でんげん》を入《い》れ、色《いろ》のトーンやサイズを選《えら》んでから持《も》ってきたクリアファイルを開《ひら》き、中《なか》の用紙《ようし》をトレーにセットした。

その時《とき》、ポケットから出《で》ていたストラップの先《さき》のチャームが見《み》えたんだ。

ペンギンの形《かたち》で、色《いろ》はピンク、すごくかわいい。

「それ、いつ買《か》ったんですか？」

今《いま》まで、そんなの持《も》ってなかったと思《おも》ったから。

「ああ、これはね、」

そう言《い》いながら薫先生《かおるせんせい》は、ポケットからスマートフォンを出《だ》す。

ピンクのペンギンは、そのカバーについていたんだ。

「自分《じぶん》で光《ひか》るタイプで。」

手《て》を伸《の》ばして電気《でんき》を消《け》すと、暗闇《くらやみ》の中《なか》にピンクのペンギンが浮《う》かび上《あ》がる。

キラキラしててすごくきれいで、しかもいい香《かお》りがした。

「大石先生《おおいしせんせい》からもらったの。新《あたら》しいクラス、頑張《がんば》ってねって。」

へえ大石先生《おおいしせんせい》って、気遣《きづか》いの人《ひと》なんだね。

だったら、うちのクラスに来《き》ても、歓迎《かんげい》されるんじゃないかな。

「さ、コピーできた分《ぶん》から渡《わた》すからね。」

電気《でんき》を点《つ》けながら薫先生《かおるせんせい》は、コピー機《き》の隣《となり》にある机《つくえ》を指《さ》す。

「そこに1枚《まい》ずつ広《ひろ》げて、重《かさ》ねていってくれる？」

了解《りょうかい》！

「立花《たちばな》さんの手《て》を借《か》りられて、助《たす》かったなぁ。」

つくづくと言《い》いながら薫先生《かおるせんせい》が差《さ》し出《だ》すコピーを、私《わたし》は机《つくえ》に広《ひろ》げ、次々《つぎつぎ》と渡《わた》される分《ぶん》をその上《うえ》に置《お》いていった。

ふっと考《かんが》える、薫先生《かおるせんせい》は自分《じぶん》が受《う》け持《も》つのがブラック教室《きょうしつ》だと知《し》っているんだろうか。

もし知《し》らないのだったら、どうしよう。

教《おし》えてあげた方《ほう》がいいんだろうか、いや教《おし》えない方《ほう》がいいのだろうか。

作業《さぎょう》を続《つづ》けながら考《かんが》えて、私《わたし》は、とにかく聞《き》くだけ聞《き》いてみようという気《き》になった。

「新《あたら》しいクラスを受《う》け持《も》つって、大変《たいへん》じゃないですか？」

薫先生《かおるせんせい》は、シャッシャッと用紙《ようし》を吐《は》き出《だ》す機械《きかい》の口《くち》に溜《た》まったコピーを取《と》り上《あ》げ、トントンと叩《たた》いて端《はし》をそろえた。

「そりゃ慣《な》れないから、いろいろあるとは思《おも》うよ。でもね、」

コピーをこちらに差《さ》し出《だ》しながら微笑《ほほえ》む。

「私《わたし》の父《ちち》って、警察官《けいさつかん》なの。」

へぇ。

「厳《きび》しい人《ひと》でね。いつも言《い》われてる、貫徹《かんてつ》しろって。貫徹《かんてつ》っていうのは、やり通《とお》すとか、貫《つらぬ》き通《とお》すって意味《いみ》。父《ちち》はね、試験《しけん》の発表《はっぴょう》の時《とき》、受《う》かった自分《じぶん》の隣《となり》で、落《お》ちて泣《な》いている人《ひと》を見《み》たんだって。その時《とき》、思《おも》ったらしいの。なりたくてもなれなかった人《ひと》のことを思《おも》えば、なれた自分《じぶん》にはこの道《みち》を貫《つらぬ》き通《とお》す義務《ぎむ》があるって。以降《いこう》、どんなにつらいことがあっても辞《や》めようとは思《おも》わなかったみたい。私《わたし》も同《おな》じ。教師《きょうし》になって子供《こども》たちに教《おし》えたかったから、この道《みち》を進《すす》んできたんだけれど、同《おな》じ夢《ゆめ》を持《も》っていても、試験《しけん》に落《お》ちて教師《きょうし》になれなかった人《ひと》もいる。そういう人《ひと》たちに対《たい》して私《わたし》は義務《ぎむ》を持《も》っていると思《おも》うの。だから何《なに》があっても貫徹《かんてつ》するつもりでいる。」

薫先生《かおるせんせい》は、ブラック教室《きょうしつ》の噂《うわさ》を知《し》っているのかもしれない。

それでも、やり抜《ぬ》くつもりなんだ。

逃《に》げずに闘《たたか》って、耐《た》えて自分《じぶん》の道《みち》を進《すす》んでいこうとしている。

その情熱《じょうねつ》と使命感《しめいかん》は、すごい！

私《わたし》は感動《かんどう》しながら、コピーをそろえた。
そんな先生《せんせい》を守《まも》りたい、守《まも》ってみせるって、心《こころ》に誓《ちか》った。

4 危《あぶ》ねっ！

コピーの手伝《てつだ》いが終《お》わると、もうかなり遅《おそ》くなっていた。

「どうもありがとう。気《き》を付《つ》けて帰《かえ》ってね。」

私《わたし》は超特急《ちょうとっきゅう》で家《いえ》に帰《かえ》り、秀明《しゅうめい》バッグにお弁当《べんとう》を入《い》れて、自転車《じてんしゃ》に飛《と》び乗《の》った。

秀明《しゅうめい》は、基本的《きほんてき》に自転車通塾禁止《じてんしゃつうじゅくきんし》。

私《わたし》は家《いえ》から歩《ある》いたり、自転車《じてんしゃ》で家《いえ》を出《で》て駅《えき》の駐輪場《ちゅうりんじょう》に入《い》れ、秀明《しゅうめい》まで徒歩《とほ》で行《い》ったりする。

その日《ひ》は、最短時間《さいたんじかん》で行《い》ける方法《ほうほう》、つまり家《いえ》から自転車《じてんしゃ》だった。

ところが駅《えき》まで行《い》く途中《とちゅう》で、うちの学校《がっこう》の野球部《やきゅうぶ》が列《れつ》を作《つく》ってランニングしているのを見《み》かけたんだ。

あ、もしかして悠飛《ゆうひ》も、いるかも。

通《とお》り過《す》ぎていく部員《ぶいん》たちの方《ほう》に思《おも》わず目《め》をやった瞬間《しゅんかん》、ハンドルが、グラッ！

わっ!!

あせって元《もと》に戻《もど》そうとしたら、今度《こんど》は反対方向《はんたいほうこう》に行《い》きすぎてしまって、そのまま車道《しゃどう》に飛《と》び出《だ》しっ！

きゃあぁ、もうダメだっ!!

「危《あぶ》ねっ！」

衝撃《しょうげき》とともに大《おお》きな音《おと》がして、私《わたし》は首《くび》を竦《すく》め、目《め》をつぶった。

ああ神様《かみさま》、私《わたし》の不注意《ふちゅうい》です、ごめんなさい。

でもお願《ねが》い、何《なん》とかして！

「大丈夫《だいじょうぶ》か、立花《たちばな》。」

あ、この声《こえ》は・・・。

「おい、しっかりしろっ！」

固《かた》くつぶっていた目《め》を開《あ》けると、すぐそばに悠飛《ゆうひ》の顔《かお》があった。

自転車《じてんしゃ》は車道《しゃどう》の端《はし》に倒《たお》れていて、秀明《しゅうめい》バッグは放《ほう》り出《だ》され、私《わたし》は・・・悠飛《ゆうひ》の腕《うで》の中《なか》。

「大丈夫《だいじょうぶ》か？」

真剣《しんけん》な光《ひかり》を浮《う》かべた切《き》れ長《なが》の目《め》が、こちらを見下《みお》ろしていた。

「どっか痛《いた》いとか、吐《は》き気《け》がするとか、ないか？」

私《わたし》は首《くび》を横《よこ》に振《ふ》る。

「全然《ぜんぜん》、平気《へいき》みたい。」

悠飛《ゆうひ》は、体中《からだじゅう》から一気《いっき》に力《ちから》を抜《ぬ》き、大《おお》きな息《いき》をもらした。

「おまえねぇ、死《し》にたいんなら、もっと簡単《かんたん》な方法《ほうほう》いくらでもあるだろ。」

そう言《い》いながら、背後《はいご》に立《た》ち止《ど》まっていた部員《ぶいん》たちを振《ふ》り返《かえ》る。

「悪《わり》ぃ。先《さき》、行《い》ってて。すぐ追《お》っかける。」

部員《ぶいん》たちはそのまま走《はし》り去《さ》り、悠飛《ゆうひ》は私《わたし》を道《みち》に降《お》ろすと、車道《しゃどう》に転《ころ》がっている自転車《じてんしゃ》のところまで歩《ある》いていった。

秀明《しゅうめい》バッグを拾《ひろ》い上《あ》げてカゴに放《ほう》りこみ、自転車《じてんしゃ》ごと歩道《ほどう》まで運《はこ》んでくる。

よく見《み》ると、どこも壊《こわ》れていなかった。

おお、不幸中《ふこうちゅう》の幸《さいわ》いだぁ。

私《わたし》は、ほっとしながら悠飛《ゆうひ》に目《め》を向《む》けた。

「ありがとう。」

ユニフォームを着《き》た悠飛《ゆうひ》を見《み》るのは初《はじ》めて。

とてもカッコよくて、ちょっと感動《かんどう》した。

制服《せいふく》も似合《にあ》うけど、ユニフォーム姿《すがた》も素敵《すてき》。

スタイル抜群《ばつぐん》だからなぁ。

顔《かお》もきれいだし、野球部《やきゅうぶ》では４番打者《ばんだしゃ》でスラッガー。

文芸部《ぶんげいぶ》の顧問《こもん》でもあって、人《ひと》の心《こころ》を打《う》つ小説《しょうせつ》を書《か》く。

それで学年《がくねん》1《いち》のモテ男《お》なんだ。

「おい、」

悠飛《ゆうひ》は、音《おと》を立《た》てて自転車《じてんしゃ》を停《と》める。

「これ、ひでぇぞ。」

はい？

「おまえって、ズボラなのか。」

いえ、神経質《しんけいしつ》な方《ほう》ですが。

「この自転車《じてんしゃ》、いつメンテしたんだ？」

えっとメンテって、メンテナンス、つまり点検《てんけん》や手入《てい》れのことだよね。

はっきり言《い》って、一度《いちど》もしてない！

時々《ときどき》パパが、空気《くうき》入《い》れてくれてるみたいだけど。

「まずハンドル、」

そう言《い》いながら悠飛《ゆうひ》は両手《りょうて》でハンドルを握《にぎ》り、揺《ゆ》さぶった。

「ガタついてる。ブレーキ甘《あま》くなってるし、ワイヤも伸《の》びぎみ。」

それから片手《かたて》をサドルに置《お》き、しゃがみこんで、もう一方《いっぽう》の手《て》でペダルを指《さ》す。

「サドルぐらついてるし、ペダル歪《ゆが》んでる。スポークも一部変形《いちぶへんけい》、空気圧《くうきあつ》たりないし、反射板《はんしゃばん》が曲《ま》がってる。」

悠飛《ゆうひ》って結構《けっこう》、細《こま》かいんだね、びっくり！

「月《つき》1で、自分《じぶん》でメンテする、年《ねん》1で自転車屋《じてんしゃや》に見《み》てもらう、これが自転車《じてんしゃ》ライダーの基本《きほん》。自《じ》転車《てんしゃ》は命《いのち》を預《あず》ける乗《の》り物《もの》なんだぞ。いい加減《かげん》に扱《あつか》うんじゃない。」

しゅん・・・。

「ちゃんとやれよ、じゃな。」

片手《かたて》を上《あ》げた悠飛《ゆうひ》の頬《ほお》には切《き》れた傷《きず》があり、血《ち》が滲《にじ》んでいた。

見《み》れば、野球部《やきゅうぶ》のユニフォームにタイヤの跡《あと》が付《つ》いている。

「あの、それ、」

振《ふ》り向《む》いた悠飛《ゆうひ》の頬《ほお》の傷《きず》に、私《わたし》は指《ゆび》を伸《の》ばした。

「痛《いた》い？」

悠飛《ゆうひ》は、ふっと笑《わら》う。

「痛《いた》くねーよ。これがおまえの頬《ほお》についてたら、俺《おれ》、胸《むね》が痛《いた》いけどな。」

私《わたし》は息《いき》を呑《の》んで悠飛《ゆうひ》を見《み》つめた。

悠飛《ゆうひ》も私《わたし》を見《み》つめ、私《わたし》たちはじいっと見《み》つめ合《あ》って、それからお互《たが》いにあわてて目《め》を逸《そ》らせた。

「そんじゃな。」

駆《か》け出《だ》す悠飛《ゆうひ》の後《うし》ろ姿《すがた》を見《み》ながら、私《わたし》は1人《ひとり》でポッと赤《あか》くなる。

なんか・・・恥《は》ずかしかったから。

5 KZ《カッズ》か、KZ7《カッズセブン》か

秀明《しゅうめい》では、その日《ひ》から新《あたら》しいテキストに入《はい》った。

今《いま》までのテキストより、文字《もじ》が小《ちい》さいんだ、そんでギッシリ！

ちゃんと予習《よしゅう》しておいたから何《なん》とかついていけたけれど、授業《じゅぎょう》はドンドン難《むずか》しくなっていた。

進《すす》むペースも速《はや》いし。

私《わたし》、この先《さき》、大丈夫《だいじょうぶ》かなぁ。

不安《ふあん》になりながらも、休《やす》み時間《じかん》のチャイムが鳴《な》ると、私《わたし》は事件《じけん》ノートを持《も》ってカフェテリアに一目散《いちもくさん》っ！

秀明《しゅうめい》では、成績《せいせき》の上位《じょうい》の子《こ》ほど、上《うえ》の階《かい》で授業《じゅぎょう》しているんだ。

KZ《カッズ》のメンバーは、ほとんど最上階《さいじょうかい》の住人《じゅうにん》。

私《わたし》は地上《ちじょう》スレスレにいるから、カフェテリアからは一番遠《いちばんとお》い。

頑張《がんば》って走《はし》り上《あ》がらないと、皆《みな》を待《ま》たせることになって、悪《わる》いもの。

息《いき》を弾《はず》ませながらカフェテリアのドアを開《あ》ける。

「アーヤ、こっち。」

隅《すみ》の方《ほう》のテーブルで、若武《わかたけ》が片手《かたて》を上《あ》げた。

もう全員《ぜんいん》がそろっている。

若武《わかたけ》と翼《たすく》、忍《しのぶ》、上杉君《うえすぎくん》、それに小塚君《こづかくん》と黒木君《くろきくん》、私《わたし》を合《あ》わせると7人《にん》、それがKZ《カッズ》のフルメンバーだった。

私《わたし》は急《いそ》いでそばに寄《よ》り、空《あ》いている椅子《いす》に腰《こし》かけた。

持《も》ってきた事件《じけん》ノートを開《ひら》き、記録《きろく》ができる態勢《たいせい》を取《と》る。

「ではKZ《カッズ》会議《かいぎ》を始《はじ》める。」

若武《わかたけ》が、例《れい》によってカッコをつけ、重々《おもおも》しく宣言《せんげん》した。

「新《あたら》しい事件《じけん》が発生《はっせい》した。これから経過《けいか》を報告《ほうこく》するが、その前《まえ》に、アーヤ、」

へ？

「聞《き》きたいことがある。おまえ、浜田《はまだ》の野球部《やきゅうぶ》のエース、片山悠飛《かたやまゆうひ》と付《つ》き合《あ》ってるのか？」

はぁぁ・・・。

「今日《きょう》の放課後《ほうかご》、駅近《えきちか》くの路上《ろじょう》で、2人《ふたり》がいい感《かん》じで見《み》つめ合《あ》ってるのを目撃《もくげき》した人間《にんげん》がいる。」

げっ、見《み》られてたんだ。

そう思《おも》いつつ、自分《じぶん》が、《いい感《かん》じで見《み》つめ合《あ》っている》ように見《み》えていたことに驚《おどろ》いた。

だって、そんなつもりは全然《ぜんぜん》なかったんだもの。

悠飛《ゆうひ》が言《い》ったことに驚《おどろ》いて、そしてちょっと感動《かんどう》して・・・だってすごく気遣《きづか》ってくれているように思《おも》えたから・・・それで思《おも》わず、じいっと見《み》つめてしまったんだ。

で、悠飛《ゆうひ》もじっとこっちを見《み》ていたから、急《きゅう》に恥《は》ずかしくなって横《よこ》を向《む》いた。

それだけだよ。

私《わたし》は、砂原《すなはら》に告白《こくはく》したし・・・まぁその場《ば》の勢《いきお》いで言《い》ってしまったんだけれど、とにかく言《い》った以上《いじょう》は責任《せきにん》があると思《おも》ってる。

だから、他《ほか》の誰《だれ》かと《いい感《かん》じ》になろうなんて、まったく考《かんが》えてない。

それは、砂原《すなはら》を裏切《うらぎ》ることだもの。

「正直《しょうじき》に答《こた》えろ。どうなんだ!?」

きつく言《い》われて、私《わたし》はアタフタし、シドロモドロになった。

「えっと自転車《じてんしゃ》のハンドルをメンテナンスしてなかったから、切《き》りすぎて突《つ》っこんでしまって、もうダメだと思《おも》ってたら、悠飛《ゆうひ》が、」

そこまで言《い》った時《とき》だった。

「黙《だま》れよ。」

上杉君《うえすぎくん》の静《しず》かな声《こえ》が響《ひび》いた。

「言《い》う必要《ひつよう》ない。ここはKZ会議《カッズかいぎ》の席《せき》だ。その話《はなし》はプライベートだろ。」

細《ほそ》い中指《なかゆび》で、眼鏡《めがね》のセンター部分《ぶぶん》を押《お》し上《あ》げながら若武《わかたけ》をにらむ。

「何《なん》でも知《し》りたがるのは、ガキだけだぜ。おまえ、小学校《しょうがっこう》に戻《もど》れば？」

眼鏡《めがね》の向《む》こうの目《め》に冷《ひ》ややかな光《ひかり》がきらめいて、私《わたし》は一瞬《いっしゅん》、ゾクッ！

上杉君《うえすぎくん》は時々《ときどき》、恐《こわ》いくらい冷《つめ》たく見《み》えるんだ。

「上杉《うえすぎ》を支持《しじ》する。」

そう言《い》ったのは黒木君《くろきくん》だった。

KZ《カッズ》の中《なか》では、一番大人《いちばんおとな》っぽくて、身長《しんちょう》も、忍《しのぶ》と同《おな》じくらい高《たか》い。

特徴的《とくちょうてき》なのは、2つの目《め》。

潤《うる》んでいて、あでやかで、どことなく哀《かな》しそうな感《かん》じがするんだ。

見《み》ていると吸《す》いこまれそう。

中《ちゅう》3や、高校生《こうこうせい》の女子《じょし》に、すごく人気《にんき》があるんだよ。

「若武《わかたけ》、おまえだって、メンバーの前《まえ》で元《もと》カノの話《はなし》なんかしたくないだろ。」

若武《わかたけ》は、グッと詰《つ》まったような顔《かお》になった。

「誰《だれ》にでも、触《ふ》れられたくないことがある。」

黒木君《くろきくん》が、彼女《かのじょ》と言《い》わずに元《もと》カノと言《い》ったのは、若武《わかたけ》が・・・私《わたし》の知《し》る限《かぎ》りでは・・・今《いま》まで2人《ふたり》の女子《じょし》から申《もう》しこまれ、そのどちらにもフラれて、今《いま》は誰《だれ》とも付《つ》き合《あ》ってないからなんだ。

サッカーKZ《カッズ》のヒーローだし、モテるんだけど、なぜかいつも、結局《けっきょく》フラれるんだ、不思議《ふしぎ》。

「お互《たが》いに、その辺《へん》に突《つ》っこむのはやめようぜ。」

若武《わかたけ》は、しかたなさそうに頷《うなず》き、未練《みれん》がましい目《め》で私《わたし》を見《み》た。

「わかったよ。」

その目《め》、わかってないような気《き》がするけど・・・。

「じゃ事件《じけん》について話《はな》す。」

大《おお》きな息《いき》をつき、若武《わかたけ》は皆《みな》を見回《みまわ》した。

「新《あたら》しい事件《じけん》は、この俺《おれ》が発見《はっけん》した。華麗《かれい》なる探偵《たんてい》チームKZ7《カッズセブン》のリーダー、いつもカッコいい若武和臣《わかたけかずおみ》が、だ。」

上杉君《うえすぎくん》が、あきれ返《かえ》ったような顔《かお》になる。

「会議《かいぎ》のたびに、形容《けいよう》が派手《はで》になってく気《き》がするのは、俺《おれ》だけか?」

ううん、私《わたし》も同感《どうかん》。

「若武《わかたけ》の頭《あたま》の中《なか》でKZ《カッズ》は、もう完全《かんぜん》にKZ7《カッズセブン》になってるよね。」

小塚君《こづかくん》がそう言《い》って、ちょっと笑《わら》った。

「僕《ぼく》は構《かま》わないけど。」

小塚君《こづかくん》は、社理《シャリ》の小塚《こづか》って呼《よ》ばれるほど、社会《しゃかい》と理科《りか》の成績《せいせき》がいい。

これまでずっとトップを維持《いじ》しているんだ。

性格《せいかく》は優《やさ》しくて、のんびり屋《や》さん、ほとんど怒《おこ》ったことがない。

KZ《カッズ》の中《なか》では、一番《いちばん》の癒《い》やし系《けい》だよ。

「小塚《こづか》が構《かま》わなくても、俺《おれ》は構《かま》う。」

上杉君《うえすぎくん》が突《つ》き放《はな》すように言《い》った。

「その形容動詞《けいようどうし》と数詞《すうし》、全部取《ぜんぶと》れ。気持《きも》ち悪《わり》ぃ。」

翼《たすく》も同意《どうい》する。

「Simple《シンプル》 is《イズ》 the《ザ》 best《ベスト》でしょ。」

黒木君《くろきくん》と忍《しのぶ》が黙《だま》ったまま賛成《さんせい》の手《て》を上《あ》げ、それで多数決《たすうけつ》が成立《せいりつ》した。

若武《わかたけ》は舌打《したう》ちして4人《にん》をにらみ、癖《くせ》のない髪《かみ》をクシャクシャッとかき上《あ》げる。

「ただのKZ《カッズ》のリーダーの俺《おれ》が、今回《こんかい》の事件名《じけんめい》を発表《はっぴょう》する。」
かなり不貞腐《ふてくさ》れた様子《ようす》だったので、私《わたし》は小塚君《こづかくん》と顔《かお》を見合《みあ》わせ、クスクス笑《わら》った。
「事件名《じけんめい》は、謎《なぞ》の指輪事件《ゆびわじけん》だ！」
わっ、おもしろそう！
とっさに、そう思《おも》った。
だって指輪《ゆびわ》ってロマンティックだし、いろんなものが秘《ひ》められている感《かん》じがする。
若武《わかたけ》が狂喜乱舞《きょうきらんぶ》しただけの価値《かち》は、確《たし》かにあるかも。
でも同時《どうじ》に、すごく心配《しんぱい》になったんだ。
指輪事件《ゆびわじけん》の方《ほう》が、薫先生《かおるせんせい》の事件《じけん》よりインパクトが強《つよ》そうなんだもの。
次《つぎ》の調査対象《ちょうさたいしょう》としては、指輪事件《ゆびわじけん》が採用《さいよう》されるかもしれない。
私《わたし》は不安《ふあん》になり、翼《たすく》の方《ほう》を見《み》た。
根回《ねまわ》し、大丈夫《だいじょうぶ》かなぁ。
翼《たすく》は、すぐそれに気《き》づき、バッチリと音《おと》のしそうな大《おお》きなウィンクを送《おく》ってきた。
それは、安心《あんしん》していいという合図《あいず》だった、ほっ！

6　指輪《ゆびわ》の謎《なぞ》

「指輪《ゆびわ》というのは、これ。」

若武《わかたけ》は、自分《じぶん》の右手《みぎて》を上《あ》げてみせる。

その小指《こゆび》には、細《ほそ》い銀色《ぎんいろ》のリングが嵌《はま》っていた。

きれいな手《て》に、よく似合《にあ》っている。

でも指輪《ゆびわ》をしてるとこなんて今《いま》まで見《み》たことがなかったから、私《わたし》はちょっとびっくり。

へぇ、いつからしてるんだろ。

「アメリカの大学《だいがく》のスクールリングだ。」

若武《わかたけ》はそれを指《ゆび》から抜《ぬ》き、隣《となり》にいた翼《たすく》に渡《わた》した。

「この大学《だいがく》に入学《にゅうがく》すると、学生証《がくせいしょう》と一緒《いっしょ》に貸与《たいよ》される。」

じゃそこの学生《がくせい》は皆《みな》、この指輪《ゆびわ》をしてるんだね。

なんか、すごくカッコいいな。

「渡米《とべい》した時《とき》にオープンカレッジの行事《ぎょうじ》に参加《さんか》して、売店《ばいてん》で買《か》ってきたんだ。」

え、買《か》えるの？

「フェイクだけど。」

指輪《ゆびわ》は、小塚君《こづかくん》から翼《たすく》に渡《わた》り、私《わたし》に回《まわ》ってくる。

細《こま》かな花模様《はなもよう》が彫《ほ》られていて、素敵《すてき》だった。

「すっかり忘《わす》れてたんだけど、ちょっと前《まえ》に引《ひ》き出《だ》しの整理《せいり》をしてたら出《で》てきてさ、改《あらた》めていいなって思《おも》って、このところずっと嵌《は》めてたんだ。ところが、先週《せんしゅう》の土曜日《どようび》、ガソリンスタンドでトイレに寄《よ》って手《て》を洗《あら》ってたら、スルッと抜《ぬ》けてさ。あわてて押《お》さえたんだけど一瞬遅《いっしゅんおそ》くて、そのまま流《なが》れてっちまったんだよ。」

あーあ、お気《き》の毒《どく》。

うちのママもね、台所《だいどころ》で指輪流《ゆびわなが》して、大騒《おおさわ》ぎしたことあるよ。

「ちっきしょうって思《おも》ったんだけど、どうしようもないじゃん。で、諦《あきら》めたんだ。」

その時《とき》ちょうど指輪《ゆびわ》を手《て》にしていた忍《しのぶ》が、それを持《も》ち上《あ》げた。

「で、それが、何《なん》でここにあるわけ？」

若武《わかたけ》は、よくぞ聞《き》いてくれたといったように意気《いき》ごんで立《た》ち上《あ》がり、両手《りょうて》をテーブルに突《つ》いて私《わたし》たちを見回《みまわ》した。

「その明《あ》くる日《ひ》、ボーイスカウトの活動《かつどう》で川《かわ》の掃除《そうじ》をやったんだ。俺《おれ》は、新川《しんかわ》の担当《たんとう》だった。」

上杉君《うえすぎくん》が眉根《まゆね》を寄《よ》せる。

「あそこ、川《かわ》っていうより溝《どぶ》じゃね？」

小塚君《こづかくん》が、うれしそうにニッコリした。

「いろんな生物《せいぶつ》の宝庫《ほうこ》だよ。中州《なかす》や川原《かわら》があるから蝦蟇《がま》もいるし、鼠《ねずみ》も蛇《へび》もいるんだ。」

げっ。

「ちょっと汚《きたな》いのは残念《ざんねん》だけど、でも生態系《せいたいけい》が維持《いじ》されてて素晴《すば》らしい所《ところ》だよ。」

ああ価値観《かちかん》の違《ちが》いが、顕著《けんちょ》！

「小塚《こづか》、」

黒木君《くろきくん》が、諭《さと》すような目《め》で小塚君《こづかくん》を見《み》る。

「蝦蟇《がま》と鼠《ねずみ》と蛇《へび》は、とりあえず置《お》いとけ。議事《ぎじ》が進《すす》まない。」

若武《わかたけ》は自分《じぶん》へのヘルプだと感《かん》じたらしく満足《まんぞく》そうに頷《うなず》き、話《はなし》を再開《さいかい》した。

「俺《おれ》は熱心《ねっしん》にやった。超真面目《ちょうまじめ》な性格《せいかく》なんだ。」

上杉君《うえすぎくん》が鼻《はな》で笑《わら》う。

「目立《めだ》ちたかっただけだろ。こいつ、小学校《しょうがっこう》の卒業《そつぎょう》アンケートで、将来《しょうらい》の夢《ゆめ》って欄《らん》に、有名人《ゆうめいじん》って書《か》きやがったんだぜ。」

ああ、いかにも書《か》きそう・・・。

「うるさい上杉《うえすぎ》。議事《ぎじ》が進《すす》まん、黙《だま》ってろ。」

今度《こんど》は自分自身《じぶんじしん》でヘルプして、話《はなし》を進《すす》める。

「で、熱心《ねっしん》に橋《はし》の下《した》を掃除《そうじ》した。橋脚《きょうきゃく》に付《つ》いたゴミを取《と》ってた時《とき》のことだ。泥《どろ》の中《なか》で光《ひか》る物《もの》があったんだ。拾《ひろ》ってみたら、」

そう言《い》いながら若武《わかたけ》は、自分《じぶん》の手元《てもと》に戻《もど》ってきた指輪《ゆびわ》を眺《なが》め回《まわ》す。

「この指輪《ゆびわ》だった。」

うわぁ、奇跡《きせき》だね！

「俺《おれ》の日頃《ひごろ》の行《おこな》いが素晴《すば》らしいんで、神様《かみさま》がお返《かえ》しくださったんじゃないかな。」

上杉君《うえすぎくん》が、ケッと言《い》った。

「んなわけあるかよ。おそらくそのガソリンスタンドは、汚水《おすい》を川《かわ》にタレ流《なが》してたんだ。そうすりゃ下水道料金《げすいどうりょうきん》を払《はら》わずにすむからな。スタンドで使《つか》った水《みず》が、そのまま川《かわ》に流《なが》れこんでたと考《かんが》えれば、手洗《てあら》い所《じょ》でなくした指輪《ゆびわ》が川《かわ》から出《で》てきても不思議《ふしぎ》はない。」

ああ、そっか。

「謎《なぞ》の指輪《ゆびわ》事件《じけん》の真相《しんそう》は、それで決《き》まりだ。」

私《わたし》たちは、上杉君《うえすぎくん》の結論《けつろん》に納得《なっとく》し、顔《かお》を見合《みあ》わせた。

「意外《いがい》に、小《ちい》さかったね。」

「ん、おもしろそうだと思《おも》って期待《きたい》したのにな。」

私《わたし》も。

「まぁ若武《わかたけ》はいつも、針小棒大《しんしょうぼうだい》だからさ。」

小塚君《こづかくん》が私《わたし》を見《み》る。

「針小棒大《しんしょうぼうだい》って、何《なに》？」

それは、針《はり》のように小《ちい》さなことを、棒《ぼう》のように大《おお》きく言《い》うって意味《いみ》で、つまりはオーバーに言《い》うこと。

「諸君《しょくん》っ！」

立《た》ったままだった若武《わかたけ》が、力《ちから》をこめてそう言《い》った。

「それがそうじゃないんだ。」

え？

「下水《げすい》のタレ流《なが》し、その可能性《かのうせい》はあると俺《おれ》も思《おも》った。だから市《し》の上下水道局《じょうげすいどうきょく》に連絡《れんらく》したんだ。そしたら、こう言《い》われた。そのあたりは、昔《むかし》、下水道《げすいどう》がなく浄化槽《じょうかそう》で処理《しょり》していた地域《ちいき》で、2015年《ねん》になって下水道《げすいどう》が通《とお》ったんだって。その時《とき》からガソリンスタンドも下水道《げすいどう》を使用《しよう》しているから、ちゃんと料金《りょうきん》も払《はら》っているはずだってさ。」

上杉君《うえすぎくん》は、呆気《あっけ》にとられたような表情《ひょうじょう》になり、小塚君《こづかくん》を見《み》る。

「下水道《げすいどう》の仕組《しく》みって、どうなってんの？」

小塚君《こづかくん》が私《わたし》に手《て》を伸《の》ばし、私《わたし》は広《ひろ》げていた事件《じけん》ノートを差《さ》し出《だ》した。

「えっとね、」

小塚君《こづかくん》は胸《むね》ポケットから出《だ》したペンをノックし、事件《じけん》ノートに図《ず》を描《か》いていく。

「お、それ、ジェットストリーム　スタイラスじゃん。」

若武《わかたけ》が物《もの》ほしげな目《め》で、じいっと見《み》つめた。

「いいな、ほしい！」

どう見《み》ても普通《ふつう》のボールペンだったから、私《わたし》が首《くび》を傾《かし》げていると、黒木君《くろきくん》が教《おし》えてくれた。

「ペン先《さき》の反対側《はんたいがわ》が、特殊繊維《とくしゅせんい》を付《つ》けたタッチペンになってるんだ。1本《ぽん》で紙《かみ》にもスマホにも書《か》けるし、操作《そうさ》もできる優《すぐ》れ物《もの》だよ。」

へぇ、スマートフォン持《も》ってる人《ひと》には、便利《べんり》だね。

私《わたし》は・・・持《も》ってないからなぁ。

「下水道《げすいどう》って、こんなふうなんだ。」

そう言《い》いながら小塚君《こづかくん》がノートから顔《かお》を上《あ》げ、ペン先《さき》をしまって、描《か》き終《お》えたばかりの図《ず》を指《さ》した。

「僕《ぼく》たちが家《いえ》や学校《がっこう》で使《つか》った排水《はいすい》は全部《ぜんぶ》、配水管《はいすいかん》を通《とお》って下水管《げすいかん》に入《はい》る。工場《こうじょう》から出《で》る排水《はいすい》や、ガソリンスタンドで使《つか》った水《みず》もね。この下水管《げすいかん》は、下水処理場《げすいしょりじょう》につながっている。下水処理場《げすいしょりじょう》にはたくさんのタンクや装置《そうち》があって、流《なが》れてきた排水《はいすい》からまず大《おお》きなゴミや砂《すな》を除《のぞ》き、次《つぎ》に泥《どろ》を取《と》り、微生物《びせいぶつ》を使《つか》って汚《よご》れを分解《ぶんかい》させ、その微生物《びせいぶつ》を取《と》り除《のぞ》き、残《のこ》った上澄《うわず》みの水《みず》を消毒《しょうどく》する。消毒《しょうどく》には塩素《えんそ》や紫外線《しがいせん》、オゾンなんかが使《つか》われてるんだ。そしてきれいになった水《みず》は、海《うみ》や川《かわ》に放流《ほうりゅう》される。これが下水処理《げすいしょり》のすべて。」

へぇ、そうなってるんだ。

「じゃ若武《わかたけ》のスクールリングは、」

上杉君《うえすぎくん》が腕《うで》を組《く》み、納得《なっとく》できないといったふうに首《くび》を傾《かし》げた。

「ガソリンスタンドから下水管《げすいかん》を通《とお》って、下水処理場《げすいしょりじょう》に行《い》ったわけだろ。で、そのタンクの間《あいだ》を潜《くぐ》り抜《ぬ》けて、結局《けっきょく》、川《かわ》に放出《ほうしゅつ》されたのか。そしてバカ武《たけ》に発見《はっけん》された。」

若武《わかたけ》が、手《て》を伸《の》ばして上杉君《うえすぎくん》の頭《あたま》を小突《こづ》く。

上杉君《うえすぎくん》は、ものすごく不愉快《ふゆかい》そうな顔《かお》をした。

「きっさま、やったな。」

「だからなんだ。文句《もんく》があるなら相手《あいて》になるぞ。」

にらみ合《あ》って立《た》ち上《あ》がる2人《ふたり》を、黒木君《くろきくん》が手《て》を伸《の》ばして押《お》し分《わ》け、それぞれ椅子《いす》に座《すわ》らせた。

「えっと、それは違《ちが》うと思《おも》う。」

小塚君《こづかくん》が首《くび》を横《よこ》に振《ふ》り、若武《わかたけ》の指輪《ゆびわ》に目《め》を向《む》ける。

「それだけの大《おお》きさのものが、処理場《しょりじょう》の数《かず》あるタンクをすり抜《ぬ》けられるはずはない。まず最初《さいしょ》のタンク、大《おお》きなゴミを取《と》るところで除去《じょきょ》されるよ。」

だったら、なんで川《かわ》から発見《はっけん》されたの？

不可解《ふかかい》な気持《きも》ちでいる私《わたし》の隣《となり》で、翼《たすく》がクスッと笑《わら》った。

「若武《わかたけ》のスクールリングって、ゴミと同《おな》じ扱《あつか》いなんだ。」

若武《わかたけ》は、またも起立《きりつ》っ！

「てめー、何《なに》が言《い》いたいんだっ!?」

その肩《かた》を、黒木君《くろきくん》が押《お》さえて再《ふたた》び椅子《いす》に座《すわ》らせる。

「若武先生《わかたけせんせい》、さっさと議事進行《ぎじしんこう》を。」

黒木君《くろきくん》のあでやかな目《め》ににらまれて、若武《わかたけ》はあわてて子供《こども》すぎる自分《じぶん》に別《わか》れを告《つ》げ、KZ《カッズ》のリーダーに戻《もど》ってきた。

「これが、謎《なぞ》の指輪事件《ゆびわじけん》のすべてだ。この謎《なぞ》を、我《わ》がKZ7《カッズセブン》で解《と》こう。」

う～ん、気《き》になるって言《い》えば、気《き》になる。

でもはっきり言《い》って、薫先生《かおるせんせい》の事件《じけん》の方《ほう》が緊急性《きんきゅうせい》があるよ。

「あの、提案《ていあん》したいんですが、」

私《わたし》が手《て》を上《あ》げると、若武《わかたけ》は指輪事件《ゆびわじけん》に関《かん》してのことだと思《おも》ったらしく、ご機嫌《きげん》で発言《はつげん》を許《ゆる》した。

「えっと、指輪事件《ゆびわじけん》よりも緊急《きんきゅう》に解明《かいめい》しなければならない事件《じけん》があるので、報告《ほうこく》します。」

若武《わかたけ》は、たちまち顔《かお》をしかめる。

「何《なん》だよ、それ。今《いま》はこの事件《じけん》について話《はな》してんだろ。」

瞬間《しゅんかん》、翼《たすく》が口《くち》を開《ひら》いた。

「緊急案件《きんきゅうあんけん》についての発言《はつげん》を、認《みと》める者《もの》、挙手《きょしゅ》を。」

とたんに若武《わかたけ》を除《のぞ》いた全員《ぜんいん》の手《て》が、ズラッと上《あ》がり、若武《わかたけ》は絶句《ぜっく》。

少《すこ》ししてから正気《しょうき》に戻《もど》り、くやしそうに私《わたし》たちをにらみ回《まわ》した。

「おまえら、裏《うら》で共謀《きょうぼう》してやがったな。汚《きた》ねーぞ。」

ふっふっふ。

7　転《ころ》んでも、ただでは起《お》きない

「立花《たちばな》、バカ武《たけ》は放《ほ》っといて、さっさと発表《はっぴょう》しろ。」

上杉君《うえすぎくん》に言《い》われて、私《わたし》は、教師《きょうし》が次々《つぎつぎ》に倒《たお》れるブラック教室《きょうしつ》と、自分《じぶん》の担任《たんにん》だった薫先生《かおるせんせい》が明日《あした》からその担任《たんにん》になるという話《はなし》をした。

「ぜひKZ《カッズ》で真相《しんそう》を究明《きゅうめい》して、薫先生《かおるせんせい》を救《すく》いたいんだ。」

すると皆《みな》がいっせいに手《て》を上《あ》げた。

「ブラック教室事件《きょうしつじけん》を優先《ゆうせん》させるべきだ。」

「そ、ゴミと間違《まちが》えられるようなスクールリングは、後回《あとまわ》しで充分《じゅうぶん》。」

「異議《いぎ》なし。」

で、あっという間《ま》に可決《かけつ》。

翼《たすく》の根回《ねまわ》し力《りょく》、すごいっ！

感心《かんしん》しながら、私《わたし》は翼《たすく》の耳《みみ》にささやいた。

「どうやって、皆《みな》の賛成《さんせい》を取《と》りつけたの？」

翼《たすく》は、軽《かる》く肩《かた》を竦《すく》める。

「簡単《かんたん》さ。アーヤがすごく心配《しんぱい》してて、このまま放置《ほうち》しておくと鬱状態《うつじょうたい》に突入《とつにゅう》しかねないって言《い》ったんだ。」

え・・・私《わたし》、そんなんじゃないけど。

「そしたら上杉《うえすぎ》が青《あお》ざめてさ、鬱《うつ》になるとストレスホルモンのコルチゾールが出《で》るようになる、このホルモンには神経毒性《しんけいどくせい》があって、脳神経《のうしんけい》にダメージを与《あた》えるんだ、そのままにしておくと立《たち》花《ばな》がヤバいって言《い》い出《だ》して、皆《みな》が一気《いっき》に同意《どうい》した。」

なんか・・・異論《いろん》を唱《とな》えたい感《かん》じもしないじゃないけど、ま、いいか。

とにかく薫先生《かおるせんせい》を守《まも》らなくちゃならない。

そのためには、ブラック教室《きょうしつ》の真相《しんそう》を明《あき》らかにする必要《ひつよう》があるもの。

「じゃ我《わ》がチームKZ7《カッズセブン》は、ブラック教室事件《きょうしつじけん》に着手《ちゃくしゅ》する。」

若武《わかたけ》がおもしろくなさそうな顔《かお》で言《い》った。

「どこから調《しら》べんだよ。」

上杉君《うえすぎくん》が腕《うで》を組《く》んだまま椅子《いす》の背《せ》もたれに寄《よ》りかかり、天井《てんじょう》を仰《あお》ぐ。

「まず倒《たお》れた3人《にん》の教師《きょうし》のプロフィルだな。名前《なまえ》、年齢《ねんれい》、性格《せいかく》、それに病名《びょうめい》と入院《にゅういん》した病院名《びょういんめい》。

どっかに共通項《きょうつうこう》があるかも知《し》んないからさ。あれば、それが手《て》がかりになる。」

黒木君《くろきくん》が片腕《かたうで》をテーブルに突《つ》き、斜《なな》めに身《み》を乗《の》り出《だ》した。

「B組《ビーぐみ》の担任《たんにん》になったから発病《はつびょう》したのか、それとも元々病気《もともとびょうき》を持《も》っていた3人《にん》が、たまたまB組《ビーぐみ》の担任《たんにん》になったのか、その辺《へん》をはっきりさせれば、関連性《かんれんせい》があるかどうかがわかるよ。」

ふむ。

「3人《にん》が以前《いぜん》から病気《びょうき》を持《も》っていたのなら、事件《じけん》じゃない可能性《かのうせい》もあるね。ブラック教室伝説《きょうしつでんせつ》は、ただの噂《うわさ》ってことになる。薫先生《かおるせんせい》も大丈夫《だいじょうぶ》だし。」

翼《たすく》の言葉《ことば》に、私《わたし》はそうであってほしいと願《ねが》った。

「僕《ぼく》はね、」

小塚君《こづかくん》が口《くち》を開《ひら》く。

「3人《にん》の教師《きょうし》の学校《がっこう》での生活《せいかつ》ぶりを知《し》りたい。どういうタイプの教師《きょうし》だったかってことだけど、そこから見《み》えてくるものがあると思《おも》うんだ。」

最後《さいご》に忍《しのぶ》が、ものすごく遠慮《えんりょ》がちに言《い》った。

「あのさ、皆《みな》は笑《わら》うかもしんないけど、あの学校《がっこう》には妖気《ようき》が漂《ただよ》ってるんだ。」

上杉君《うえすぎくん》が、背《せ》もたれから一気《いっき》に身《み》を起《お》こす。

「おまえ、マジ？」

すごく驚《おどろ》いたらしくて、顔《かお》から眼鏡《めがね》がずり落《お》ちそうになっていた。

いつも冷静沈着《れいせいちんちゃく》な上杉君《うえすぎくん》らしくなかったので、私《わたし》たちは思《おも》わず笑《わら》い声《ごえ》を上《あ》げる。

上杉君《うえすぎくん》は、ムッとしたらしく、隣《となり》にいた黒木君《くろきくん》を小突《こづ》いた。

「俺《おれ》、笑《わら》ってないけどね。」

黒木君《くろきくん》の控《ひか》え目《め》な抗議《こうぎ》を受《う》け、上杉君《うえすぎくん》は顎《あご》で若武《わかたけ》を指《さ》す。

「今《いま》の小突《こづ》きは、一番《いちばん》派手《はで》に笑《わら》ったあいつへのプレゼントだ。届《とど》けてくれ。」

黒木君《くろきくん》は頷《うなず》き、若武《わかたけ》を小突《こづ》く。

「おい、俺《おれ》だけじゃないだろーが。」

そう言《い》って若武《わかたけ》は、隣《となり》の小塚君《こづかくん》を小突《こづ》いた。

「僕《ぼく》だって、それほどは笑《わら》ってないよ。」

小塚君《こづかくん》のその声《こえ》に重《かさ》ねるように、翼《たすく》が素早《すばや》く口《くち》を開《ひら》く。

「小塚《こづか》、俺《おれ》に回《まわ》すな。若武《わかたけ》にバックするんだ。」

小塚君《こづかくん》は若武《わかたけ》を小突《こづ》こうとし、とっさに防御《ぼうぎょ》した若武《わかたけ》とにらみ合《あ》いになった。

ところが空気《くうき》を読《よ》めない忍《しのぶ》は、まったく平気《へいき》で話《はなし》を続《つづ》けていく。

「ブラック教室《きょうしつ》って噂《うわさ》が立《た》ったのは、それに関係《かんけい》してるんじゃないかと俺《おれ》は思《おも》ってるんだ。」

きっぱりと言《い》われると、私《わたし》はなんだか背筋《せすじ》がゾクゾクッ！

妖気《ようき》って、言葉的《ことばてき》には、妖《あや》しい雰囲気《ふんいき》とか、不吉《ふきつ》な気配《けはい》のことだよね。

正体《しょうたい》がはっきりしないだけに、すごく恐《こわ》いよ。

「よし！」

小塚君《こづかくん》とのにらみ合《あ》いに勝《か》った若武《わかたけ》が、やる気《き》になったらしくてその目《め》を輝《かがや》かせる。

「KZ調査《カッズちょうさ》を開始《かいし》しよう。まずブラック教室《きょうしつ》で倒《たお》れた3人《にん》の担任《たんにん》のプロフィルを探《さぐ》る。これは小《こ》塚《づか》と黒木《くろき》ね。で、3人《にん》の病気《びょうき》については、上杉《うえすぎ》だ。親《おや》のコネを使《つか》え。」

上杉君《うえすぎくん》は、お父《とう》さんもお母《かあ》さんも医者《いしゃ》で、それぞれにクリニックを経営《けいえい》しているんだ。

「妖気《ようき》に関《かん》しては、七鬼《ななき》にしかできないから、1人《ひとり》でやってくれ。」

ああここでもやっぱ、孤独《こどく》なんだなぁ。

「翼《たすく》とアーヤは、調査《ちょうさ》から外《はず》す。」

へっ、なんで？

「2人《ふたり》とも同《おな》じ学校《がっこう》の生徒《せいと》だから、嗅《か》ぎまわっていて変《へん》な噂《うわさ》が立《た》つと、今後《こんご》、学校生活《がっこうせいかつ》に支障《ししょう》が出《で》るだろ。他《ほか》の教師《きょうし》に、目《め》を付《つ》けられるかもしれないし。」

へえ、意外《いがい》に気《き》を遣《つか》ってくれてるんだ。

「七鬼《なき》も同《おな》じ学校《がっこう》だけど、何《なん》といっても妖気《ようき》の調査《ちょうさ》だから、どうせ教師《きょうし》にも生徒《せいと》にも、何《なに》をやってるのかわかりゃしない。」

確《たし》かに。

「変人《へんじん》と思《おも》われるだけだから、大丈夫《だいじょうぶ》。」

う～む、それって大丈夫《だいじょうぶ》で片付《かたづ》けていいものか。

「それじゃ今週《こんしゅう》の土曜日《どようび》までに、各自《かくじ》、結果《けっか》を出《だ》してくれ。休《やす》み時間《じかん》にここに集合《しゅうごう》だ。以上《いじょう》、解《かい》散《さん》っ！」

次々《つぎつぎ》と立《た》ち上《あ》がるメンバーを見回《みまわ》してから、若武《わかたけ》は、その視線《しせん》を私《わたし》と翼《たすく》に向《む》けた。

「ところでおまえたち、仕事《しごと》をもらえないのは、メンバーとしてくやしくないか？」

そりゃ、残念《ざんねん》だよ。

これは薫先生《かおるせんせい》に関《かん》しての事件《じけん》だし、私《わたし》だって調査《ちょうさ》したいもの。

「安心《あんしん》しろ。俺《おれ》は、理想的《りそうてき》なリーダーだからな。常《つね》にメンバー全員《ぜんいん》に目《め》を配《くば》り、ちゃんと考《かんが》えている。おまえたちの仕事《しごと》も作《つく》ってあるんだ。尊敬《そんけい》しろよ。」

すごい、さっきからの気遣《きづか》いぶりは、いつもの若武《わかたけ》とは思《おも》えない。

きっと何《なに》か心境《しんきょう》の変化《へんか》があって、成長《せいちょう》したんだね。

で、私《わたし》たち、何《なに》すればいいの。

「翼《たすく》とアーヤの２人《ふたり》は、俺《おれ》の指揮下《しきか》で、謎《なぞ》の指輪事件《ゆびわじけん》を追《お》うんだ。」

ぶっ！

「若武《わかたけ》、きっさま！」

テーブルから離《はな》れかけていた上杉君《うえすぎくん》が身《み》をひるがえし、座《すわ》っていた若武《わかたけ》の胸元《むなもと》を摑《つか》み上《あ》げた。

「初《はじ》めっからそのつもりだったな。」

若武《わかたけ》は、ニヤッと笑《わら》う。

「リーダーの俺《おれ》を無視《むし》して、陰《かげ》で手《て》を組《く》みやがったおまえらへの仕返《しかえ》しだ。」

私《わたし》は、立《た》ち上《あ》がっていた小塚君《こづかくん》と顔《かお》を見合《みあ》わせ、コソコソと言葉《ことば》を交《か》わした。

「若武《わかたけ》って、転《ころ》んでもただじゃ起《お》きないね。」

「ん、どんな状況《じょうきょう》からでも、絶対《ぜったい》、自分《じぶん》の思《おも》った所《ところ》に持《も》ってくしね。」

「ごまかし方《かた》、天才的《てんさいてき》かも。」

「きっと有名《ゆうめい》な詐欺師《さぎし》になれるよ。」

黒木君《くろきくん》が戻《もど》ってきて、上杉君《うえすぎくん》の肩《かた》を抱《だ》き寄《よ》せ、若武《わかたけ》から引《ひ》き離《はな》す。

「上杉先生《うえすぎせんせい》、落《お》ち着《つ》いて。翼《たすく》もアーヤも手《て》が空《あ》いてるんだしさ、いいんじゃない？」

上杉君《うえすぎくん》は、我慢《がまん》ならないといったように若武《わかたけ》をにらみつけた。

「おまえ、初《はじ》めからそのつもりで2人《ふたり》に役目《やくめ》を振《ふ》らなかったんだろ。汚《きたな》いやり方《かた》しやがって。」

若武《わかたけ》は、思《おも》い切《き》り大《おお》きくアカンベする。

「それは、おまえらも同《おな》じだろ。」

「なにおっ！」

再《ふたた》び詰《つ》め寄《よ》ろうとする上杉君《うえすぎくん》を、黒木君《くろきくん》が胸《むね》の中《なか》に抱《かか》えこんだ。

「はいはい、ここは大目《おおめ》に見《み》ようね。さ、行《い》こう。」

上杉君《うえすぎくん》を抱《だ》いて歩《ある》き出《だ》し、少《すこ》し行《い》った所《ところ》から肩越《かたご》しにこちらを振《ふ》り返《かえ》る。

「若武《わかたけ》、おまえ、自分《じぶん》の思《おも》い通《どお》りになって満足《まんぞく》だろ。上杉《うえすぎ》を挑発《ちょうはつ》すんじゃない。チームがうまくいかなくなるぜ。」

アカンベしたままだった若武《わかたけ》は、痛《いた》い所《ところ》を突《つ》かれたといったように口《くち》をへの字《じ》に曲《ま》げ、しばらく固《かた》まっていた。

皆《みんな》の姿《すがた》がドアの向《む》こうに見《み》えなくなってから、力《ちから》なく椅子《いす》に座《すわ》り直《なお》す。

「だって俺《おれ》がリーダーなのに、」

言《い》い訳《わけ》でもするかのようにつぶやいた。

「皆《みんな》で、オミットしやがってさ。」

よっぽどくやしかったらしい。

私《わたし》はちょっと罪悪感《ざいあくかん》を感《かん》じ、翼《たすく》を見《み》た。

私《わたし》たち、間違《まちが》ってた？

翼《たすく》は、軽《かる》く首《くび》を横《よこ》に振《ふ》る。

「ここで若武《わかたけ》に協力《きょうりょく》すれば、チャラだよ。」

ポジティヴな答《こた》えを返《かえ》して若武《わかたけ》に向《む》き直《なお》った。

「俺《おれ》とアーヤは、謎《なぞ》の指輪《ゆびわ》事件《じけん》の調査《ちょうさ》を進《すす》めることに同意《どうい》する。今《いま》、黒木《くろき》も『いいんじゃない。』って言《い》ってたから、合計《ごうけい》4票《ひょう》で決《き》まりだ。俺《おれ》たち、何《なに》すればいい？」

若武《わかたけ》は即《そく》、機嫌《きげん》を直《なお》し、私《わたし》が開《ひら》いていた事件《じけん》ノートの方《ほう》に視線《しせん》を流《なが》した。

「それ、読《よ》んで。」

私《わたし》は、すごくあせった。

だってブラック教室《きょうしつ》事件《じけん》を調査《ちょうさ》するとばかり思《おも》っていたから、謎《なぞ》の指輪《ゆびわ》事件《じけん》については、しっかり記録《きろく》してなかったんだ。

でも、そんなこと、言《い》えるはずもない。

それで記憶《きおく》を頼《たよ》りに事件《じけん》を再生《さいせい》した。

「謎《なぞ》の指輪《ゆびわ》事件《じけん》の概要《がいよう》。KZ《カッズ》リーダー若武《わかたけ》は、ガソリンスタンドの洗面所《せんめんじょ》で指輪《ゆびわ》を落《お》とした。この指輪《ゆびわ》が新川《しんかわ》の橋《はし》の下《した》で発見《はっけん》される。果《は》たして指輪《ゆびわ》は、どうしてその場所《ばしょ》まで移動《いどう》したのか。これを謎《なぞ》の指輪《ゆびわ》事件《じけん》と命名《めいめい》し、調査《ちょうさ》を開始《かいし》する。」

若武《わかたけ》は頷《うなず》き、しばし考《かんが》えてから言《い》った。

「やっぱ、もう一度《いちど》、新川《しんかわ》を探《さぐ》ってみよう。」

ええっ、蝦蟇《がま》も鼠《ねずみ》も蛇《へび》もいるのにぃ!?

「流《なが》れを確《たし》かめるんだ。今度《こんど》の土曜日《どようび》、秀明《しゅうめい》が始《はじ》まる前《まえ》にやるぞ。」

やだ、やだ、恐《こわ》いよっ！

「アーヤ、何《なん》だその顔《かお》。文句《もんく》でもあるのか。」

そう言《い》って若武《わかたけ》は、ジロッと私《わたし》を見《み》た。

「まさか、嫌《いや》だとか思《おも》ってんじゃないだろうな？」

当《あ》たりだけど・・・。

「小塚《こづか》が言《い》ってた通《とお》り、あそこにゃ確《たし》かに爬虫類《はちゅうるい》や両生類《りょうせいるい》、その他《た》がウジャウジャいる。けど俺《おれ》たちは、そんなもんへっちゃらだ。おまえだって、いつも自分《じぶん》で言《い》ってんじゃん、女扱《おんなあつか》いするなって。」

うっ！

「だったら、俺《おれ》たちと同《おな》じ行動《こうどう》しろよ。」

ううっ！

「もしどうしても嫌《いや》だって言《い》うんなら、やんなくてもいい。だけど、これからおまえのことは、女扱《おんなあつか》いするからな。」

うううっ！

「どうすんだ？」

私《わたし》は、ものすごく真剣《しんけん》に考《かんが》えた。

蝦蟇《がま》も鼠《ねずみ》も蛇《へび》も、恐《こわ》いよ。

でもこれからKZ《カッズ》で顔《かお》を合《あ》わせるたび、ことあるごとに女《おんな》だからと言《い》われ、別枠扱《べつわくあつか》いされるのには我慢《がまん》できない気《き》がした。

私《わたし》は、皆《みな》と対等《たいとう》でいたいんだ、友《とも》だちでいたい。

「わかった、やるよ。」

そう言《い》うと、翼《たすく》が心配《しんぱい》そうな顔《かお》をした。

「無理《むり》しなくていいと思《おも》うけど・・・」

私《わたし》は必死《ひっし》になって笑《わら》ってみせた。

「大丈夫《だいじょうぶ》だから。」

8　何《なに》してくれるの？

その夜《よる》、家《いえ》に帰《かえ》って、私《わたし》は壁《かべ》のカレンダーの土曜日《どようび》に○《マル》を付《つ》けた。

ああ蝦蟇《がま》と鼠《ねずみ》と蛇《へび》、かぁ・・・。

憂鬱《ゆううつ》な気分《きぶん》になりながら、事件《じけん》ノートを整理《せいり》する。

まったく関係《かんけい》のない２つの事件《じけん》を同時《どうじ》に調査《ちょうさ》するのは、これまで一度《いちど》もなかったことだった。

うまくいくんだろうか。

どうせならブラック教室事件《きょうしつじけん》の方《ほう》に関《かか》わりたかったな、蝦蟇《がま》と鼠《ねずみ》と蛇《へび》なんかじゃなくて。

そう思《おも》った時《とき》、ふっと気《き》がついたんだ。

鼠《ねずみ》と蛇《へび》は、テレビや図鑑《ずかん》で見《み》たことがあるけれど、蝦蟇《がま》って、これまで一度《いちど》も見《み》たことがない。

どんなんだろう。

それで小塚君《こづかくん》に電話《でんわ》をかけて聞《き》いてみることにした。

「ああ蝦蟇《がま》ってね、」

小塚君《こづかくん》はすぐに出《で》た。

「ニホンヒキガエルのことだよ。」

げ、蛙《かえる》かぁ。

「アーヤ、この電話《でんわ》をハンズフリーにして、両手《りょうて》を空《あ》けて、掌《てのひら》を上《うえ》にして。それで顔《かお》を洗《あら》う時《とき》みたいに両手《りょうて》をくっつけてみてよ。」

こうかな。

「ちょうどその上《うえ》に、載《の》るくらいの大《おお》きさだよ、蝦蟇《がま》って。」

私《わたし》は思《おも》わず自分《じぶん》の両手《りょうて》を見《み》つめ、そこに大《おお》きな蛙《かえる》がボッタリ載《の》っている様子《ようす》を想像《そうぞう》し、気絶《きぜつ》しそうになってしまった。

「色《いろ》は、背中《せなか》が褐色《かっしょく》で、イボみたいなブツブツがいっぱいある。」

気《き》っ、気持《きも》ち悪《わる》い！

「そのイボイボから、毒《どく》の粘液《ねんえき》を分泌《ぶんぴつ》する。」

気持《きも》ち悪《わる》い、の2乗《じょう》！

「腹《はら》は、灰色《はいいろ》で斑《まだら》がある。」

気持《きも》ち悪《わる》い、の3乗《じょう》！

「ハエや蚊《か》などの昆虫《こんちゅう》を食《た》べてるから、糞《ふん》からはそれらの目玉《めだま》が出《で》てくることが多《おお》いんだ。」

ああ、もうだめだっ!!

私《わたし》は思《おも》わず、ガチャンッ！　電話《でんわ》を切《き》ってしまった。

ハアハアゼイゼイ、恐《こわ》かったっ！

ドキドキする心臓《しんぞう》の音《おと》を1人《ひとり》でしばらく聞《き》いていて、それが収《おさ》まってきた頃《ころ》に、もう一度《いちど》、小《こ》塚君《づかくん》に電話《でんわ》をかけて謝《あやま》った。

「ごめんね。なんかゾクゾクしてしまって。」

小塚君《こづかくん》は、クスクス笑《わら》った。

「別《べつ》に構《かま》わないよ。ああ、さっき言《い》い忘《わす》れたけどね、」

うわぁ、まだあるんだぁ・・・。

「蝦蟇《がま》は、目《め》がかわいいんだ。半開《はんびら》きでね、眠《ねむ》そうに見《み》える。」

私《わたし》は一瞬《いっしゅん》、うちのクラスのカオリンを思《おも》い出《だ》した。

そっか、あんなふうなのか。

「で、他《ほか》の蛙《かえる》みたいに跳躍《ちょうやく》しない。ノッソリ、ノッソリ、ただ歩《ある》くんだ。スローモーで、とてもユーモラスなんだよ。」

なんかちょっと馴染《なじ》めてきたかも。

「ありがと。」

そう言《い》って電話《でんわ》を切《き》った。

私《わたし》が、これからもＫＺ《カッズ》で皆《みな》と同《おな》じ待遇《たいぐう》を主張《しゅちょう》し、それを認《みと》めてもらうためには、ここを乗《の》り切《き》るしかないんだ、頑張《がんば》らなくっちゃ！

そう思《おも》った瞬間《しゅんかん》、目《め》の前《まえ》の電話《でんわ》が鳴《な》り出《だ》した。

取《と》り上《あ》げると、歯切《はぎ》れのいい声《こえ》が伝《つた》わってくる。

「遅《おそ》くにすみません、僕《ぼく》は彩《あや》さんと同《おな》じ学校《がっこう》の片山《かたやま》と言《い》います。彩《あや》さんいらっしゃいますか？」

悠飛《ゆうひ》だっ！

私《わたし》は、若武《わかたけ》が言《い》っていたことを思《おも》い出《だ》した。

駅近《えきちか》くの路上《ろじょう》で、２人《ふたり》が、いい感《かん》じで見《み》つめ合《あ》ってるのを目撃《もくげき》した人間《にんげん》がいるって・・・。

私《わたし》はそんなつもりじゃなかったけれど、悠飛《ゆうひ》はどう感《かん》じたんだろう。

迷惑《めいわく》だったかもしれないし、もしかして誤解《ごかい》したかもしれない。

ちゃんと説明《せつめい》しとかないと！

「立花《たちばな》です。あのね、」

悠飛《ゆうひ》がかけてきた電話《でんわ》だったから、まずその用事《ようじ》を聞《き》かなければいけなかったのに、私《わたし》は自分《じぶん》のことだけに夢中《むちゅう》になってしまって、止《と》められなかった。

「今日《きょう》は、ありがと。あの、私《わたし》、あの時《とき》じっと見《み》つめて、変《へん》な雰囲気《ふんいき》を作《つく》ってしまって、ごめんね。誰《だれ》かが見《み》てたみたいで噂《うわさ》になってるらしいんだ。もし何《なに》か言《い》われたら、何《なん》でもないって否定《ひてい》しておいて。立花《たちばな》にはもう彼《かれ》がいるからって。」

電話《でんわ》の向《む》こうで、大《おお》きな溜《た》め息《いき》がもれた。

「その彼《かれ》って、おまえが小説《しょうせつ》に書《か》いてた砂原《すなはら》のこと？」

そうだよ。

「そいつ、どーゆー奴《やつ》？　うちの学校《がっこう》？」

私《わたし》は、砂原《すなはら》が昔《むかし》、浜田《はまだ》にいたこと、今《いま》は南《みなみ》スーダンにいること、いく度《ど》も不幸《ふこう》に襲《おそ》われたけれど決《けっ》して負《ま》けなかったこと、とても誇《ほこ》り高《たか》い性格《せいかく》で尊敬《そんけい》できることなどを話《はな》した。

悠飛《ゆうひ》は黙《だま》って聞《き》いていたけれど、やがて、ひと言《こと》。

「そいつ、おまえに何《なに》してくれんの？」

えっと・・・遠《とお》く離《はな》れてるから、何《なに》もしてくれないと思《おも》う。

「俺《おれ》の方《ほう》が、よくね？」

そういう問題《もんだい》じゃないから。

「私《わたし》、砂原《すなはら》に告白《こくはく》したんだ。だから遠《とお》く離《はな》れてても、もしもう二度《にど》と会《あ》えなくても、私《わたし》の彼氏《かれし》は砂原《すなはら》だけだと思《おも》ってる。」

悠飛《ゆうひ》は、またも溜《た》め息《いき》をついた。

「おまえさ、それ、おかしいだろ。」

おかしくない！

「離《はな》れてて、ずっと会《あ》えないかもしんないの？　一生《いっしょう》？」

そうだよ。

「だったら、彼氏《かれし》なんて言《い》えねーじゃん。」

え？

「おまえ、自分《じぶん》の言《い》ったことにこだわりすぎだよ。一度《いちど》告《コク》ったら一生《いっしょう》彼氏《かれし》だなんて、ほとんどファンタジーの世界《せかい》じゃん。目《め》を覚《さ》ませよ。現実《げんじつ》ってそういうもんじゃねーぜ。お互《たが》いにアドバイスし合《あ》ったり、助《たす》け合《あ》ったり、喜《よろこ》びや悲《かな》しみを分《わ》け合《あ》ったりするのが彼氏《かれし》と彼女《かのじょ》だろ。ずっと会《あ》えない男《おとこ》なんか、彼氏《かれし》の条件《じょうけん》満《み》たしてないし。そんな不自然《ふしぜん》な関係《かんけい》は絶対《ぜったい》、長続《ながつづ》きしない。おまえ、そのうち他《ほか》の奴《やつ》に心《こころ》が動《うご》くぜ。」

動《うご》かないから。

「動《うご》くって。俺《おれ》が証明《しょうめい》してやるよ。」

え、どうやって？

「ま、お楽《たの》しみに！」

悠飛《ゆうひ》はちょっと笑《わら》い、それから勢《いきお》いよく言《い》った。

「じゃ、な。」

私《わたし》はあわてて口《くち》を開《ひら》く。

「あの、私《わたし》のことだけ話《はな》しててごめんね。何《なん》の用事《ようじ》だったの？」

悠飛《ゆうひ》は、気《き》づくの遅《おせ》ぇ、と言《い》いたそうな口調《くちょう》で答《こた》えた。

「あの後《あと》、気分悪《きぶんわる》くなったりしてないかと思《おも》って、心配《しんぱい》しただけだよ。」

あ・・・心配《しんぱい》してくれてたんだ。

「その時《とき》は何《なん》でもなく思《おも》えても、放《ほう》っておくと大変《たいへん》なことになるケースもあるだろ、俺《おれ》みたいにさ。」

悠飛《ゆうひ》は、「危《あぶ》ない誕生日《たんじょうび》ブルーは知《し》っている」の中《なか》で、ひどい目《め》に遭《あ》ったのだった。

「ちょっとでも違和感《いわかん》あったら、医者《いしゃ》に行《い》けよ。」

瞬間《しゅんかん》、心《こころ》に砂原《すなはら》の顔《かお》が浮《う》かんだ。

砂原《すなはら》は知《し》らない、私《わたし》が事故《じこ》ったこと。

連絡先《れんらくさき》は、調《しら》べればわかると思《おも》うけど、危険《きけん》な場所《ばしょ》で自分《じぶん》の信念《しんねん》を果《は》たすために動《うご》いている砂《すな》原《はら》に、メンテナンスの悪《わる》い自転車《じてんしゃ》で車道《しゃどう》に飛《と》び出《だ》しそうになったなんて、くだらなすぎて言《い》えない。

これからの毎日《まいにち》、きっと、そういうことが積《つ》み重《かさ》なっていくんだ。

平和《へいわ》な日本《にほん》にいる私《わたし》の日常《にちじょう》は、戦闘地域《せんとうちいき》にいる砂原《すなはら》から見《み》たら、軽《かる》くて、どうでもいいことばっかりだろうから。

でも私《わたし》は、その中《なか》で生《い》きているから、その1つ1つに喜怒哀楽《きどあいらく》するだろうし、悩《なや》むこともあるだろう。

それを話《はな》して一緒《いっしょ》に喜《よろこ》んだり、怒《おこ》ったりできなかったら、次第《しだい》に心《こころ》がすれ違《ちが》っていくのは避《さ》けられない。

「どした？」

私《わたし》たち、うまくいかないのかもしれないな。

「おい立花《たちばな》、どうかしたのか。」

すごく憂鬱《ゆううつ》な気分《きぶん》で、私《わたし》は答《こた》えた。

「何《なん》でもない。心配《しんぱい》してくれてありがと。じゃ。」

9 怪《あや》しい人形《にんぎょう》

その夜《よる》、私《わたし》はクヨクヨと、またアレコレと考《かんが》えながら眠《ねむ》った。

でも朝《あさ》がきた時《とき》には、ちょっとだけ整理《せいり》がついて、とにかく行《い》けるところまで行《い》くしかないという気持《きも》ちになっていた。

もう告白《こくはく》したんだし、砂原《すなはら》も喜《よろこ》んでくれたんだから、今後《こんご》が不安《ふあん》だという理由《りゆう》で今《いま》さら取《と》り消《け》せない。

何《なに》か具体的《ぐたいてき》なトラブルが起《お》こったり、ストレスが溜《た》まって耐《た》えられなくなったりしたら、その時《とき》、改《あらた》めて考《かんが》えることにしよう。

そう考《かんが》えて、気持《きも》ちの区切《くぎ》りを付《つ》けたんだ。

で、学校《がっこう》に向《む》かった。

その時点《じてん》では、いつもと同《おな》じような朝《あさ》だった。

このまま、いつもと同《おな》じ一日《いちにち》がやってくるのだろうと思《おも》い、ちっとも疑《うたが》っていなかった。

ところがっ！

自分《じぶん》の教室《きょうしつ》の外《そと》まで来《く》ると、教室内《きょうしつない》が異常《いじょう》にザワザワしているのに気《き》づいた。

何《なん》だろ。

不思議《ふしぎ》に思《おも》いながら教室《きょうしつ》に入《はい》ってみると、私《わたし》の机《つくえ》の周《まわ》りに、いく人《にん》かが集《あつ》まっていたんだ。

え、どうしたの？

「おい、立花《たちばな》が来《き》たぞ。」

皆《みな》がいっせいに動《うご》き、自分《じぶん》の机《つくえ》に戻《もど》っていく。

その中《なか》に、佐田真理子《さたまりこ》の姿《すがた》があるのを見《み》て、私《わたし》、ちょっと嫌《いや》な感《かん》じがした。

佐田真理子《さたまりこ》とは、これまでうまくいってなかったから。

不安《ふあん》になりながら私《わたし》は自分《じぶん》の机《つくえ》に近寄《ちかよ》った、そしてその上《うえ》に見《み》つけたんだ、私《わたし》の名前《なまえ》が書《か》かれた人形《にんぎょう》をっ！

藁《わら》を集《あつ》めて直径《ちょっけい》2センチくらいの束《たば》にし、十字《じゅうじ》の形《かたち》にして、頭部《とうぶ》と胴体《どうたい》を糸《いと》で縛《しば》ったもので、白《しろ》い布《ぬの》に私《わたし》の名前《なまえ》が赤《あか》い字《じ》で書《か》かれ、打《う》ちこんだ釘《くぎ》で人形《にんぎょう》の中央《ちゅうおう》に留《と》められていた。

これって・・・もしや《呪《のろ》いの藁人形《わらにんぎょう》》っ!?

見《み》るのは初《はじ》めてだったので、思《おも》わずシゲシゲと見《み》つめてしまった。

えっと、これは・・・ひょっとして、私《わたし》が呪《のろ》われてるってこと？

げっ、なんでっ!?

答《こた》えを求《もと》めて、私《わたし》はクラスメイトを見回《みまわ》した。

でも皆《みな》、一気《いっき》に知《し》らないふりをして、目《め》を合《あ》わせようともしないんだ。

私《わたし》は困《こま》ってしまい、自分《じぶん》の机《つくえ》の上《うえ》にあるその人形《にんぎょう》を見《み》つめた。

誰《だれ》が、これを、なんでここに?

呆然《ぼうぜん》としながらその人形《にんぎょう》を持《も》ち上《あ》げた瞬間《しゅんかん》、いきなりそれを叩《たた》き落《お》とされ、引《ひ》き寄《よ》せられて、大《おお》きな胸《むね》の中《なか》に抱《だ》きしめられた。

「忘《わす》れるんだ!」

目《め》を上《あ》げれば、私《わたし》を抱《だ》いているのは忍《しのぶ》だった。

「意識《いしき》に残《のこ》しちゃダメだ。忘《わす》れて!」

と言《い》われても・・・。

「俺《おれ》を見《み》て! 俺《おれ》の目《め》を見《み》るんだ!」

それで私《わたし》は目《め》を上《あ》げ、忍《しのぶ》の菫色《すみれいろ》の瞳《ひとみ》を見《み》つめた。

「そう、じっと見《み》てて。今《いま》、忘《わす》れさせてやるから。」

美《うつく》しい瞳《ひとみ》が、静《しず》かにまたたく。

それを見《み》ていたら、私《わたし》は何《なん》だか眠《ねむ》くなってきてしまった。

頭《あたま》の中《なか》に、霧《きり》が広《ひろ》がっていくような気分《きぶん》。

でも嫌《いや》な感《かん》じじゃなくって、むしろ快感《かいかん》。

ふわふわっとして、すごく気持《きも》ちがいいの。

ああなんか、素敵《すてき》。

そう思《おも》った直後《ちょくご》、翼《たすく》の声《こえ》がした。

「おは・・・七鬼《ななき》、何《なに》してんだっ！」

私《わたし》は、ここが教室《きょうしつ》だったことを思《おも》い出《だ》し、あわてて身《み》じろぎしたけれど、忍《しのぶ》はしっかり私《わたし》を抱《だ》きしめていて放《はな》さなかった。

「除呪《じょじゅ》。」

忍《しのぶ》の声《こえ》が、私《わたし》の心《こころ》で谺《こだま》を引《ひ》いて響《ひび》き渡《わた》る。

まるで鈴《すず》が転《ころ》がっているみたいに透明感《とうめいかん》のある、きれいな声《こえ》だった。

思《おも》わずうっとりしていると、やがて忍《しのぶ》が両腕《りょううで》で私《わたし》を抱《だ》き上《あ》げ、椅子《いす》に座《すわ》らせた。

「たぶん、これで大丈夫《だいじょうぶ》。後遺症《スティグマタ》は残《のこ》らないはず。」

翼《たすく》が駆《か》け寄《よ》ってきて、真剣《しんけん》な目《め》でこちらを見《み》る。

「アーヤ、何《なに》があったっ⁉」

えっとね、えっと・・・。

うまく説明《せつめい》できないでいると、忍《しのぶ》が言《い》った。

「誰《だれ》かに呪《のろ》われたんだ。ほら、そこに人形《にんぎょう》がある。人形《にんぎょう》に名前《なまえ》を書《か》かれた人間《にんげん》が、それを見《み》たり触《さわ》ったりすると、心《こころ》に傷《きず》が残《のこ》るんだ。今《いま》、除呪《じょじゅ》したからもう心配《しんぱい》ないと思《おも》うけど。」

次第《しだい》に頭《あたま》の中《なか》の霧《きり》が晴《は》れてくる。

意識《いしき》がはっきりしてきて、改《あらた》めて教室内《きょうしつない》を見回《みまわ》すと、佐田真理子《さたまりこ》が近寄《ちかよ》ってきていた。

翼《たすく》が、突《つ》き刺《さ》すような目《め》で見《み》すえる。

「おまえかっ！」

佐田真理子《さたまりこ》は、唇《くちびる》を歪《ゆが》めた。

「疑《うたが》われるだろうと思《おも》ってたよ。だけど私《わたし》じゃねーし。それ、言《い》っとこうと思《おも》ってさ。今朝《けさ》、ここに来《き》た時《とき》にはもう机《つくえ》の上《うえ》にあったたんだよ。」

翼《たすく》は、かすかな笑《え》みを浮《う》かべる。

「おまえの言《い》うこと、俺《おれ》が信《しん》じるとでも思《おも》うのか。」

翼《たすく》と佐田真理子《さたまりこ》の間《あいだ》には、「お姫様《ひめさま》ドレスは知《し》っている」や「コンビニ仮面《かめん》は知《し》っている」の中《なか》でいろいろなことがあった。

で、今《いま》は、かなりコジれているんだ。

確《たし》かにこれまで佐田真理子《さたまりこ》は問題行動《もんだいこうどう》が多《おお》かった、人《ひと》を脅《おど》したり、煽《あお》ったりもしたし。

でも嘘《うそ》をついたことは、なかったような気《き》がする。

「佐田《さた》さんがそう言《い》うなら、たぶん嘘《うそ》じゃないと思《おも》う。」

私《わたし》の言葉《ことば》に、佐田真理子《さたまりこ》は驚《おどろ》いたような顔《かお》になった。

翼《たすく》も同様《どうよう》で、佐田真理子《さたまりこ》をにらんだまま、不満《ふまん》そうだった。

「何《なん》で庇《かば》ってんの？　親《した》しい関係《かんけい》じゃないでしょ。」

それはそうなんだけど・・・。

「庇《かば》ったわけじゃないよ。」

尖《とが》っている翼《たすく》に、何《なん》とかわかってもらいたかった。

「それが本当《ほんとう》のことだろうなって思《おも》ったから。」

受《う》け付《つ》けられないと言《い》わんばかりの翼《たすく》の肩《かた》を、忍《しのぶ》が抱《だ》き寄《よ》せる。

「誰《だれ》がやったかは、これから調《しら》べていけばわかるよ。俺《おれ》がやるからさ。この場《ば》はもう解散《かいさん》にしようぜ。」

翼《たすく》は腹立《はらだ》たしげな息《いき》をつき、ようやく佐田真理子《さたまりこ》から視線《しせん》を逸《そ》らせた。

佐田真理子《さたまりこ》はフンと鼻《はな》を鳴《な》らし、自分《じぶん》の席《せき》に戻《もど》っていく。

「アーヤも、このことはもう考《かんが》えないように。」

忍《しのぶ》がそう言《い》って人形《にんぎょう》を拾《ひろ》い上《あ》げ、自分《じぶん》の制服《せいふく》のポケットに突《つ》っこんだ。

「俺《おれ》が早急《さっきゅう》に処理《しょり》するから、大丈夫《だいじょうぶ》だからね。」

立《た》てた親指《おやゆび》で自分《じぶん》を指《さ》し、ニッコリ笑《わら》う。

「任《まか》せときなって！」

へえ、意外《いがい》に頼《たの》もしい！

餅《もち》は餅屋《もちや》っていうけれど、怪奇系《かいきけい》なら忍《しのぶ》なんだ、やっぱり。

その時《とき》、始業《しぎょう》5分前《ふんまえ》のチャイムが鳴《な》り始《はじ》め、皆《みな》が急《いそ》いで席《せき》に着《つ》いた。

そんな中《なか》で、忍《しのぶ》は身《み》をひるがえし、教室《きょうしつ》から出《で》ていこうとしたんだ。

え、どこ行《い》くのっ!?

ちょうど出入《でい》り口《ぐち》から大石愛子《おおいしあいこ》先生《せんせい》が入《はい》ってこようとしていて、忍《しのぶ》と鉢合《はちあ》わせた。

「ホームルーム、始《はじ》まりますよ。」

忍《しのぶ》は、ニコッと笑《わら》う。

「俺《おれ》、今日《きょう》は欠席《けっせき》します。引《ひ》きこもりたいんで。そんじゃ。」

片手《かたて》を振《ふ》りながら、素早《すばや》く廊下《ろうか》に消《き》えていった。

「このクラスにもいるのね、そういう子《こ》。」

驚《おどろ》いたように言《い》いながら大石先生《おおいしせんせい》は、教卓《きょうたく》につく。

「B組《ビーぐみ》だけかと思《おも》ってたのに。」

私《わたし》は、ピンと聞《き》き耳《みみ》を立《た》てた。

つまりB組《ビーぐみ》って、引《ひ》きこもりがいるんだ。

「皆《みな》さん、今日《きょう》から担任《たんにん》になる大石愛子《おおいしあいこ》です、どうぞよろしく。」

大石先生《おおいしせんせい》は、カオリンを持《も》ってきていなかった。

私《わたし》はちょっとガッカリしながら、大石先生《おおいしせんせい》の自己紹介《じこしょうかい》を聞《き》いていた。

あまり特徴《とくちょう》のない、つまり悪《わる》いところはないんだけれど、これといっておもしろいところもない、ごく普通《ふつう》で平凡《へいぼん》なプロフィルだった。

薫先生《かおるせんせい》なら、私《わたし》たちの気持《きも》ちを考《かんが》えて、心《こころ》を摑《つか》むような印象的《いんしょうてき》な自己紹介《じこしょうかい》をするのに。

ああやっぱり、帰《かえ》ってきてほしいなぁ。

10 呪《のろ》いは、女《おんな》がかけるもの？

その日《ひ》、放課後《ほうかご》、全員《ぜんいん》の身体検査《しんたいけんさ》があった。

男女《だんじょ》に分《わ》かれて保健室《ほけんしつ》に行《い》き、身長《しんちょう》と体重《たいじゅう》を測《はか》る。

実際《じっさい》に測《はか》るのは保健《ほけん》の先生《せんせい》で、そばに保健係《ほけんがかり》が立《た》っていて、それを記録《きろく》するんだ。

女子《じょし》が緊張《きんちょう》するのは、体重《たいじゅう》を量《はか》る時《とき》。

前《まえ》の測定《そくてい》より増《ふ》えてるって自分《じぶん》でわかってる子《こ》は、もう青《あお》くなってるし、逃《に》げ出《だ》したそうにしている。

体重計《たいじゅうけい》の上《うえ》で爪先立《つまさきだ》って、ちょっとでも減《へ》らそうとしてる子《こ》もいるし。

私《わたし》は最近《さいきん》、あまり気《き》にしない。

パパに言《い》われたんだ。

「なんで女《おんな》の子《こ》は皆《みんな》、痩《や》せたがってるんだ？　そんなの没個性《ぼっこせい》で、おもしろくないだろ。彩《あや》には彩《あや》の魅力《みりょく》があり、適正体重《てきせいたいじゅう》がある。皆《みんな》と同《おな》じように痩《や》せようなんて思《おも》わない方《ほう》がいい。」

確《たし》かにそうかもって感《かん》じて、以降《いこう》、気《き》にしてないんだ。

「どーしよ、太《ふと》っちゃった。」

「毎日《まいにち》、体重計《たいじゅうけい》に乗《の》るといいよ。数字《すうじ》が動《うご》く恐怖《きょうふ》が頭《あたま》に染《し》みこんで、甘《あま》いもの食《た》べたくなくなるから。」

「太《ふと》るのは、甘《あま》いものだけじゃないよ。私《わたし》、水飲《みずの》んでも太《ふと》るもん。」

「体質《たいしつ》じゃね？」

そんな話《はなし》を聞《き》きながら私《わたし》は素早《すばや》く着替《きか》え、自分《じぶん》の測定表《そくていひょう》を受《う》け取《と》って、皆《みな》と一緒《いっしょ》に教室《きょうしつ》に戻《もど》った。で、席《せき》に置《お》いておいた通学《つうがく》バッグを取《と》り上《あ》げて帰《かえ》ろうとしたんだ。

その時《とき》、ん？　って思《おも》った。

バッグの留《と》め金《がね》のホールが、いつも自分《じぶん》が留《と》める位置《いち》と違《ちが》っていた。

1個《こ》ずれていたんだ。

でも今日《きょう》は、呪《のろ》いの人形《にんぎょう》に気《き》を取《と》られてたし、何気《なにげ》なくそうしたのかもしれない。

そう考《かんが》えて、急《いそ》いで教室《きょうしつ》を出《で》た。

昨日《きのう》、事故《じこ》りそうになったのは、自転車《じてんしゃ》のせいもあるけれど、帰《かえ》るのが遅《おそ》くなってあわてていたから、でもある。

メンテナンスは土曜日《どようび》にお店《みせ》に持《も》っていくつもりだったから、今日《きょう》はそのままだし、ゆとりを持《も》って帰《かえ》らないと。

それで教室《きょうしつ》を出《で》た時《とき》、保健室《ほけんしつ》の方《ほう》からやってきた佐田真理子《さたまりこ》に、声《こえ》をかけられたんだ。

「おまえを呪《のろ》った奴《やつ》がわかった。」

うっ！

忍《しのぶ》からもう考《かんが》えないようにって言《い》われて、努力《どりょく》していたのに、その一瞬《いっしゅん》で、すっかり思《おも》い出《だ》してしまった。

「おまえ、野球部《やきゅうぶ》の悠飛《ゆうひ》と親《した》しくしてるだろ。」

げっ、噂《うわさ》、広《ひろ》まってんだ。

悠飛《ゆうひ》、ちゃんと否定《ひてい》してくれたんだろうか。

「悠飛《ゆうひ》のこと、すげぇ好《す》きな女子《じょし》がうちのクラスにいるんだ。絶対《ぜったい》、そいつだよ。」

それは、誰《だれ》っ!?

「岡野天詩《おかのてんし》だ。」

私《わたし》は、岡野《おかの》さんの白《しろ》い顔《かお》を思《おも》い浮《う》かべた。

ふわっとしたくせ髪《がみ》で、繊細《せんさい》な感《かん》じで、かわいらしい人《ひと》だった。

「おまえ、あいつの刺《さ》すような視線《しせん》、感《かん》じたことない？」

私《わたし》は、ブンブンと首《くび》を横《よこ》に振《ふ》った。

「じゃ岡野《おかの》じゃなくて神田美香《かんだみか》かも。あいつも悠飛《ゆうひ》に惚《ほ》れてんだ。おまえ、体育《たいいく》の時《とき》なんかに、神田《かんだ》から足《あし》かけられたこと、ない？」

いーえ、全然《ぜんぜん》っ！

「おかしいな、じゃ河本《かわもと》か、それとも佐野《さの》、いや金田《かねだ》かな。」

いったい何人《なんにん》いるのっ!?

「悠飛《ゆうひ》は、学年《がくねんいち》1のモテ男《お》だからな。私《わたし》だって嫌《きら》いじゃないし、親《した》しくなりたいと思《おも》ってる。本《ほん》音《ね》を言《い》えば、おまえが憎《にく》たらしい。」

そう言《い》って佐田真理子《さたまりこ》は、その顔《かお》をグイッと私《わたし》に近《ちか》づけた。

「死《し》んじまえって思《おも》ってる！」

わーん！

＊

恐《こわ》い、女子《じょし》の恋心《こいごころ》って・・・。

さっき名前《なまえ》の上《あ》がった中《なか》の、いったい誰《だれ》が私《わたし》を呪《のろ》ってるんだろ。

1人1人《ひとりひとり》の顔《かお》を思《おも》い浮《う》かべてみても、これと思《おも》える人《ひと》はおらず、それだけにいっそう不気味《ぶきみ》だった。

私《わたし》は、ゾクゾクしながら、今日《きょう》は部室《ぶしつ》に行《い》くのをやめようと思《おも》った。

だって部室《ぶしつ》に行《い》ったら、悠飛《ゆうひ》がいる。

2人《ふたり》で話《はな》してたりしたら、いっそう噂《うわさ》がひどくなるに決《き》まってるもの。

それでまっすぐ家《いえ》に帰《かえ》って、秀明《しゅうめい》に向《む》かったんだ。

ところが秀明《しゅうめい》の近《ちか》くのコンビニの前《まえ》を通《とお》りかかったとたん、電柱《でんちゅう》の陰《かげ》からいきなり手《て》が出《で》て、腕《うで》を摑《つか》まれた。

きゃああ、私《わたし》を呪《のろ》わないでっ！

「真《ま》っ青《さお》だぜ。」

聞《き》き覚《おぼ》えのある声《こえ》だった。

ん？　と思《おも》って目《め》を向《む》ければ、私《わたし》の二《に》ノ腕《うで》を摑《つか》んでいたのは上杉君《うえすぎくん》だったんだ。

ほっとしたけれど、こんな時《とき》に紛《まぎ》らわしい現《あらわ》れ方《かた》してほしくなかった、寿命縮《じゅみょうちぢ》む。

「大丈夫《だいじょうぶ》か？」

うん、何《なん》とか生《い》きてる・・・。

「呪《のろ》われたんだって？」

あ、知《し》ってるんだ。

「それで若武《わかたけ》から緊急集合《きんきゅうしゅうごう》かかってさ、秀明始《しゅうめいはじ》まる前《まえ》に集《あつ》まることになったんだ。ちょうどいいから、おまえも一緒《いっしょ》に来《こ》い。」

そう言《い》うなり、私《わたし》の二《に》ノ腕《うで》を掴《つか》んだまま歩《ある》き出《だ》す。

あたりは、駅《えき》から続《つづ》く商店街《しょうてんがい》。

道《みち》の片側《かたがわ》にコンビニやスーパー、パチンコ屋《や》さんが並《なら》び、反対側《はんたいがわ》は線路《せんろ》。

買《か》い物客《ものきゃく》も、通勤帰《つうきんがえ》りの人《ひと》も、もちろん秀明《しゅうめい》に向《む》かう生徒《せいと》も、たくさん通《とお》る。

そんな中《なか》を、上杉君《うえすぎくん》は私《わたし》を掴《つか》んだまま大《おお》きなストライドでズンズンと歩《ある》いていくんだ。

サッカーKZ《カッズ》のレギュラーだから運動神経《うんどうしんけい》が抜群《ばつぐん》、機敏《きびん》に動《うご》けるらしくて、誰《だれ》にも全然《ぜんぜん》ぶつからない。

すごいなぁ！

そう思《おも》いながら引《ひ》っ張《ぱ》られていくと、上杉君《うえすぎくん》が、まっすぐ前《まえ》を向《む》いたままで言《い》った。

「心配《しんぱい》ねーよ。」

私《わたし》の腕《うで》を摑《つか》んでいる手《て》に、ギュッと力《ちから》が入《はい》る。

「絶対《ぜったい》、守《まも》ってやる！」

眼鏡《めがね》の向《む》こうの目《め》に、透明《とうめい》な光《ひかり》がきらめいて私《わたし》の胸《むね》の奥《おく》まで射《さ》しこんできた。

う・・・素敵《すてき》かも！

それで何《なん》だかドキドキしていたので、私《わたし》はすっかり言《い》うのを忘《わす》れてしまった。

いつか2人《ふたり》きりになったら言《い》おうと思《おも》っていた大事《だいじ》なことがあったのに。

私《わたし》の名前《なまえ》、彩《あや》の中《なか》には、上杉君《うえすぎくん》の杉《すぎ》の字《じ》が入《はい》っている。

しかも半分《はんぶん》以上《いじょう》の面積《めんせき》を占《し》めていた。

上杉君《うえすぎくん》の杉《すぎ》を取《と》り除《のぞ》いたら、私《わたし》には、ノとツしか残《のこ》らないんだもの。

初《はじ》めて見《み》つけた時《とき》には、自分《じぶん》たちが運命的《うんめいてき》につながっているんじゃないかと思《おも》ったくらいだった。

今《いま》はKZ《カッズ》のメンバーとしてつながっているけれど、私《わたし》たちの関係《かんけい》は特別《とくべつ》で、いつかまた別《べつ》の形《かたち》でつながるのかもしれないって思《おも》ったりしている。

上杉君《うえすぎくん》は、どう考《かんが》えているのか、聞《き》いてみたかった。

軽《かる》く流《なが》されるだけかもしれないけど・・・。

「おまえ、」

急《きゅう》に足《あし》を止《と》めて、上杉君《うえすぎくん》がこちらを見《み》る。

「超遅《ちょうおせ》え。ほんとに脚《あし》あるのか。蝸牛《かたつむり》や蛞蝓《なめくじ》みたいな腹足《ふくそく》で動《うご》いてんじゃないだろうな。」

それで私《わたし》は、自分《じぶん》のスカートから蝸牛《かたつむり》の足《あし》が出《で》ているところを想像《そうぞう》し、笑《わら》い出《だ》してしまった。

「笑《わら》うな！」

再《ふたた》びグイッと二《に》ノ腕《うで》を引《ひ》っ張《ぱ》られ、私《わたし》は笑《わら》いながら連《つ》れられていった。

それですっかり、背筋《せすじ》のゾワゾワが遠《とお》のいたんだ。

「ありがと、上杉君《うえすぎくん》。」

私《わたし》がそう言《い》っても、上杉君《うえすぎくん》は、こちらを見《み》ようともしなかった。

でも形《かたち》のいいカーブを描《えが》いたその頬《ほお》が、わずかに赤《あか》くなったように見《み》えた。

気《き》のせいかな？

「あ、来《き》た！」

カフェテリアのドアを開《あ》けると、いつものように目立《めだ》たないテーブルに集《あつ》まっていたメンバーが、いっせいにこちらを見《み》た。

忍《しのぶ》を除《のぞ》いて全員《ぜんいん》がそろっていたけれど、皆《みな》、顔《かお》が強張《こわば》っている。

私《わたし》は、何《なん》だかドキドキしながら上杉君《うえすぎくん》の後《あと》についていった。

「美門《みかど》から聞《き》いたぜ。おまえ、藁人形《わらにんぎょう》で呪《のろ》われたんだって？」

若武《わかたけ》から言《い》われて、私《わたし》は頷《うなず》く。

「ん、今朝《けさ》、教室《きょうしつ》の机《つくえ》の上《うえ》に置《お》いてあったんだ。」

若武《わかたけ》は、きれいなその目《め》を底《そこ》から光《ひか》らせた。

「許《ゆる》さんっ！　我《わ》がKZ《カッズ》メンバーに手《て》を出《だ》しやがって。リーダーの俺《おれ》が報復《ほうふく》してやる。」

皆《みな》が次々《つぎつぎ》と口《くち》を開《ひら》く。

「いい度胸《どきょう》じゃん。どこのどいつだよ。」

「後悔《こうかい》させてやろうぜ。」

「それ以上《いじょう》だ。逆襲《ぎゃくしゅう》してやる。」

「あぶり出《だ》してリンチだ。絶対許《ぜったいゆる》さない。」

皆《みんな》のテンションがあまりにも高《たか》かったので、私《わたし》の方《ほう》がオドオドしてしまった。

「藁人形《わらにんぎょう》って、法的《ほうてき》にはどうよ？」

上杉君《うえすぎくん》が、２つの目《め》に刃物《はもの》のような光《ひかり》を瞬《またた》かせる。

「犯罪《はんざい》っていえるのか？」

若武《わかたけ》は、微妙《びみょう》な顔《かお》になった。

「場合《ばあい》によってだな。」

KZ《カッズ》の中《なか》で若武《わかたけ》は、リーダーであると同時《どうじ》に法律《ほうりつ》のエキスパートなんだ。

「危害《きがい》を加《くわ》える意思《いし》が明《あき》らかに感《かん》じられる場合《ばあい》は、脅迫罪《きょうはくざい》になる。これで起訴《きそ》された例《れい》もあるんだ。だが嫌《いや》がらせで藁人形《わらにんぎょう》を置《お》いたり、送《おく》ったりした場合《ばあい》は、起訴《きそ》になるケースと不起訴《ふきそ》になるケースが半々《はんはん》。つまり犯罪《はんざい》として認《みと》められたり、認《みと》められなかったりだ。」

小塚君《こづかくん》が、いつになく憤然《ふんぜん》と口《くち》を開《ひら》く。

「だって藁人形《わらにんぎょう》で呪《のろ》い殺《ころ》そうとしたら、殺人未遂《さつじんみすい》じゃないの？」

黒木君《くろきくん》が苦笑《くしょう》した。

「名前《なまえ》を付《つ》けた藁人形《わらにんぎょう》に釘《くぎ》や針《はり》を打《う》っても、それは直接《ちょくせつ》、本人《ほんにん》の命《いのち》の危険《きけん》に結《むす》びつかないから犯《はん》罪《ざい》として成立《せいりつ》しないんだ。」

ああ、そうか。

「でも、その藁人形《わらにんぎょう》を本人《ほんにん》に見《み》せて脅迫《きょうはく》したら、脅迫罪《きょうはくざい》。」

私《わたし》の場合《ばあい》、ただ置《お》いてあっただけで、脅迫《きょうはく》はされてないけど・・・。

「その犯人《はんにん》、女《おんな》だよな。」

上杉君《うえすぎくん》がそう言《い》うと、皆《みな》がいっせいに頷《うなず》いた。

「ん、決《き》まってる。」

1つの異論《いろん》も出《で》ないその状態《じょうたい》に、私《わたし》はびっくり。

「なんで、女《おんな》なの？」

そう聞《き》くと、今度《こんど》は皆《みんな》が唖然《あぜん》とした。

「なんで、そこ疑問《ぎもん》なんだ？」

「普通《ふつう》、女《おんな》だろ。」

「何《なん》の問題《もんだい》もなく女《おんな》だ。」

う・・・私《わたし》とメンバーの間《あいだ》には、マリアナ海溝《かいこう》より深《ふか》い溝《みぞ》がある気《き》がする・・・。

これって、埋《う》められないかも。

私《わたし》が絶望《ぜつぼう》していると、上杉君《うえすぎくん》が言《い》った。

「あのさぁ、ひと口《くち》に言《い》うと、」

ふむ。

「たいていの男《おとこ》は、まどろっこしいことが嫌《きら》い。呪《のろ》いかけてるより、殴《なぐ》りに行《い》った方《ほう》が早《はえ》ぇ、って思《おも》うからだよ。」

黒木君《くろきくん》が頷《うなず》いた。

「それに多《おお》くの男《おとこ》には、破壊衝動《はかいしょうどう》ってあるからね。直接《ちょくせつ》、自分《じぶん》の手《て》でやりたいんだ。」

へぇ、そうなんだ。

「アーヤ、」

小塚君《こづかくん》が心配《しんぱい》そうに眉根《まゆね》を寄《よ》せる。

「犯人《はんにん》の心当《こころあ》たり、ないの？」

私《わたし》は、佐田真理子《さたまりこ》から聞《き》いた話《はなし》を思《おも》い出《だ》した。

「私《わたし》と悠飛《ゆうひ》との間《あいだ》を嫉妬《しっと》してる女子《じょし》がいるんじゃないかって言《い》われたけど。」

すると皆《みんな》の熱《ねつ》が一気《いっき》に、急速冷凍《きゅうそくれいとう》っ！

「あ、そ。じゃ悠飛《ゆうひ》に守《まも》ってもらえばいいじゃん。」

「俺《おれ》たち、そんなお人好《ひとよ》しじゃねーよ。」

「あーつまらんことに時間《じかん》さいて、損《そん》した。」

「さ、議題《ぎだい》に入《はい》ろう。」

わーん、見捨《みす》てないでよっ！

11 黒魔術《くろまじゅつ》？

「それは、事実無根《じじつむこん》だからっ！」

私《わたし》は、必死《ひっし》に言《い》い張《は》った。

「私《わたし》と悠飛《ゆうひ》の間《あいだ》には、何《なに》もない。私《わたし》は、砂原《すなはら》に告白《こくはく》してるんだし。」

瞬間《しゅんかん》、上杉君《うえすぎくん》と小塚君《こづかくん》、翼《たすく》の目《め》が真《ま》ん丸《まる》になった。

「なんだ、それっ！」

「僕《ぼく》、聞《き》いてない。これっぽっちも聞《き》いてないからねっ！」

「知《し》りたくなかったたっ！」

「いつだ、いつ言《い》ったんだ!?」

「で、２人《ふたり》は今《いま》、どうなってんの!?」

蜂《はち》の巣《す》をつついたような騒《さわ》ぎになってしまって・・・ああ言《い》わなければよかった。

冷静《れいせい》だったのは、すでに知《し》っていた黒木君《くろきくん》だけ。

若武《わかたけ》なんか、知《し》っていたくせに、皆《みな》に交《ま》じって騒《さわ》いでいた。

「な、許《ゆる》せんだろ。２人《ふたり》だけでうまくまとまるなんて、俺《おれ》たちへの裏切《うらぎ》りだよな。」

もうバカ武《たけ》。

「遅《おく》れてごめん。」

かすれた声《こえ》がして、振《ふ》り返《かえ》れば、忍《しのぶ》が駆《か》けつけてきていた。

額《ひたい》に汗《あせ》を滲《にじ》ませている。

「ちょっと時間《じかん》かかっちまってさ。」

そう言《い》いながら椅子《いす》を引《ひ》き、腰《こし》を下《お》ろしてポケットからスマートフォンを出《だ》した。

画面《がめん》を操作《そうさ》し、あの藁人形《わらにんぎょう》を映《うつ》し出《だ》す。

「本体《ほんたい》は、立花《たちばな》に影響《えいきょう》を与《あた》えるといけないから、家《いえ》に置《お》いてきた。小塚《こづか》、後《あと》で家《いえ》に来《き》て、指紋《しもん》採《と》ってよ。」

小塚君《こづかくん》が頷《うなず》くのを確認《かくにん》してから、画面《がめん》を動《うご》かす。

「これ、」

そう言《い》いながら不敵《ふてき》な笑《え》みを浮《う》かべた。

「ただの藁人形《わらにんぎょう》じゃなかったぜ。」

そんな顔《かお》をすると、忍《しのぶ》は、虎視眈々《こしたんたん》と何《なに》かを狙《ねら》っている野生《やせい》の獣《けもの》みたいに見《み》えた。

う・・・恐《こわ》いけど、カッコいいかも。

「まず藁人形《わらにんぎょう》がどんなものかを話《はな》すよ。人形《にんぎょう》を作《つく》って呪《のろ》う呪術《じゅじゅつ》は古墳時代《こふんじだい》からあったんだけど、そこに針《はり》や釘《くぎ》を刺《さ》すのは、奈良時代《ならじだい》くらいからだ。藁人形《わらにんぎょう》は比較的《ひかくてき》新《あたら》しくて、江戸時代《えどじだい》くらい。これは丑《うし》の刻参《こくまい》りの時《とき》に使《つか》うアイテムなんだ。」

丑《うし》の刻参《こくまい》り？

「丑《うし》の刻参《こくまい》りっていうのは、丑《うし》の刻《こく》、今《いま》の時間《じかん》に直《なお》すと真夜中《まよなか》の午前《ごぜん》1時《じ》から3時《じ》の間《あいだ》なんだけど、これはもっとも霊力《れいりょく》が高《たか》まる時間《じかん》。この時間《じかん》に神社《じんじゃ》に行《い》き、藁人形《わらにんぎょう》を五寸釘《ごすんくぎ》で神木《しんぼく》に打《う》ち付《つ》ける。これを7日間《なのかかん》続《つづ》けると、相手《あいて》を呪《のろ》い殺《ころ》せるんだ。」

へぇ。

「室町時代《むろまちじだい》に流行《りゅうこう》した御伽草子《おとぎぞうし》や能《のう》の『鉄輪《かなわ》』にも出《で》てくるし、有名《ゆうめい》な陰陽師《おんみょうじ》の安倍晴明《あべのせいめい》が、呪《じゅ》詛《そ》をかけた鬼《おに》を調伏《ちょうぶく》したって話《はなし》も残《のこ》っている。」

安倍晴明《あべのせいめい》って、確《たし》か平安時代《へいあんじだい》の人《ひと》だよね。

そう思《おも》ったけれど、ちょっと自信《じしん》がなかったので、正解《せいかい》を求《もと》めて小塚君《こづかくん》の方《ほう》を見《み》た。

小塚君《こづかくん》は、うれしそうに口《くち》を開《ひら》く。

「ん、平安時代前期《へいあんじだいぜんき》の延喜《えんぎ》の生《う》まれみたい。陰陽師《おんみょうじ》っていうのは、天武天皇《てんむてんのう》が作《つく》った律令官職《りつりょうかんしょく》の

1つ。占《うらな》いで病気《びょうき》の治療《ちりょう》をしたり、雨《あめ》を降《ふ》らせる祈禱《きとう》をしたりする仕事《しごと》なんだ。安倍晴明《あべのせいめい》はこの陰陽師《おんみょうじ》として、一条天皇《いちじょうてんのう》なんかに仕《つか》えていた。」

公務員《こうむいん》だったんだね。

「でも、さほど出世《しゅっせ》せず別《べつ》の部署《ぶしょ》に異動《いどう》になり、その後《ご》は、個人《こじん》で呪術《じゅじゅつ》や祈禱《きとう》なんかを引《ひ》き受《う》けていたんだ。85歳《さい》で死《し》んでいる。記録《きろく》に残《のこ》ってる晴明《せいめい》の占《うらな》いは、ごく少《すく》なくって13ケース、呪術《じゅじゅつ》は二十数回《すうかい》だけだよ。」

現実《げんじつ》って、地味《じみ》なものなんだね。

「話《はなし》、続《つづ》けていい？」

小塚君《こづかくん》の説明《せつめい》が終《お》わるのを待《ま》っていた忍《しのぶ》が、了解《りょうかい》を求《もと》めてから話《はなし》を再開《さいかい》する。

「丑《うし》の刻参《こくまい》りを行《おこな》う時《とき》の服装《ふくそう》は、諸説《しょせつ》あるけど、髪《かみ》に松脂《まつやに》を塗《ぬ》って巻《ま》き上《あ》げ、顔《かお》に朱《しゅ》、体《からだ》に丹《に》を塗《ぬ》って、正体《しょうたい》を隠《かく》すための鬼面《きめん》をかぶる。」

なんか、ものすごいな。

「頭《あたま》には火《ひ》をつけた蠟燭《ろうそく》を3本立《ぼんた》てた鉄輪《かなわ》を被《かぶ》り、やはり火《ひ》を灯《とも》した松明《たいまつ》を口《くち》に銜《くわ》えて、その状態《じょうたい》で藁人形《わらにんぎょう》を打《う》ち付《つ》ける。」

私《わたし》がその姿《すがた》を想像《そうぞう》していると、上杉君《うえすぎくん》が我慢《がまん》できないといったように笑《わら》い出《だ》した。

「松脂《まつやに》って、ヴァイオリンの弦《げん》、こするのだぜ。あんなもん髪《かみ》に塗《ぬ》ったら、絶対《ぜったい》、落《お》とせねーよ。いくら鬼面《きめん》で顔《かお》を隠《かく》しても、翌朝《よくあさ》、髪《かみ》が異常《いじょう》に固《かた》まってた時点《じてん》で、バレるんじゃね？」

翼《たすく》も首《くび》を傾《かし》げた。

「火《ひ》をつけた蠟燭《ろうそく》を３本《ぼん》も頭《あたま》の上《うえ》に立《た》ててたら、蠟《ろう》が垂《た》れてきて熱《あつ》いでしょ。」

確《たし》かに。

「松明《たいまつ》を銜《くわ》えてるってのも、結構《けっこう》つらいよ。やっぱり熱《あつ》いし、口《くち》が怠《だる》くて五寸釘《ごすんくぎ》を打《う》ちこむ余裕《よゆう》なんてなくなるんじゃないかな。」

う〜ん、リアルに想像《そうぞう》してみると、恐《こわ》さ減少《げんしょう》かも。

「で、この藁人形《わらにんぎょう》に対《たい》する俺《おれ》の結論《けつろん》は、」

忍《しのぶ》が、真面目《まじめ》な顔《かお》でまとめに入《はい》った。

「7日間《なのかかん》の丑《うし》の刻参《こくまい》りが終《お》わるまで人形《にんぎょう》は神木《しんぼく》に打《う》ちこまれたままだから、立花《たちばな》の机《つくえ》に置《お》くことはできない。」

あ、そうだね。

それが置《お》かれてたってことは、もう丑《うし》の刻参《こくまい》りが終《お》わったってこと？

「丑《うし》の刻参《こくまい》りの7日間《なのかかん》が終《お》わったら、その時点《じてん》で立花《たちばな》は死《し》んでいるはずだ。よって机《つくえ》に置《お》いても意味《いみ》がない。」

そっか。

「逆《ぎゃく》に考《かんが》えれば、立花《たちばな》が生《い》きているんだから、丑《うし》の刻参《こくまい》りは行《おこな》われていないということになる。

それなら、その人形《にんぎょう》は使《つか》われてない。ただの嫌《いや》がらせだ。」

私《わたし》は、ほっとした。

よかった、呪《のろ》われてたんじゃなくて。

「その話《はなし》、おかしくないか？」

そう言《い》ったのは若武《わかたけ》だった。

「どことなく納得《なっとく》できん。」

小塚君《こづかくん》も首《くび》を傾《かし》げる。

「ん、なんか変《へん》だよ。どこが変《へん》なのかイマイチはっきりしないけど。」

上杉君《うえすぎくん》があきれたような顔《かお》で、若武《わかたけ》と小塚君《こづかくん》、それに忍《しのぶ》を見回《みまわ》した。

「変《へん》なのは、おまえらの頭《あたま》の中《なか》だ。」

若武《わかたけ》がムッとし、立《た》ち上《あ》がりかける。

その肩《かた》を、黒木君《くろきくん》が押《お》さえ、目《め》で上杉君《うえすぎくん》に発言《はつげん》を促《うなが》した。

「丑《うし》の刻参《こくまい》りで人間《にんげん》を呪《のろ》い殺《ころ》せる、それを前提《ぜんてい》にして考《かんが》えてるから、そんな妙《みょう》な方向《ほうこう》にまとまっちまうんだ。ないだろ、そんなの。呪《のろ》いなんか存在《そんざい》せん。そう考《かんが》えれば、人形《にんぎょう》はただの玩具《おもちゃ》、机《つくえ》に置《お》いたのは、嫌《いや》がらせに決《き》まってるじゃないか。問題《もんだい》は誰《だれ》がやったのかってことだけだろ。」

うーん、一刀両断《いっとうりょうだん》、さすが数学《すうがく》の天才《てんさい》！

「そうかな。」

忍《しのぶ》がふっと笑《わら》う。

「さっき言《い》ったよね、ただの藁人形《わらにんぎょう》じゃなかったって。」

そう言《い》いながら画面《がめん》をスクロールした。

「丑《うし》の刻参《こくまい》りで使《つか》う藁人形《わらにんぎょう》の中《なか》には、普通《ふつう》、呪《のろ》う相手《あいて》の名前《なまえ》とか、写真《しゃしん》、髪《かみ》、爪《つめ》なんかを入《い》れるんだ。けど、立花《たちばな》の名前《なまえ》を書《か》いたあの人形《にんぎょう》の中《なか》には、」

画像《がぞう》が移《うつ》り、新《あたら》しく出《で》てきたのは、芝生《しばふ》のような草《くさ》を丸《まる》めたものだった。

「これが入《はい》ってた。」

え、何《なに》、これ!?

「これは、インドネシアの呪術師《じゅじゅつし》が使《つか》う黒魔術《くろまじゅつ》の道具《どうぐ》だ。」

黒魔術《くろまじゅつ》っ!?

「インドネシアでは、いまだに黒魔術《くろまじゅつ》が盛《さか》んなんだ。刑法《けいほう》２９３条《じょう》で禁止《きんし》されてるんだけどね。今《いま》も多《おお》くの事件《じけん》が起《お》こってる。」

じゃ私《わたし》、黒魔術《くろまじゅつ》で呪《のろ》われてるのっ!?

「それからこれも出《で》てきた。」

次《つぎ》に映《うつ》ったのは、小《ちい》さくて丸《まる》い金色《きんいろ》のもの。

「拡大《かくだい》すると・・・」

忍《しのぶ》が指先《ゆびさき》で画像《がぞう》を摘《つ》まむようにして大《おお》きくする。

「ほら！」

うわっ、金色《きんいろ》の頭蓋骨《ずがいこつ》だぁ！

「髑髏《どくろ》っていうんだけど、これを本尊《ほんぞん》とする密教《みっきょう》があるんだ。」

ひぇっ、そんなのあるの。

「平安時代後期《へいあんじだいこうき》の永久《えいきゅう》３年《ねん》、後三条天皇《ごさんじょうてんのう》の皇子《おうじ》に仕《つか》えていた真言宗《しんごんしゅう》の僧侶《そうりょ》で、名家《めいか》の出身《しゅっしん》の仁《にん》寛《かん》、この人物《じんぶつ》が興《おこ》し、南北朝時代《なんぼくちょうじだい》に完成《かんせい》されたといわれる宗派《しゅうは》だ。その後《ご》、建武《けんむ》の頃《ころ》になって邪《じゃ》教《きょう》として弾圧《だんあつ》され、経典《きょうてん》や関係文書《かんけいもんじょ》はほとんど燃《も》やされてしまった。伝説《でんせつ》によれば、いろんな頭《ず》蓋骨《がいこつ》から髑髏《どくろ》を作《つく》って金色《きんいろ》に塗《ぬ》り、それを信仰《しんこう》する。髑髏《どくろ》にはランクがあるんだけれど、一番下《いちばんか》位《い》の髑髏《どくろ》でも、あらゆる願《ねが》いを叶《かな》えてくれると言《い》われてるんだ。」

じゃ犯人《はんにん》は、そこに願《ねが》いをかけて私《わたし》を呪《のろ》ってるんだね。

呪《のろ》いの人形《にんぎょう》と、黒魔術《くろまじゅつ》と、髑髏本尊《どくろほんぞん》が一緒《いっしょ》って、いったいどういう呪《のろ》いなのっ!?

それ全部《ぜんぶ》、私《わたし》に降《ふ》りかかってくるわけだよね、ああゾクゾクゾク。

「七鬼《ななき》、」

翼《たすく》が、思《おも》いつめた暗《くら》い顔《かお》で言《い》った。

「呪詛返《じゅそがえ》し、かけろよ。」

え、呪詛返《じゅそがえ》しって、何《なに》?

「不動明王生霊返《ふどうみょうおういきりょうがえ》しとか、いろいろあるだろ。」

わっ、言葉《ことば》がわからないっ!

私《わたし》がアタフタしていると、黒木君《くろきくん》が教《おし》えてくれた。

「呪詛返《じゅそがえ》しっていうのは、かけられた呪《のろ》いを撥《は》ね返《かえ》すこと。その呪《のろ》いは、かけた相手《あいて》に返《かえ》っていくんだ。」

ふうん、卓球《たっきゅう》の球《たま》みたいだね。

「不動明王生霊返《ふどうみょうおういきりょうがえ》しは、その一種《いっしゅ》。不動明王《ふどうみょうおう》に祈《いの》って、呪詛返《じゅそがえ》しをするんだ。」

翼《たすく》が、うるさい黙《だま》れと言《い》わんばかりの目《め》で黒木君《くろきくん》をにらむ。

黒木君《くろきくん》は、肩《かた》を竦《すく》めた。

「美門先生《みかどせんせい》、珍《めずら》しく熱《あつ》いね。」

からかうような口調《くちょう》を無視《むし》し、翼《たすく》は忍《しのぶ》に向《む》き直《なお》る。

「できるんだろ。」

忍《しのぶ》は軽《かる》く、何度《なんど》も頷《うなず》いた。

「もちろん。」

翼《たすく》は身《み》を乗《の》り出《だ》す。

「じゃ、即《そく》やれよ！」

ほとんど命令《めいれい》だった。

ほんと・・・今日《きょう》はすごく熱《あつ》くなってるかも。

「ん・・・」

忍《しのぶ》は、躊躇《ためら》う様子《ようす》を見《み》せる。

「だけど、相手《あいて》がかわいそうだからさ。」

瞬間《しゅんかん》、翼《たすく》が突《つ》っ立《た》った。

「七鬼《ななき》っ！　きさま、誰《だれ》に同情《どうじょう》してんだ。呪《のろ》われてるアーヤの立場《たちば》になってみろ。もしもう一度《いちど》でも同《おな》じこと言《い》ったら、ただじゃおかんっ!!」

いきなりの凶暴化《きょうぼうか》に、皆《みな》が唖然《あぜん》・・・。

「美門《みかど》、落《お》ち着《つ》いて。」

黒木君《くろきくん》が宥《なだ》め、肩《かた》を抱《だ》いて座《すわ》らせる。

「七鬼《ななき》にも、考《かんが》えがあるんだよ。そうだろ？」

忍《しのぶ》は腕《うで》を組《く》み、天井《てんじょう》を仰《あお》いだ。

「呪《のろ》いの人形《にんぎょう》と黒魔術《くろまじゅつ》と髑髏本尊《どくろほんぞん》。この3つを統合《とうごう》するものは何《なん》なんだ、この3つをまとめるといったい何《なに》になるんだって、ずっと考《かんが》えて探《さぐ》ってて、だから時間《じかん》がかかったんだ。」

上杉君《うえすぎくん》が眉《まゆ》を上《あ》げる。

「で、何《なん》だったわけよ。」

忍《しのぶ》は、きっぱりひと言《こと》。

「ない。」

へっ!?

「3つをつなぐものは、まったくないんだ。」

12　会議《かいぎ》は揺《ゆ》れる

若武《わかたけ》が苛立《いらだ》ち、クチャクチャと髪《かみ》をかき上《あ》げた。

「手《て》がかりなしってことかよ。じゃ打《う》つ手《て》もないじゃん。」

忍《しのぶ》は、天井《てんじょう》を仰《あお》いだままでつぶやく。

「これをやった犯人《はんにん》は、おそらく呪《のろ》いの素人《しろうと》なんだ。ただ夢中《むちゅう》で強力《きょうりょく》な呪《のろ》いを引《ひ》っ張《ぱ》ってきて寄《よ》せ集《あつ》め、そこに縋《すが》ってる感《かん》じがする。必死《ひっし》で呪《のろ》うことで、救《すく》いを求《もと》めてるんだ。精神的《せいしんてき》に幼《おさな》い人《にん》間《げん》なんだよ。だからかわいそうな気《き》がする。」

その菫色《すみれいろ》の瞳《ひとみ》から、優《やさ》しさがあふれ出《で》た。

「呪詛返《じゅそがえ》しでノックアウトするより、抱《だ》きしめて背中《せなか》を撫《な》でてやって、理由《りゆう》を聞《き》いた方《ほう》がいいはずだ。そしたら本来《ほんらい》の自分《じぶん》に戻《もど》れると思《おも》うから。」

私《わたし》は小塚君《こづかくん》と顔《かお》を見合《みあ》わせる。

「呪《のろ》いを解《と》く方法《ほうほう》も、いろいろあるんだね。」

「ん、忍《しのぶ》、意外《いがい》に優《やさ》しいね。」

瞬間《しゅんかん》、上杉君《うえすぎくん》が、座《すわ》ったままで脚《あし》を伸《の》ばし、ガンとテーブルの脚《あし》を蹴飛《けと》ばした。

「ヤワなこと、言《い》ってんじゃねーよ。」

冷《ひ》ややかな目《め》で忍《しのぶ》をにらみつける。

「呪《のろ》いなんか、さっさと叩《たた》き返《かえ》せ！」

うっ、恐《こわ》！

「でなけりゃ、立花《たちばな》が安心《あんしん》して過《す》ごせねーだろうが。」

突《つ》き刺《さ》さりそうな視線《しせん》だったけれど、それを受《う》けながら忍《しのぶ》はなんと、花《はな》が咲《さ》く時《とき》みたいにふわっと微笑《ほほえ》んだ。

「呪詛返《じゅそがえ》しじゃない方法《ほうほう》を探《さぐ》りたいんだ。」

翼《たすく》が、きつい目《め》でにらみつける。

「おまえ、それで責任持《せきにんも》てるのかよ。アーヤを絶対守《ぜったいまも》れるのか!?」

忍《しのぶ》は、しっかりと頷《うなず》いた。

「大丈夫《だいじょうぶ》。その方法《ほうほう》が見《み》つかるまで、結界《けっかい》を張《は》って守《まも》るから。一緒《いっしょ》に通学《つうがく》すればいいし、同《おな》じクラスだから授業教室《じゅぎょうきょうしつ》も一緒《いっしょ》だし、夜《よる》は俺《おれ》んちに泊《と》まればいい。遠慮《えんりょ》はいらないよ、俺《おれ》1人暮《ひとりぐ》らしだから。」

皆《みな》が一瞬《いっしゅん》、青《あお》ざめ、直後《ちょくご》に口々《くちぐち》に言《い》った。

「だめだ。別《べつ》の意味《いみ》で危《あぶ》ない。」

「一つ屋根《やね》の下《した》に2人《ふたり》っきりって、呪《のろ》われるより悪《わる》いだろ。」

「家《いえ》の人《ひと》が心配《しんぱい》するよ。」

「俺《おれ》だって心配《しんぱい》する。」

ああもう、今日《きょう》はなんでちっともまとまらないんだろう。

溜《た》め息《いき》をつく私《わたし》の前《まえ》で、皆《みな》は口角泡《こうかくあわ》を飛《と》ばして・・・あ、これは激《はげ》しく議論《ぎろん》するっていう意味《いみ》の慣用句《かんようく》だよ・・・ああでもないこうでもないと言《い》い合《あ》っていたけれど、やがて若武《わかたけ》が、はっとした様子《ようす》でリーダーとしての自覚《じかく》を取《と》り戻《もど》し、大《おお》きな声《こえ》を上《あ》げた。

「状況《じょうきょう》を整理《せいり》する。」

ああ、もっと早《はや》くしてほしかった・・・。

「我《われ》らKZ《カッズ》7《セブン》は、今《いま》、2つの事件《じけん》を抱《かか》えている。ブラック教室事件《きょうしつじけん》と、謎《なぞ》の指輪事件《ゆびわじけん》だ。そこに今日《きょう》、もう1つが加《くわ》わった。呪《のろ》いの人形事件《にんぎょうじけん》だ。」

私《わたし》はあわてて事件《じけん》ノートを開《ひら》き、メモを取《と》った。

3つもの事件《じけん》が一度《いちど》に起《お》こったらKZ《カッズ》史上初《しじょうはつ》だって思《おも》ってたけど、それが本当《ほんとう》になるなんて信《しん》じられない。

これが自分《じぶん》の絡《から》んだ事件《じけん》じゃなかったら、素直《すなお》に意欲《いよく》が湧《わ》くのになぁ。

「これらの事件《じけん》に優先順位《ゆうせんじゅんい》を付《つ》けるなら、我《われ》らKZ《カッズ》の書記《しょき》アーヤがターゲットになっている呪《のろ》いの人形事件《にんぎょうじけん》の解決《かいけつ》が、第《だい》1。」

ありがと、ごめんね。

小塚君《こづかくん》が頷《うなず》いた。

「我《われ》らKZ7《カッズセブン》は、アーヤの安全《あんぜん》を確保《かくほ》し、呪《のろ》いを防御《ぼうぎょ》、あるいは撥《は》ね返《かえ》して犯人《はんにん》を捜《さが》す。」

「じゃ当面《とうめん》、2つの事件《じけん》は、置《お》いとくんだね。」

若武《わかたけ》は、ニヤッと笑《わら》った。

「いや、同時《どうじ》にやる！」

えっ、それって無理《むり》じゃない⁉

「喜《よろこ》べ、諸君《しょくん》。神《かみ》は、我《わ》がKZ7《カッズセブン》の味方《みかた》だ。」

上杉君《うえすぎくん》が、にらみつける。

「KZ《カッズ》に、7《セブン》つけるな、ウゼぇ。」

若武《わかたけ》はアカンベして続《つづ》けた。

「呪《のろ》いの人形事件《にんぎょうじけん》が起《お》こったのは、アーヤの教室《きょうしつ》だ。ブラック教室事件《きょうしつじけん》も、教室《きょうしつ》は違《ちが》うものの同《おな》じ1年《ねん》だ。これは一緒《いっしょ》に調査《ちょうさ》できる。」

あ、そうか。

「小塚《こづか》、黒木《くろき》、それに上杉《うえすぎ》で、ブラック教室《きょうしつ》で倒《たお》れた3人《にん》の担任《たんにん》のプロフィルと病気《びょうき》を探《さぐ》る。俺《おれ》と美門《みかど》とアーヤは、これまで通《どお》り、謎《なぞ》の指輪事件《ゆびわじけん》を追《お》う。七鬼《ななき》は、学校《がっこう》に漂《ただよ》う妖気《ようき》を調査《ちょうさ》すると同時《どうじ》に、アーヤから心当《こころあ》たりのある人間《にんげん》を聞《き》き、それを元《もと》にして犯人《はんにん》を特定《とくてい》するんだ。」

忍《しのぶ》は、ちょっと難《むずか》しい顔《かお》になった。

「あの人形《にんぎょう》からたどることができるといいんだけど、無理《むり》かもな。どうしよ。」

途方《とほう》に暮《く》れている様子《ようす》だった。

でも若武《わかたけ》はあっさりスルー、さらに命令《めいれい》を重《かさ》ねる。

「おまえの仕事《しごと》は、もう1つあるぞ。呪《のろ》いからアーヤを守護《しゅご》することだ。」

ああ大変《たいへん》だなぁ、ごめんね。

心密《こころひそ》かに謝《あやま》っている私《わたし》の前《まえ》で、忍《しのぶ》はニッコリした。

「じゃ立花《たちばな》を、俺《おれ》んちに泊《と》めていいんだね。」

皆《みな》がゴクンと息《いき》を呑《の》む。

「いいのか、若武《わかたけ》。」

皆《みな》の注目《ちゅうもく》を集《あつ》めた若武《わかたけ》は、しばらく考《かんが》えていたけれど、やがて大《おお》きく頷《うなず》いた。

「やむを得《え》ん、泊《と》めていい。」

そう言《い》いながら親指《おやゆび》で自分《じぶん》を指《さ》す。

「だが、俺《おれ》も一緒《いっしょ》に泊《と》まる。監視役《かんしやく》だ。」

瞬間《しゅんかん》、皆《みな》がいっせいに叫《さけ》んだ。

「俺《おれ》も泊《と》まるっ！」

「僕《ぼく》もだ。」

「ずるいだろ、若武《わかたけ》だけなんて。」

「皆《みな》で交代《こうたい》にしよう。」

たちまち賛成《さんせい》の手《て》が４本上《ほんあ》がり、可決《かけつ》された。

若武《わかたけ》が、くやしそうにうめく。

「俺《おれ》のアイディアなんだぜ。皆《みな》で乗《の》りやがって、ちっきしょう！」

くやしがる若武《わかたけ》を尻目《しりめ》に、翼《たすく》たちは勝利《しょうり》の握手《あくしゅ》を交《か》わした。

「じゃ、泊《と》まる順番《じゅんばん》を決《き》めよう。」

「アミダしようぜ。」

私《わたし》から事件《じけん》ノートを奪《うば》い取《と》り、頭《あたま》を集《あつ》めてのぞきこみながらアミダクジを作《つく》り始《はじ》める。

4人《にん》のその楽《たの》しげな表情《ひょうじょう》を見《み》て、私《わたし》は一瞬《いっしゅん》、思《おも》ってしまった、男子《だんし》って皆《みんな》、意外《いがい》とガキかも、って。

「若武《わかたけ》、おまえも引《ひ》けよ。」

アミダクジというのは、まず人数分《にんずうぶん》の縦線《たてせん》を引《ひ》く。

その縦線《たてせん》の上端《じょうたん》に、各自《かくじ》が自分《じぶん》の名前《なまえ》を書《か》く。

次《つぎ》に、縦線《たてせん》の下端《かたん》に、順番《じゅんばん》を決《き》めるための数字《すうじ》、今《いま》の場合《ばあい》は1から5を書《か》きこむ。

そして各自《かくじ》が、縦線《たてせん》と縦線《たてせん》の間《あいだ》に自分《じぶん》の好《この》みで横線《よこせん》を入《い》れる、これはどこに入《い》れても、何本《なんぼん》入《い》れてもオッケイ。

で、1人《ひとり》1人《ひとり》が自分《じぶん》の名前《なまえ》を書《か》いた縦線《たてせん》の上端《じょうたん》からスタートして、横線《よこせん》にぶつかるたびに曲《ま》がっていき、たどり着《つ》いた所《ところ》にある数字《すうじ》が自分《じぶん》の順番《じゅんばん》ってことになるんだ。

「嫌《いや》だったら、参加《さんか》しなくていいぜ。遠慮《えんりょ》しろ。」

上杉君《うえすぎくん》に言《い》われて、若武《わかたけ》は必死《ひっし》の形相《ぎょうそう》で4人《にん》を押《お》し分《わ》け、まず自分《じぶん》の名前《なまえ》を書《か》いた。

その後《ご》ものすごく時間《じかん》をかけて考《かんが》え抜《ぬ》いたあげくに、横線《よこせん》を1本《ぽん》引《ひ》いたんだ。

1 2 3 4 5

その長《なが》かったことといったら、上杉君《うえすぎくん》も翼《たすく》もすっかりやる気《き》を失《うしな》い、黒木君《くろきくん》はかかってきた電話《でんわ》に2度《ど》も出《で》て、忍《しのぶ》なんか眠《ねむ》りこみそうになってしまったくらいだった。

小塚君《こづかくん》だけが、普通《ふつう》。

「よく平気《へいき》でいられるね。」

私《わたし》がそう言《い》うと、小塚君《こづかくん》は何《なん》でもないといったように答《こた》えた。

「慣《な》れてるから。生物《せいぶつ》の観察《かんさつ》とか実験《じっけん》って、すごく時間《じかん》がかかるんだ。ただひたすら結果《けっか》が出《で》るのを待《ま》つしかないからね。シャーレを見《み》ながら、7時間《じかん》くらい待《ま》ってたこともあるよ。何《なに》も食《た》べずに、トイレも行《い》かずに。」

すごいなぁ。

「アミダの結果《けっか》を発表《はっぴょう》する。」

若武《わかたけ》がノートを持《も》ち上《あ》げ、皆《みな》を見回《みまわ》した。

「泊《と》まる順番《じゅんばん》は、上杉《うえすぎ》、美門《みかど》、小塚《こづか》、黒木《くろき》、若武《わかたけ》だ。」

順番《じゅんばん》が早《はや》い方《ほう》だった翼《たすく》は、勝《か》ち誇《ほこ》ってV《ブイ》サインを出《だ》し、一番遅《いちばんおそ》かった若武《わかたけ》はガックリしながら、忍《しのぶ》に頼《たの》みこんだ。

「おい、俺《おれ》の泊《と》まる日《ひ》が来《く》るまで、呪《のろ》いを解決《かいけつ》するなよ。」

もうバカ武《たけ》っ！

「じゃこれで緊急会議《きんきゅうかいぎ》は終了《しゅうりょう》だ。各《かく》チームは奮励努力《ふんれいどりょく》せよ。土曜日《どようび》までに結果《けっか》を出《だ》すんだ、いいな。解散《かいさん》。」

13　ふるさと納税《のうぜい》

会議《かいぎ》が解散《かいさん》した後《あと》、私《わたし》は忍《しのぶ》と、呪《のろ》いの人形《にんぎょう》が置《お》かれていた朝《あさ》のことを確認《かくにん》し合《あ》った。

心当《こころあ》たりがあるとすれば悠飛《ゆうひ》のことだけだったから、佐田真理子《さたまりこ》から聞《き》いた5人《にん》の名前《なまえ》も言《い》っておいた。

岡野天詩《おかのてんし》、神田美香《かんだみか》、河本雲母《かわもときらら》、佐野萌《さのもえ》、金田陽奈《かねだひな》、それぞれの特徴《とくちょう》も。

「授業終《じゅぎょうお》わったら、一緒《いっしょ》に家《うち》に行《い》こ。」

忍《しのぶ》にそう言《い》われたんだけど、急《きゅう》に外泊《がいはく》なんて、できない。

「いったん家《いえ》に帰《かえ》って、ママに聞《き》いてみないと。」

私《わたし》がそう言《い》うと、黒木君《くろきくん》が軽《かる》く頷《うなず》いた。

「俺《おれ》、一緒《いっしょ》に行《い》って、話《はな》そうか？」

黒木君《くろきくん》は、ママのお気《き》に入《い》り。

黒木君《くろきくん》の言《い》うことなら、ママはほとんど反対《はんたい》しないんだ。

ああよかった、心強《こころづよ》い味方《みかた》がいて。

「よろしくお願《ねが》い。」

万《まん》が一《いち》の場合《ばあい》を想定《そうてい》して忍《しのぶ》も連《つ》れていくことにし、上杉君《うえすぎくん》は直接《ちょくせつ》、忍《しのぶ》の家《いえ》に行《い》くという話《はなし》がまとまった。

それで授業《じゅぎょう》が終《お》わると、３人《にん》で私《わたし》の家《いえ》に向《む》かったんだ。

いつもは1人《ひとり》で帰《かえ》る道《みち》を３人《にん》で帰《かえ》るって、不思議《ふしぎ》な感《かん》じ。

何《なん》となく心強《こころづよ》くて楽《たの》しくて、でも家《いえ》に帰《かえ》るっていうよりは、どこかに出《で》かける感《かん》じだった。

「ただいま。」

そう言《い》って玄関《げんかん》のドアを開《あ》けると、そこに奈子《なこ》が座《すわ》りこんでいた。

ただ座《すわ》ってたんじゃなくて、手《て》にプリンを載《の》せたお皿《さら》を持《も》っていて、それを食《た》べている。

「ああお姉《ねえ》ちゃん、お帰《かえ》りなさい。」

奈子《なこ》は、超天然少女《ちょうてんねんしょうじょ》、とてもトロいんだ。

「おやつは、ダイニングで食《た》べなさい。」

私《わたし》がそう言《い》うと、ダイニングの方《ほう》を振《ふ》り返《かえ》った。

「でもあそこ、今《いま》、戦場《せんじょう》だから。」

へっ!?

と思《おも》ったとたんに、パパの声《こえ》。

「それは間違《まちが》ってるよ。」

よく見《み》れば、玄関《げんかん》の三和土《たたき》にパパの靴《くつ》があった。

帰《かえ》ってきてるんだ。

「前《まえ》から、君《きみ》の価値観《かちかん》にはおかしなところがある、それは改《あらた》めなければならないって言《い》ってきたよね。どうして是正《ぜせい》しないんだ。そんな卑《いや》しい考《かんが》え方《かた》で子供《こども》たちに接《せっ》してもらっては困《こま》る。」

パパの声《こえ》が途切《とぎ》れると、打《う》ち返《かえ》すようにママの声《こえ》がした。

「ああ、そう。わかったわよ。私《わたし》は卑《いや》しくって困《こま》る存在《そんざい》なのね。じゃ出《で》ていくわよ。」

げっ！

「子供《こども》みたいな極論《きょくろん》は、やめてくれ。君《きみ》が考《かんが》え方《かた》を改《あらた》めればいいだけだろ。」

「私《わたし》の言《い》ってることは、普通《ふつう》です。世間《せけん》じゃ皆《みな》、そう言《い》ってるじゃないの。あなたが気《き》に入《い》らないってだけでしょう。」

「僕《ぼく》たちの家《いえ》は、普通《ふつう》じゃない。僕《ぼく》は高収入《こうしゅうにゅう》を得《え》ている。そういう家《いえ》には、それにふさわしい倫《りん》理観《りかん》があるべきだし、恵《めぐ》まれている人間《にんげん》は自分《じぶん》たちの利益《りえき》を求《もと》めるだけじゃなく、社会《しゃかい》への貢献《こうけん》も考《かんが》えなくちゃいけないんだ。」

「まぁご立派《りっぱ》ね。あなたとはまるで意見《いけん》が合《あ》いません。私《わたし》、出《で》ていきますから。荷物《にもつ》は後《あと》で取《と》りに来《き》ます。」

奈子《なこ》が、パックリとおやつのプリンを口《くち》に入《い》れる。

「あーあ、離婚《りこん》かぁ。」

私《わたし》は、真《ま》っ青《さお》っ！

どーしようっ!?

「俺《おれ》たち、来《き》ちゃいけない時《とき》に来《き》たみたいだね。」

「ん、いったん失礼《しつれい》しようか。」

2人《ふたり》は玄関《げんかん》で回《まわ》れ右《みぎ》をし、帰《かえ》っていこうとする。

その服《ふく》の裾《すそ》を、私《わたし》はハッシと摑《つか》んだ。

「お願《ねが》い、一緒《いっしょ》にいて。」

恐《こわ》かったんだ。

「でもご両親《りょうしん》はきっと、俺《おれ》たちには聞《き》かれたくないよ。」

そりゃそうかもしれないけど、奈子《なこ》と2人《ふたり》じゃ心細《こころぼそ》いよ。

「じゃ、目立《めだ》たない所《ところ》に引《ひ》っこんでるってのは？」

あ、それがありがたいかも。

「戦《たたか》いが終《お》わったら、戻《もど》ってくるから安心《あんしん》しててていいよ。」

出《で》ていく2人《ふたり》を見送《みおく》ってから、私《わたし》は、ダイニングの方《ほう》を振《ふ》り返《かえ》った。

さっきのママの声《こえ》を最後《さいご》に、静《しず》まり返《かえ》っている。

ああ、どうなるんだろう・・・。

息《いき》を呑《の》んでいると、やがて足音《あしおと》がし、ママが出《で》てきた。

手《て》には、お出《で》かけの時《とき》に使《つか》うエルメスの黒《くろ》いバッグを持《も》っている。

「あら帰《かえ》ってたの？　聞《き》こえたかもしれないけど、ママは出《で》ていきますから。悪《わる》いのは、パパですからね。」

靴箱《くつばこ》からフェラガモのエナメル靴《ぐつ》を出《だ》し、それを突《つ》っかけて乱暴《らんぼう》にドアを開《あ》けた。

私《わたし》は、どうしていいのかわからなくて、その場《ば》に突《つ》っ立《た》ったまま。

ドアの向《む》こうに姿《すがた》を消《け》したママの靴音《くつおと》は、次第《しだい》に遠《とお》くなっていき、そして聞《き》こえなくなった。

「彩《あや》、お帰《かえ》り。」

パパが気《き》まずそうな顔《かお》で姿《すがた》を見《み》せる。

「びっくりさせてごめん。ママはたぶん実家《じっか》に帰《かえ》るだろうから、これから迎《むか》えに行《い》って、ゆっくり話《はな》してくるよ。」

パパが冷静《れいせい》だったので、私《わたし》はちょっとほっとした。

「原因《げんいん》は、何《なん》なの？」

パパは溜《た》め息《いき》をつく。

「ふるさと納税《のうぜい》。」

はぁっ!?

「収入《しゅうにゅう》のあるすべての人間《にんげん》は、自分《じぶん》の住《す》んでいる都道府県《とどうふけん》や市区町村《しくちょうそん》に住民税《じゅうみんぜい》を払《はら》う義務《ぎむ》があるんだ。でもふるさと納税《のうぜい》って制度《せいど》があってね、自分《じぶん》が選《えら》んだ全国《ぜんこく》の自治体《じちたい》、つまり都道府県《とどうふけん》・市《し》区町村《くちょうそん》、どこでもいいから寄付《きふ》をすると、その金額《きんがく》は、納《おさ》めなければならない住民税《じゅうみんぜい》から減額《げんがく》されることになってる。」

はぁ・・・。

「その上《うえ》、寄付《きふ》した自治体《じちたい》からお礼《れい》が届《とど》くんだ。その地方特産《ちほうとくさん》の高級牛肉《こうきゅうぎゅうにく》とか、カニとかウニとか、あるいは冷蔵庫《れいぞうこ》やテレビなんかの家電製品《かでんせいひん》、パソコン、商品券《しょうひんけん》を出《だ》す所《ところ》もある。かなりのお礼《れい》がもらえるんだ。」

すごいかも。

「でも自分《じぶん》の住《す》んでいる自治体《じちたい》に納税《のうぜい》しても、何《なに》ももらえない。要《よう》するに、ふるさと納税《のうぜい》をした方《ほう》が得《とく》なんだ。」

確《たし》かに。

「それを目当《めあ》てにふるさと納税《のうぜい》をする人間《にんげん》も、多《おお》い。でも皆《みんな》が自分《じぶん》の利益《りえき》だけを考《かんが》えて居住《きょじゅう》している自治体《じちたい》への納税額《のうぜいがく》を減《へ》らしたら、その自治体《じちたい》はやっていけなくなる。税金《ぜいきん》を払《はら》うのは国民《こくみん》の義務《ぎむ》だし、それで得《とく》をしようなんて考《かんが》え方《かた》は、さもしい、つまり卑《いや》しいとパパは思《おも》う。」

ん。

「貧《まず》しくて、暮《く》らしが苦《くる》しい家《いえ》なら、背《せ》に腹《はら》は代《か》えられないということもあるだろう。だが我《わ》が家《や》はそうじゃない。充分《じゅうぶん》な暮《く》らしができる状態《じょうたい》なのに、より多《おお》くの利益《りえき》を求《もと》めるのは間違《まちが》ってる。お礼《れい》を目当《めあ》てにふるさと納税《のうぜい》をするのはやめなさいと言《い》っているのに、ママは、皆《みな》がやってるとか、やらないともったいないとか言《い》って、やめようとしないんだ。」

ん〜、ママらしいね。

「以前《いぜん》から、ママの考《かんが》え方《かた》には問題《もんだい》があると思《おも》っていた。」

まぁそれは、私《わたし》も思《おも》ってたけど。

「折《おり》に触《ふ》れて、直《なお》してくれるように言《い》ってきたんだが、いまだに直《なお》らない。パパが一番恐《いちばんおそ》れているのは、そんなママを見《み》て育《そだ》つ彩《あや》や奈子《なこ》が知《し》らず知《し》らずに影響《えいきょう》されて、同《おな》じような価値観《かちかん》を持《も》ってしまうことなんだ。それだけは何《なん》としても阻止《そし》したい。君《きみ》たち2人《ふたり》には、品位《ひんい》ある考《かんが》え方《かた》をし、自分《じぶん》だけの幸福《こうふく》を求《もと》めず社会《しゃかい》に貢献《こうけん》できる女性《じょせい》になってもらいたいんだ。だからママが態度《たいど》を改《あらた》めてくれなければ、別《わか》れて住《す》むしかないと考《かんが》えている。」

これは意外《いがい》に根《ね》が深《ふか》いと、私《わたし》は思《おも》った。

原因《げんいん》は、ふるさと納税《のうぜい》じゃなくて、ママの性格《せいかく》そのものにあるんだ。

「パパは正《ただ》しいし、高潔《こうけつ》だよ。」

奈子《なこ》が座《すわ》ったまま、パパを見上《みあ》げた。

「そんでママは打算的《ださんてき》。でもこの家《いえ》にパパしかいなかったら、私《わたし》、世《よ》の中《なか》の全部《ぜんぶ》の人《ひと》がパパみたいだと考《かんが》えてしまう。そしたら世間《せけん》に出《で》た時《とき》に騙《だま》されたり、詐欺《さぎ》にかかったりすると思《おも》うんだ。身近《みぢか》にママみたいな人《ひと》がいて、ああこんな人間《にんげん》もいるんだってわかることは、すごくいい教育《きょういく》になってるよ。」

私《わたし》は、目《め》が真《ま》ん丸《まる》。

この子《こ》、いつの間《ま》にかすごい！

「奈子《なこ》は、もっと素敵《すてき》なママがほしくないのかい？」

パパに聞《き》かれて、奈子《なこ》はプリンの最後《さいご》のひと匙《さじ》を口《くち》に入《い》れる。

「そりゃほしいけどね、でも自分《じぶん》がママのお腹《なか》に戻《もど》って、新《あたら》しい素敵《すてき》なママに産《う》み直《なお》してもらうことなんて、できないでしょう。だったら我慢《がまん》するしかないと思《おも》うんだ。私《わたし》、ママには一線《いっせん》引《ひ》いて接《せっ》してるから、影響《えいきょう》はされない。心配《しんぱい》しないで。」

パパはちょっと笑《わら》い、それから奈子《なこ》を抱《だ》き上《あ》げた。

「わかった。パパも改《あらた》めて考《かんが》えてみるよ。ところで、これからお祖父《じい》ちゃんの家《いえ》に行《い》ってママと話《はなし》をするつもりだけど、奈子《なこ》も行《い》くかい？」

奈子《なこ》は、素直《すなお》に同意《どうい》する。

「彩《あや》はどう？」

パパに聞《き》かれて私《わたし》はハッと我《われ》に返《かえ》り、首《くび》を横《よこ》に振《ふ》った。

「私《わたし》、家《いえ》にいる。」

パパは心配《しんぱい》そうに眉根《まゆね》を寄《よ》せる。

「今夜《こんや》は戻《もど》れないよ。彩《あや》、1人《ひとり》になるけど。」

これはチャンス！

「クラスメイトの家《いえ》に、皆《みんな》で泊《と》まる計画《けいかく》があるの。ママに聞《き》いてみてから返事《へんじ》をしようと思《おも》ってたんだけど、」

パパは、ほっとしたように頷《うなず》いた。

「ああ、ここに1人《ひとり》でおくより、その方《ほう》が安心《あんしん》だ。パパから先方《せんぽう》に電話《でんわ》をかけて、娘《むすめ》がお世話《せわ》になりますって言《い》っておくよ。後《あと》で番号《ばんごう》を教《おし》えてくれ。じゃ奈子《なこ》、準備《じゅんび》をしようか。」

パパは奈子《なこ》を連《つ》れて部屋《へや》に入《はい》っていき、私《わたし》は両手《りょうて》でガッツポーズ！

やった!!

なんかよくわからないけど、結果的《けっかてき》にうまくいった、奇跡《きせき》だ。

でもパパに、電話《でんわ》を教《おし》えなくちゃならないんだっけ、どうしよう。

「俺《おれ》んとこの番号《ばんごう》を言《い》えばいいよ。」

外《そと》にいた忍《しのぶ》が、ドアの間《あいだ》から顔《かお》を出《だ》した。

「うちのメイドに、うまく対応《たいおう》するように言《い》っておくから。」

忍《しのぶ》の言《い》う、うちのメイドとは、ロボットのこと。

忍《しのぶ》んちに初《はじ》めて行《い》ったのは、「妖怪《ようかい》パソコンは知《し》っている」の中《なか》だったけれど、ＡＩ《人工知能》搭載《とうさい》のロボットがたくさんいるんだ。

庭《にわ》を走《はし》っている自動車《じどうしゃ》もそうだし、映写《えいしゃ》システムの操作《そうさ》や、ドアの開閉《かいへい》もＡＩ《エーアイ》がしてた、プールで飼《か》ってる鮫《さめ》や鱏《えい》なんかもロボットらしい。

中《なか》でもロボット・メイドは、ほとんど人間《にんげん》と変《か》わらないような会話《かいわ》ができる。

でもなぜか、外見《がいけん》は骸骨《がいこつ》なんだ。

で、エプロンしてるの。

たぶんそれが忍《しのぶ》の趣味《しゅみ》なんだろうけれど・・・不思議《ふしぎ》。

「お父《とう》さんのオーケイが出《で》たんだから、アーヤも準備《じゅんび》をしておいでよ。泊《と》まりだから、明日《あした》の学校《がっこう》の用意《ようい》と服《ふく》もね。俺《おれ》、近《ちか》くの公園《こうえん》で待《ま》ってるから。」

忍《しのぶ》がそう言《い》うと、黒木君《くろきくん》が片手《かたて》を上《あ》げた。

「じゃ俺《おれ》は用済《ようず》みだから、帰《かえ》るね。土曜日《どようび》に会《あ》おう。」

私《わたし》は急《いそ》いでお泊《と》まりの用意《ようい》をし、パパに電話番号《でんわばんごう》を伝《つた》えて、奈子《なこ》にいくつか注意《ちゅうい》をした。

パパとママが話《はな》してる時《とき》には口《くち》を挟《はさ》まないようにとか、いざとなったらお祖父《じい》ちゃんやお祖母《ばあ》ちゃんを話《はなし》に介入《かいにゅう》させることとか、エトセトラ。

その後《ご》、家《いえ》を出《で》て、公園《こうえん》で忍《しのぶ》と合流《ごうりゅう》、彼《かれ》の家《いえ》に向《む》かったんだ。

交差点《こうさてん》に面《めん》して大《おお》きな門《もん》を構《かま》える忍《しのぶ》の家《いえ》は、卵形《たまごがた》の未来風建築物《みらいふうけんちくぶつ》。

セキュリティで守《まも》られている門《もん》を入《はい》ると、事前《じぜん》に忍《しのぶ》が連絡《れんらく》していたらしく、ＡＩ車《エーアイしゃ》が迎《むか》えに来《き》ていた。

でも、私《わたし》が前《まえ》に見《み》た車《くるま》じゃなかった。

形《かたち》は、東海道新幹線《とうかいどうしんかんせん》の頭部分《あたまぶぶん》みたいな流線形《りゅうせんけい》で、全体《ぜんたい》が真《ま》っ白《しろ》、しかもどこにもつなぎ目《め》のないシームレス。

ドアは、手前《てまえ》に引《ひ》くんじゃなくて、撥《は》ね上《あ》げるみたいに上《うえ》に持《も》ち上《あ》がるんだ。

もちろん自動《じどう》で開《ひら》くんだよ。

「車《くるま》、替《か》えたの？」

乗《の》りこみながら聞《き》くと、忍《しのぶ》はちょっと自慢《じまん》げに微笑《ほほえ》んだ。

「最先端技術《さいせんたんぎじゅつ》を搭載《とうさい》したから、外観《がいかん》も変《か》えた方《ほう》がいいと思《おも》ってさ。これは人間《にんげん》を理解《りかい》する車《くるま》なんだ。カメラで表情《ひょうじょう》や動作《どうさ》を読《よ》み取《と》り、それに応《おう》じてくれる。」

私《わたし》は、半信半疑《はんしんはんぎ》でシートに座《すわ》った。

すると3秒《びょう》も経《た》たないうちに、座席《ざせき》がゆっくりと動《うご》いてリラックスできる体勢《たいせい》になり、肘置《ひじお》きが出《で》てきて、目《め》の前《まえ》にはチョコレートが2個《こ》載《の》ったお皿《さら》が現《あらわ》れた。

丸《まる》い玉《たま》みたいな形《かたち》をしたトリュフで、外側《そとがわ》にはココアパウダーが振《ふ》りかけられている。

わぁ、これ、美味《おい》しいんだ。

でも高級《こうきゅう》チョコレートだから、めったに買《か》ってもらえない。

1粒《つぶ》で、500円《えん》とかするんだもの。

「この車《くるま》が判断《はんだん》したんだ、アーヤは疲《つか》れていて、甘《あま》いものがほしそうだって。」

へぇ！

「冗談《じょうだん》も言《い》うよ。」

そう言《い》いながら忍《しのぶ》は、空中《くうちゅう》に向《む》かって話《はな》しかけた。

「甘《あま》いものって、チョコレートだけじゃないだろ？」

すると、澄《す》んだ声《こえ》がしたんだ。

「その通《とお》りだけど、僕《ぼく》は自分《じぶん》の好《この》みのタイプの女子《じょし》には、チョコレートを出《だ》すことにしてるんだ。」

忍《しのぶ》が、クスクス笑《わら》う。

「この車《くるま》のAI《エーアイ》は、年齢《ねんれい》13歳《さい》。中《ちゅう》1に設定《せってい》してある。俺《おれ》たちと同《おな》い年《どし》だよ。」

へぇえ!!

「忍《しのぶ》も、飲《の》み物《もの》をどうぞ。」

忍《しのぶ》の前《まえ》に、ジュースを入《い》れたコップが出《で》てくる。

すごいなぁ！

感心《かんしん》しながら、私《わたし》はチョコレートを食《た》べた。

「美味《おい》しっ！」

こうしていろんなサービスをしてくれて、話《はな》し相手《あいて》にもなってくれるAI《エーアイ》がいたら、1人《ひとり》でも寂《さび》しくないよね。

私《わたし》も・・・もしパパとママが離婚《りこん》して、心《こころ》に隙間《すきま》ができたら、忍《しのぶ》にAI《エーアイ》のロボットを作《つく》ってもらおうかなぁ。

「あと3分《ぷん》25秒《びょう》で、玄関《げんかん》に到着《とうちゃく》。1分《ぷん》を過《す》ぎたらカウントダウンするから。」

忍《しのぶ》が溜《た》め息《いき》をつく。

「意外《いがい》に、細《こま》かい性格《せいかく》なんだ。計算外《けいさんがい》だよ。」

私《わたし》はちょっと笑《わら》いながら、空中《くうちゅう》に向《む》かって聞《き》いた。

「あなたの名前《なまえ》は？」

車《くるま》は一瞬《いっしゅん》、黙《だま》りこみ、しばらくして答《こた》えた。

「えっと、車《くるま》、かな。」

ふふっ、かわいいかも。

14　星空《ほしぞら》の下《した》、2人《ふたり》きり

玄関《げんかん》に着《つ》くと、メイドが迎《むか》えに出《で》ていた。

でも、それは私《わたし》の知《し》っている骸骨《がいこつ》じゃなかった。

なんとっ、鎧《よろい》を着《き》た騎士《きし》だったんだ。

「あの骸骨《がいこつ》、どーしたの？」

驚《おどろ》いて聞《き》くと、忍《しのぶ》は肩《かた》を竦《すく》めた。

「バラして物置《ものおき》に入《い》れてある。さっきの車《くるま》と同《おな》じで、AI《エーアイ》をレベルアップしたから、外側《そとがわ》も変《か》えてみたんだ。」

そうなんだ、なんとなく寂《さび》しい。

「何《なん》だ、その顔《かお》。もしかして寂《さび》しいとか思《おも》ってるの？」

当《あ》たりだけど・・・。

「AI《エーアイ》に感情移入《かんじょういにゅう》するのは、超《ちょう》、危険《きけん》だ。AI《エーアイ》は人間《にんげん》のような感情《かんじょう》を持《も》ってるわけじゃないし、常識《じょうしき》も意思《いし》も持《も》ってない。いくら人間《にんげん》のような外見《がいけん》をしてて言葉《ことば》をしゃべっても、それは内蔵《ないぞう》されたアルゴリズムとデータ通《どお》りに動《うご》いてるだけだから。」

同《おな》じようなこと、前《まえ》に上杉君《うえすぎくん》からも言《い》われた気《き》がする。

「AI《エーアイ》と心《こころ》が通《かよ》うなんて思《おも》うのは、幻想《げんそう》の世界《せかい》だよ。ぬいぐるみに感情移入《かんじょういにゅう》して、心《こころ》が通《かよ》ってるって思《おも》うのと同《おな》じだ。そんなこと考《かんが》えるのは、せいぜい小学生《しょうがくせい》までだろ。」

ん、前《まえ》も、そう言《い》われた時《とき》はわかってたんだけどね、実際《じっさい》にロボットを目《め》の前《まえ》にして会話《かいわ》してると、そう思《おも》えなくなってくるんだ。

気《き》を付《つ》けなくっちゃ！

「本日《ほんじつ》は、2名様《めいさま》のお泊《と》まりと伺《うかが》っています。」

騎士《きし》の声《こえ》は低《ひく》くて、重々《おもおも》しい。

「お部屋《へや》の用意《ようい》は整《ととの》っています。すでに1名様《めいさま》はご到着《とうちゃく》になり、お部屋《へや》に入《はい》っていらっしゃいます。夜食《やしょく》の準備《じゅんび》も、間《ま》もなくできる予定《よてい》です。」

忍《しのぶ》が、軽《かる》くお礼《れい》を言《い》うと、騎士《きし》は片手《かたて》を胸《むね》に当《あ》て、もう一方《いっぽう》の手《て》を後《うし》ろに引《ひ》きながら身《み》をかがめてお辞儀《じぎ》をした。

すごく礼儀正《れいぎただ》しいんだ。

「では夜食《やしょく》の準備《じゅんび》を見《み》てまいります。」

そう言《い》って、ガチャンガチャンと鎧《よろい》の音《おと》をさせながら廊下《ろうか》の奥《おく》に入《はい》っていった。

「う〜ん、あの音《おと》イマイチだな。リアルにしたかったんだけど、なんか耳障《みみざわ》りかも。」

クスクス。

「部屋《へや》は、こっちだ。」

ハイテクなこの家《いえ》では、あらゆるドアは近《ちか》づくだけで開《ひら》くし、カーテンも窓《まど》も命令《めいれい》するだけで開閉《かいへい》する、水《みず》は声《こえ》をかけるだけで蛇口《じゃぐち》から出《で》たり止《と》まったりするんだ。

「立花《たちばな》の部屋《へや》は、ここ。」

開《ひら》いたドアから中《なか》に踏《ふ》みこめば、そこは中世《ちゅうせい》のお姫様《ひめさま》が住《す》んでいるような部屋《へや》だった。

窓《まど》に白《しろ》いフリルの付《つ》いたレースとビロードのカーテンが二重《にじゅう》にかかっていて、床《ゆか》にはエメラルド色《いろ》の絨緞《じゅうたん》が敷《し》いてある。

壁《かべ》は、リボンと花《はな》の模様《もよう》の綴れ織り《タペストリー》で飾《かざ》られ、鏡《かがみ》がかけられていた。

壁際《かべぎわ》に暖炉《だんろ》があって、その上《うえ》には金色《きんいろ》の置《お》き時計《どけい》と3本《ぼん》の枝《えだ》の付《つ》いた燭台《しょくだい》。

天井《てんじょう》からは、水晶《すいしょう》のシャンデリアが下《さ》がっている。

「ルイ15世様式《せいようしき》の室内装飾《しつないそうしょく》だ。」

ふかふかのソファはパールピンク色《いろ》で、パールブルーのクッションが2つ置《お》いてあり、どちらもフリンジで飾《かざ》られ、かわいいリボンが刺繍《ししゅう》されていた。

隅《すみ》の方《ほう》にあるベッドは、上部《じょうぶ》に設《しつら》えられた赤《あか》い天蓋《てんがい》からレースのカーテンがカーブを描《えが》いて3重《じゅう》に垂《た》れ下《さ》がっている。

う〜ん、素敵《すてき》っ！

「趣味《しゅみ》に合《あ》わなかったら、別《べつ》の部屋《へや》もあるよ。もっと近未来的《きんみらいてき》なインテリアのとこもあるし、和風《わふう》のもあるんだ。普通《ふつう》の家庭《かてい》みたいなのもあって、ニトリの家具《かぐ》とか置《お》いてあるけど。」

いーえ、ここで充分《じゅうぶん》、ここが好《す》きっ！

「隣《となり》は上杉《うえすぎ》だ。」

私《わたし》は一瞬《いっしゅん》、これと同《おな》じような部屋《へや》に上杉君《うえすぎくん》がいるシーンを想像《そうぞう》し、笑《わら》い出《だ》しそうになってしまった。

和典姫《かずのりひめ》だぁ・・・。

「なんだ、その顔《かお》。」

いえ、別《べつ》に。

「上杉《うえすぎ》の部屋《へや》のインテリアは、宇宙空間《うちゅうくうかん》だよ。天井《てんじょう》と壁《かべ》がプラネタリウムになってるんだ。」

わぁロマンティック！

星々《ほしぼし》に囲《かこ》まれて、上杉君《うえすぎくん》は、どんなことを考《かんが》えてるんだろう。

「夜食《やしょく》は10時《じ》からだけど、悪《わる》いけど2人《ふたり》で食《た》べてよ。俺《おれ》は、呪《のろ》いの人形《にんぎょう》を調《しら》べないといけないから、自分《じぶん》の部屋《へや》にこもる。早《はや》くカタを付《つ》けて、おまえの呪《のろ》いを断《た》ち切《き》りたいからさ。他《ほか》にもやらなくちゃならないことがあるし。」

大変《たいへん》だなぁ。

私《わたし》のせいで仕事《しごと》が増《ふ》えてしまって、ごめんね。

「各部屋《かくへや》の内線番号《ないせんばんごう》は、電話機《でんわき》のそばに置《お》いてある。この家全体《いえぜんたい》に結界《けっかい》を張《は》っとくから、心配《しんぱい》はいらないよ。じゃあね。」

忍《しのぶ》と別《わか》れて私《わたし》は部屋《へや》に入《はい》り、ふわふわのソファに腰《こし》を下《お》ろした。

パールブルーのクッションを抱《だ》きしめながら考《かんが》える。

私《わたし》、やっぱり悠飛《ゆうひ》のことで呪《のろ》われたのかなぁ。

呪《のろ》いをかけたのは精神的《せいしんてき》に幼《おさな》い人間《にんげん》だって忍《しのぶ》は言《い》ってたけど、5人《にん》のうちの誰《だれ》だろう。

私《わたし》は、順番《じゅんばん》に5つの顔《かお》を思《おも》い浮《う》かべた。

一番幼《いちばんおさな》く見《み》えるのは、岡野天詩《おかのてんし》さんだけど、それは外見《がいけん》だから、心《こころ》までそうかどうかはわからない。

すごくかわいらしい人《ひと》で、よく男子《だんし》から告白《こくはく》されるっていう噂《うわさ》だけど、誰《だれ》とも付《つ》き合《あ》ってないみたい。

神田美香《かんだみか》さんと河本雲母《かわもときらら》さんは、親友《しんゆう》だって言《い》ってる2人組《ふたりぐみ》で、私《わたし》はちょっと苦手《にがて》。いつも2人《ふたり》で、ぴったり息《いき》が合《あ》ってて、まるで1人《ひとり》の人間《にんげん》みたいに同《おな》じことを言《い》うから、なんとなく恐《こわ》い。

佐野萌《さのもえ》さんはテニス部《ぶ》で、成績《せいせき》もいい。

活発《かっぱつ》で、クラスでもよく発言《はつげん》するんだけど、私《わたし》、直接《ちょくせつ》、話《はな》したことはない。

金田陽奈《かねだひな》さんは、授業中《じゅぎょうちゅう》にあまり手《て》を上《あ》げないおとなしい人《ひと》で、前《まえ》に1度《ど》同《おな》じ班《はん》になったことがあるけど、あまり親《した》しくしなかったから、よくわからないな。

で、結局《けっきょく》、誰《だれ》？

私《わたし》が考《かんが》えこんでいると、庭《にわ》に面《めん》した窓《まど》の外《そと》で、ザワッと木《き》の枝《えだ》が揺《ゆ》れた。

何《なん》だろ？

立《た》ち上《あ》がって窓《まど》に近《ちか》づき、カーテンを開《あ》けてみる。

星《ほし》がきれいだった。

パパと奈子《なこ》はもう、ママの実家《じっか》に着《つ》いたかなぁ。

私《わたし》の家《いえ》、どうなってしまうんだろう、恐《こわ》いな。

それに明日《あした》からの外泊《がいはく》は、パパになんて説明《せつめい》すればいいんだろう。

いろいろと不安《ふあん》に思《おも》いながらテラスに出《で》て、銀色《ぎんいろ》の手摺《てす》りに手《て》を突《つ》きながら空《そら》を仰《あお》いだ瞬間《しゅんかん》、目《め》の前《まえ》に何《なに》かが降《ふ》ってきた。

ぎゃっ！

一瞬《いっしゅん》つぶった目《め》を、恐《おそ》る恐《おそ》る開《あ》けてみると、芝生《しばふ》の上《うえ》に着地《ちゃくち》した上杉君《うえすぎくん》が、スックと立《た》ち上《あ》がるところだった。

上《うえ》を見《み》れば、木《き》の枝《えだ》が揺《ゆ》れている。

あ、木《き》に上《のぼ》ってたのかぁ。

私《わたし》は、ほっとしながら、自分《じぶん》より下《した》にいる上杉君《うえすぎくん》を見下《みお》ろした。

「木《き》から落《お》ちたの？」

上杉君《うえすぎくん》は、斜《なな》めに月《つき》に照《て》らされながら、ちょっと笑《わら》った。

「落《お》ちたら、尻餅《しりもち》ついてるだろ。」

あ、そうか。

「あせって飛《と》び降《お》りたんだ、おまえがカーテンと窓《まど》開《あ》けたからさ。」

なんで？

「木《き》の上《うえ》から、部屋《へや》をのぞいてるって思《おも》われたくなかったから。」

意外《いがい》と細《こま》かく気配《きくば》りするよね、いつも。

「木《き》の上《うえ》で、何《なに》してたの？」

私《わたし》が聞《き》くと、上杉君《うえすぎくん》は空《そら》を仰《あお》いだ。

「自分《じぶん》の調査《ちょうさ》の連絡待《れんらくま》ちながら、星《ほし》、見《み》てた。」

冴《さ》え冴《ざ》えとした月光《げっこう》に照《て》らされた上杉君《うえすぎくん》は、蠟人形《ろうにんぎょう》みたいに冷《ひ》ややかで、美《うつく》しかった。

「部屋《へや》で見《み》えるんじゃないの？」

私《わたし》の言葉《ことば》に、またちょっと笑《わら》う。

「ナマ空《ぞら》みようと思《おも》って。」

そう言《い》いながら、その目《め》をこちらに向《む》けた。

「俺《おれ》、昔《むかし》、星《ほし》って線《せん》で結《むす》ばれてるんだと思《おも》ってた。」

は？

「どんな星座盤《せいざばん》を見《み》ても、星《ほし》が線《せん》で結《むす》んであって何座《なにざ》とか書《か》いてあるだろ。で、あの線《せん》がそのまま空《そら》にあるものだとばかり思《おも》ってたの。」

私《わたし》は笑《わら》い出《だ》した、かわいい！

数学《すうがく》の天才《てんさい》、上杉君《うえすぎくん》にも、そんな頃《ころ》があったんだね。

「あのさぁ、」

そう言《い》いながらこちらに歩《ある》いてきて、手《て》を伸《の》ばし、私《わたし》の摑《つか》んでいた手摺《てす》りを摑《つか》む。

「おまえの両親《りょうしん》って、うまくいってる？」

こちらを仰《あお》ぎ見《み》たその目《め》に、夜《よる》が映《うつ》っていた。

とても暗《くら》く、深《ふか》い闇《やみ》のような瞳《ひとみ》。

私《わたし》は胸《むね》を突《つ》かれ、思《おも》わず言《い》いそうになった。

うちは、離婚《りこん》するかもしれないって。

でも、上杉君《うえすぎくん》がそんなことを言《い》い出《だ》したのは、きっと両親《りょうしん》がうまくいってないからだ。

それなら先《さき》に、相談《そうだん》に乗《の》ってあげなくちゃ。

私《わたし》のことは、後《あと》でいい。

「何《なに》かあったの？」

その時《とき》、上杉君《うえすぎくん》のポケットでスマートフォンが鳴《な》り出《だ》した。

上杉君《うえすぎくん》は、私《わたし》の話《はなし》を止《と》めようとして片手《かたて》を上《あ》げてから、スマートフォンを耳《みみ》に当《あ》てる。

しばらく聞《き》いていて、やがてそれを下《お》ろして言《い》った。

「悪《わり》い、３人《にん》の担任《たんにん》の病気《びょうき》に関《かん》して連絡《れんらく》だ。長《なが》くなりそうだから、部屋《へや》に戻《もど》る。じゃな。」

再《ふたた》び耳《みみ》に当《あ》てたスマートフォンに対応《たいおう》しながら自分《じぶん》の部屋《へや》の前《まえ》まで歩《ある》くと、少《すこ》し後《うし》ろに下《さ》がり、駆《か》け出《だ》して一気《いっき》に手摺《てす》りを飛《と》び越《こ》え、トンとテラス内《ない》に着地《ちゃくち》した。

「ああ、わかった。」

息《いき》も乱《みだ》さず、話《はな》しながら部屋《へや》の中《なか》に消《き》えていく。

それに見惚《みと》れながら、私《わたし》は思《おも》った、上杉君《うえすぎくん》の家《いえ》ではきっと何《なに》か大変《たいへん》なことが起《お》こってるのに違《ちが》いないって。

それを抱《かか》えながら上杉君《うえすぎくん》は、KZ《カッズ》メンバーとしての仕事《しごと》をしているんだ。

とても冷静《れいせい》だし、偉《えら》いなぁ。

私《わたし》も元気《げんき》を出《だ》そう！

まだ起《お》こってもいないことに怯《おび》えたりしてないで、今自分《いまじぶん》にできることを頑張《がんば》らなくっちゃ!!

それで部屋《へや》に戻《もど》って、事件《じけん》ノートの整理《せいり》をしたんだ。

部屋《へや》の中《なか》で電話《でんわ》が鳴《な》り出《だ》す。

あわてて電話機《でんわき》に駆《か》け寄《よ》ると、騎士《きし》からだった。

「お夜食《やしょく》の準備《じゅんび》が整《ととの》いましたので、食堂《しょくどう》にどうぞ。廊下《ろうか》の突《つ》き当《あ》たりです。他《ほか》のお客様《きゃくさま》からは、いらないとの連絡《れんらく》をいただいていますので、お1人《ひとり》でお願《ねが》いします。」

＊

1人《ひとり》で食《た》べるのかぁ、ちょっと寂《さび》しいな・・・。

心細《こころぼそ》く思《おも》いながら、食堂《しょくどう》まで行《い》った。

そのドアを開《あ》けると、中央《ちゅうおう》に大《おお》きなテーブルがあり、天井《てんじょう》にはシャンデリア、テーブルの上《うえ》には5本《ほん》の蠟燭《ろうそく》を並《なら》べた燭台《しょくだい》が6台《だい》もあって、昼間《ひるま》のように明《あか》るかった。

テーブルのそばには、騎士《きし》が立《た》っている。

「どうぞ、こちらに。」

椅子《いす》を引《ひ》いてくれたので、そこまで行《い》って座《すわ》ると、目《め》の前《まえ》には大《おお》きなお皿《さら》が置《お》かれていて、その両側《りょうがわ》にナイフとフォークがずらっと並《なら》んでいた。

騎士《きし》は、その大《おお》きなお皿《さら》を取《と》り上《あ》げ、食堂《しょくどう》の外《そと》に出《で》ていこうとして立《た》ち止《ど》まった。

「お飲《の》み物《もの》は、いかがなさいますか？」

私《わたし》は、スムージーを頼《たの》む。

騎士《きし》は了解《りょうかい》して出《で》ていき、やがて最初《さいしょ》の料理《りょうり》とスムージーのグラスを持《も》ってきて、テーブルに置《お》いた。

「本日《ほんじつ》のお夜食《やしょく》は、プロヴァンス料理《りょうり》です。最初《さいしょ》はアミューズで、」

長々《ながなが》と料理《りょうり》の説明《せつめい》をしながら、小《ちい》さなお皿《さら》の上《うえ》に載《の》っていたナプキンを取《と》り上《あ》げ、私《わたし》の膝《ひざ》にかけてくれる。

「では、お召《め》し上《あ》がりください。」

私《わたし》が食《た》べ終《お》わるまで身《み》じろぎもせず、じいいっと脇《わき》に立《た》っていて、食《た》べ終《お》わるとすぐ、そのお皿《さら》を持《も》って出《で》ていき、また次《つぎ》の料理《りょうり》を持《も》ってくる。

これを繰《く》り返《かえ》すこと、なんと、3回《かい》っ！

う・・・すごく緊張《きんちょう》する、食《た》べてる気《き》、全然《ぜんぜん》しない。

確《たし》かに1人《ひとり》じゃないけど、これなら1人《ひとり》の方《ほう》が、ましっ！

ああどうか明日《あした》の朝《あさ》は、忍《しのぶ》や上杉君《うえすぎくん》と一緒《いっしょ》に食《た》べられますように!!

そう願《ねが》った翌朝《よくあさ》。

私《わたし》がベッドで目《め》を覚《さ》ます頃《ころ》、ちょうどコンコンとノックの音《おと》がして、ドアの外《そと》から騎士《きし》の声《こえ》が聞《き》こえた。

「朝《あさ》の準備《じゅんび》をさせていただいてよろしいですか？」

返事《へんじ》をすると、ドアが開《ひら》いて騎士《きし》が入《はい》ってきて、声《こえ》も高《たか》らかにこう言《い》った。

「部屋《へや》の精霊《せいれい》たち、目覚《めざ》めよ。」

するとっ！

二重《にじゅう》のカーテンが一気《いっき》にシャッと開《あ》き、窓《まど》が開《ひら》いて風《かぜ》が入《はい》りこみ、エアコンがついて適温《てきおん》に整《ととの》え、壁《かべ》の一部《いちぶ》が上《あ》がってそこから小《ちい》さなワゴンが現《あらわ》れ、私《わたし》のベッドのそばまで動《うご》いてきた。

上《うえ》には、シナモンの香《かお》りのする紅茶《こうちゃ》と、ミントのチョコレートが載《の》っている。

「お目覚《めざ》めのお茶《ちゃ》です。では朝食《ちょうしょく》の用意《ようい》を整《ととの》えておきますので、20分後《ぷんご》に食堂《しょくどう》にどうぞ。」

出《で》ていく騎士《きし》を見送《みおく》って、私《わたし》はベッドの中《なか》で紅茶《こうちゃ》を飲《の》みながら部屋《へや》の中《なか》を見回《みまわ》した。

精霊《せいれい》って言《い》ってたけど、きっとＡＩ《人工知能》に違《ちが》いない、言葉《ことば》に連動《れんどう》して動《うご》くようになってるんだ。

来《く》るたびに進歩《しんぽ》してるこの家《いえ》って、すごいなぁ。

そう思《おも》ったけれど、さらにすごかったのは、身《み》づくろいをして廊下《ろうか》に出《で》ると、そこに掃除機《そうじき》ロボットが待機《たいき》していたこと。

う〜ん、朝《あさ》の準備《じゅんび》って掃除《そうじ》も入《はい》るんだね。

でも昨夜《さくや》の私《わたし》の願《ねが》いも空《むな》しく、朝食《ちょうしょく》は騎士《きし》と2人《ふたり》きりだった、しくしくしく・・・。

ようやく忍《しのぶ》に会《あ》えたのは、登校《とうこう》の時間《じかん》。

私《わたし》が玄関《げんかん》で待《ま》っていると、忍《しのぶ》がニコニコしながら出《で》てきた。

「呪《のろ》いを回避《かいひ》する方法《ほうほう》がわかったぜ。」

ほんとっ!?

「ほら、」

そう言《い》って差《さ》し出《だ》したのは、1本《ぽん》の輪《わ》だった。

細《ほそ》い金線《きんせん》でできていて、金色《きんいろ》の丸《まる》いメダルが等間隔《とうかんかく》で4つ付《つ》いている。

「これは神獣《しんじゅう》のペンダント。」

神獣《しんじゅう》？

「見《み》てごらん。」

忍《しのぶ》がメダルの表《おもて》をこちらに向《む》けた。

「この青《あお》いのが龍《りゅう》。」

よく見《み》れば、メダルの表《おもて》には足《あし》が4本《ほん》ある青《あお》い龍《りゅう》が刻《きざ》まれていた。

「これは東《ひがし》の方向《ほうこう》を守護《しゅご》する神獣《しんじゅう》なんだ。で、こっちは、」

忍《しのぶ》は、次《つぎ》のメダルを手《て》にする。

「西《にし》を守護《しゅご》する神獣《しんじゅう》、白虎《びゃっこ》。その隣《となり》は、南《みなみ》を守護《しゅご》する朱雀《すざく》。」

赤《あか》い鳥《とり》で、鳳凰《ほうおう》みたいに華《はな》やかだった。

「最後《さいご》が北《きた》を守護《しゅご》する神獣《しんじゅう》、玄武《げんぶ》。」

それは黒《くろ》い色《いろ》をしていて、しかも奇妙《きみょう》な形《かたち》で、何《なん》の動物《どうぶつ》なのかまるでわからない。

「これは蛇《へび》が巻《ま》き付《つ》いた亀《かめ》なんだ。」

へぇ。

「この4つの神獣《しんじゅう》が取《と》り囲《かこ》む土地《とち》は、『四神相応《しじんそうおう》』と呼《よ》ばれて、霊的防御《れいてきぼうぎょ》として完璧《かんぺき》なんだ。桓《かん》武天皇《むてんのう》が都《みやこ》を京都《きょうと》に移《うつ》した時《とき》にも、この4つの神獣《しんじゅう》で守《まも》った。」

えっと、鳴《ナ》く《ク》よ《ヨ》ウグイス平安京《へいあんきょう》だから、794年《ねん》だよね。

「昨日《きのう》、呪《のろ》いの人形《にんぎょう》を調《しら》べたり、文献《ぶんけん》あさったりしてたんだけど、どうにもいい方法《ほうほう》が見《み》つからなくってさ。何《なに》しろ呪《のろ》いの3種混合《しゅこんごう》だから。」

3種混合《しゅこんごう》って・・・ワクチンみたいね。

「で、俺《おれ》より呪術《じゅじゅつ》に詳《くわ》しい友人《ゆうじん》に電話《でんわ》かけて聞《き》いたんだ。そしたら『四神相応《しじんそうおう》』が人間《にんげん》にも適用《てきよう》できるって教《おし》えてくれたから、自分《じぶん》の持《も》ってたペンダントを加工《かこう》してこれを作《つく》って、その友人《ゆうじん》から神霊護法童子《しんれいごほうどうじ》を送《おく》ってもらって封印《ふういん》した。」

はぁ・・・。

「さっき、やっと完成《かんせい》したんだ。立花《たちばな》の登校《とうこう》までに間《ま》に合《あ》わせたくってさ、もう必死《ひっし》。」

じゃ昨日《きのう》は徹夜《てつや》だったんだ、ごめんね。

「これを首《くび》にかけていれば、大丈夫《だいじょうぶ》。どんな呪詛《じゅそ》も絶対《ぜったい》、体《からだ》には届《とど》かない。つけてやるよ。」

忍《しのぶ》は金線《きんせん》を私《わたし》の首《くび》に回《まわ》し、背中《せなか》に回《まわ》って留《と》め金《がね》をカチッと留《と》めた。

「ペンダント部分《ぶぶん》は、服《ふく》の下《した》に隠《かく》せ。そうすれば気《き》づかれないし。」

私《わたし》は、それを襟《えり》の下《した》に押《お》しこむ。

ヒヤッと冷《つめ》たかったけれど、そこから神聖《しんせい》な霊気《れいき》が流《なが》れ出《で》て、身《み》を守《まも》ってくれるような気《き》がし・・・ないでもなかった。

「さて、これで俺《おれ》から離《はな》れても大丈夫《だいじょうぶ》。明日《あした》からは、泊《と》まりにこなくていいよ。」

よかった、パパになんて言《い》い訳《わけ》しようかって困《こま》ってたんだ。

「でも呪《のろ》い自体《じたい》が消滅《しょうめつ》したわけじゃない。その元《もと》を見《み》つけて解除《かいじょ》するまで呪詛《じゅそ》は生《い》きてるから、これを離《はな》さないように。それから神獣《しんじゅう》のメダルが1つでも欠《か》けると、霊的防御《れいてきぼうぎょ》が崩《くず》れる。気《き》を付《つ》けろよ。」

私《わたし》は頷《うなず》き、お礼《れい》を言《い》ってから聞《き》いた。

「忍《しのぶ》より詳《くわ》しいその友《とも》だちって、どんな人《ひと》？」

忍《しのぶ》はちょっと笑《わら》う。

「名前《なまえ》は、久遠《くおん》。」

へぇ、雰囲気《ふんいき》のある名前《なまえ》だね。

「京都《きょうと》で、呪術《じゅじゅつ》の修行《しゅぎょう》や荒行《あらぎょう》をしてるんだ。」

荒行《あらぎょう》？

「正確《せいかく》に言《い》えば、京都《きょうと》の鞍馬山《くらまやま》の僧正ヶ谷《そうじょうがだに》で、修験道《しゅげんどう》の修行《しゅぎょう》をしてる。」

あ、鞍馬山《くらまやま》って、義経《よしつね》が牛若丸《うしわかまる》って呼《よ》ばれてた時代《じだい》に預《あず》けられてたお寺《てら》のある所《ところ》だよね。

「毎日《まいにち》、滝《たき》に打《う》たれたりとか、峰《みね》から峰《みね》を走《はし》り渡《わた》ったりとか、10日《とおか》で400キロを歩《ある》き続《つづ》けたりとか、」

ひぇぇぇ。

「そうやって心《こころ》を磨《みが》き、集中力《しゅうちゅうりょく》を高《たか》めているんだ。いわゆるゾーンに入《はい》るって状態《じょうたい》を、意識的《いしきてき》に可能《かのう》にしようとしてるわけ。」

すごいかも。

「僧正ヶ谷《そうじょうがだに》は鞍馬山《くらまやま》の北西側《ほくせいがわ》で、2億《おく》5000万年前《まんねんまえ》に火山《かざん》の爆発《ばくはつ》で海底《かいてい》が隆起《りゅうき》してできたんだ。サンゴやウミユリの化石《かせき》が発見《はっけん》されてる。」

ふぅん。

「そこに650万年前《まんねんまえ》に、金星《きんせい》からやってきたサナト・クマラが住《す》み着《つ》いた。」

え、いきなりファンタジー？

「サナト・クマラというのはサンスクリット語《ご》で、永遠《えいえん》の若者《わかもの》って意味《いみ》。いつまで経《た》っても16歳《さい》のまま年《とし》を取《と》らない存在《そんざい》なんだ。日本語《にほんご》では、護法魔王《ごほうまおう》と訳《やく》されている。人類《じんるい》を救済《きゅうさい》し、いつか水星《すいせい》へと連《つ》れていくためにやってきたんだ。」

は・・・。

「魔王《まおう》が御座《おわ》す鞍馬《くらま》は霊験《れいげん》あらたかな山《やま》だから、そこで修行《しゅぎょう》すると霊能力《れいのうりょく》が上《あ》がる。俺《おれ》もいつかは修行《しゅぎょう》に行《い》ってみたいと思《おも》ってるとこ。」

話《はなし》にまったくついていけないのは、私《わたし》だけだろうか。

周《まわ》りを見回《みまわ》すと、ちょうど出《で》てきた上杉君《うえすぎくん》が、その切《き》れ上《あ》がった目《め》を真《ま》ん丸《まる》にして、突《つ》っ立《た》っていた。

「やぁ上杉《うえすぎ》、おはよう。」

忍《しのぶ》の声《こえ》に、上杉君《うえすぎくん》はようやく蘇生《そせい》。

ツカツカとこちらに歩《あゆ》み寄《よ》ってきて、忍《しのぶ》の後頭部《こうとうぶ》に片手《かたて》を回《まわ》す。

そのまま引《ひ》き寄《よ》せて、自分《じぶん》の額《ひたい》を合《あ》わせた。

「熱《ねつ》はないな。となると、頭自体《あたまじたい》がおかしいのか。」

やっぱ上杉君《うえすぎくん》の頭脳《ずのう》にも、理解不能《りかいふのう》なんだ。

よかった、私《わたし》だけじゃなくて。

「じゃ学校《がっこう》に行《い》こ。」

忍《しのぶ》がそう言《い》うと、上杉君《うえすぎくん》はものすごく真剣《しんけん》な顔《かお》で答《こた》えた。

「おまえは病院《びょういん》に行《い》け。」

15　さらなる悲劇《ひげき》

忍《しのぶ》と一緒《いっしょ》に学校《がっこう》の近《ちか》くまで行《い》って、私《わたし》は足《あし》を止《と》めた。

「神獣《しんじゅう》のペンダントしてるから、もう忍《しのぶ》と一緒《いっしょ》にいなくても大丈夫《だいじょうぶ》なんだよね？」

忍《しのぶ》は不思議《ふしぎ》そうな顔《かお》をする。

「そうだけど・・・」

だって忍《しのぶ》も結構《けっこう》、人気《にんき》があるんだ。

今度《こんど》は忍《しのぶ》のファンに呪《のろ》われたりすると嫌《いや》だから、目立《めだ》つことは避《さ》けようと思《おも》った。

「じゃ、ちょっと寄《よ》る所《ところ》があるから、先《さき》に行《い》ってて。」

それで忍《しのぶ》が行《い》ってしまうのを見《み》て、距離《きょり》を取《と》ってから歩《ある》き出《だ》したんだ。

1歩《ぽ》足《あし》を出《だ》すたびに、服《ふく》の下《した》でペンダントのメダルが揺《ゆ》れる。

私《わたし》は、服《ふく》の上《うえ》から、そっとそれを押《お》さえた。

もう怯《おび》えなくてもいいんだと思《おも》うと、本当《ほんとう》にうれしかった。

校門《こうもん》をくぐって教室《きょうしつ》に向《む》かう。

教室前《きょうしつまえ》の廊下《ろうか》まで来《き》た時《とき》、中《なか》からガタガタッとすごい音《おと》が響《ひび》いてきて女子《じょし》の悲鳴《ひめい》が聞《き》こえた。

びっくりして急《いそ》いで出入《でい》り口《ぐち》からのぞくと、なんとっ！

教室《きょうしつ》の真《ま》ん中《なか》で、翼《たすく》が忍《しのぶ》に飛《と》びかかっているところだった。

「きさま、昨日一晩《きのうひとばん》、何《なに》してたんだっ!?」

え、これは何《なに》、いったいどーしたのっ!?

「美門《みかど》、落《お》ち着《つ》けよ。」

「大丈夫《だいじょうぶ》だって言《い》ったよな、結界張《けっかいは》って守《まも》るからって。この責任《せきにん》、どう取《と》るんだっ！」

男子《だんし》たちが2人《ふたり》を取《と》り囲《かこ》み、力《ちから》ずくで引《ひ》き離《はな》そうとする。

なんで翼《たすく》が、忍《しのぶ》をっ!?

私《わたし》は唖然《あぜん》としながら、教室内《きょうしつない》を見回《みまわ》した。

すると、ホワイトボードに書《か》かれている真《ま》っ赤《か》な字《じ》が目《め》に留《と》まったんだ。

その内容《ないよう》は、

「立花彩《たちばなあや》の両親《りょうしん》は、別居《べっきょ》しました！　今後《こんご》どうなるかは、お楽《たの》しみ!!」

げっ！

体中《からだじゅう》から血《ち》の気《け》が引《ひ》いていく思《おも》いだった。

だってあれは、昨日《きのう》の夜《よる》のこと。

あそこにいたのは、私《わたし》と黒木君《くろきくん》、忍《しのぶ》、奈子《なこ》だけだった。

その他《ほか》の誰《だれ》も知《し》らないはずなのに、なんでここにそのことがっ!?

私《わたし》は、コクンと息《いき》を呑《の》んだ。

これも、呪《のろ》い？

もしかして昨日《きのう》に限《かぎ》ってパパとママが争《あらそ》ったのも、呪《のろ》いのせい!?

誰《だれ》かが私《わたし》を呪《のろ》って、窮地《きゅうち》に追《お》いこもうとしてるの!?

「おい、立花《たちばな》が来《き》てるぞ。」

誰《だれ》かがそう言《い》い、皆《みな》が私《わたし》の方《ほう》を見《み》た。

その中《なか》には岡野《おかの》さんや神田《かんだ》さん、それに河本《かわもと》さんたちの顔《かお》もあったんだ。

同情的《どうじょうてき》だったり、好奇心《こうきしん》に満《み》ちていたりするたくさんの視線《しせん》に、私《わたし》は居《い》たたまれなくなり、教《きょう》室《しつ》の外《そと》に出《で》た。

夢中《むちゅう》で、廊下《ろうか》を歩《ある》く。

どうしよう、パパとママのこと、皆《みんな》に知《し》られた！

「アーヤ、待《ま》って！」

翼《たすく》が追《お》いかけてきて肩《かた》を掴《つか》んだ。

「ごめん。俺《おれ》がもう少《すこ》し早《はや》く教室《きょうしつ》に行《い》ってたら、皆《みんな》が見《み》る前《まえ》に消《け》せたのに。」

振《ふ》り向《む》くと、荒《あら》い息《いき》で肩《かた》を大《おお》きく上下《じょうげ》させている翼《たすく》の唇《くちびる》は切《き》れ、血《ち》が滴《したた》っていた。

翼《たすく》のせいじゃないよ。

そう言《い》いたかったけれど、喉《のど》がギュッと詰《つ》まったような感《かん》じで、声《こえ》が出《だ》せなかった。

だから翼《たすく》を見《み》つめて、首《くび》を横《よこ》に振《ふ》ったんだ。

翼《たすく》は、乱《みだ》れた髪《かみ》が影《かげ》を落《お》とすその目《め》に、くやしそうな光《ひかり》を瞬《また》かせた。

「だから昨日《きのうい》言《い》ったんだ、呪詛返《じゅそがえ》ししろって。こんなことになったのは、七鬼《なき》がきちんと手《て》を打《う》たなかったからだ。」

その時《とき》、追《お》ってきた忍《しのぶ》が廊下《ろうか》の角《かど》から姿《すがた》を見《み》せた。

「だから落《お》ち着《つ》けってば。」

ゆっくりと歩《あゆ》み寄《よ》ってくる忍《しのぶ》のきれいな頬《ほお》には、青痣《あおあざ》ができていた。

「ホワイトボードの書《か》きこみは、たぶん呪詛《じゅそ》じゃない。」

えっ？

「立花《たちばな》は、神獣《しんじゅう》のペンダントをしている。呪《のろ》いからは完璧《かんぺき》に守《まも》られているはずだ。俺《おれ》の友人《ゆうじん》は、全身全霊《ぜんしんぜんれい》を鍛《きた》え上《あ》げた特別《とくべつ》な人間《にんげん》なんだ。あいつの言葉《ことば》に間違《まちが》いはない。」

きっぱりと言《い》い切《き》った忍《しのぶ》に、翼《たすく》が疑《うたが》わしそうな目《め》を向《む》ける。

「何《なん》だ、神獣《しんじゅう》のペンダントって。俺《おれ》の友人《ゆうじん》って、誰《だれ》？」

それで忍《しのぶ》が説明《せつめい》をし、私《わたし》が服《ふく》の下《した》からペンダントを出《だ》して見《み》せた。

「忍《しのぶ》は、これ作《つく》るのに文献《ぶんけん》を調《しら》べたり、鞍馬《くらま》の友《とも》だちから情報《じょうほう》を入《い》れたりして徹夜《てつや》だったんだよ。一生懸命《いっしょうけんめい》やってくれてたんだ。私《わたし》、忍《しのぶ》のせいだなんて少《すこ》しも思《おも》ってない。」

忍《しのぶ》がほっとしたように緊張《きんちょう》を解《と》き、その肩《かた》に翼《たすく》が手《て》を載《の》せた。

「ごめん・・・痛《いた》かった？」

忍《しのぶ》は、クスッと笑《わら》う。

「おまえこそ痛《いた》かっただろ。倍《ばい》は返《かえ》したからな。」

2人《ふたり》は、拳《こぶし》を突《つ》き合《あ》わせて仲直《なかなお》り。

私《わたし》は、ほっとしながら言《い》った。

「でも昨夜《さくや》のパパとママのことは、私《わたし》と忍《しのぶ》と黒木君《くろきくん》、それに奈子《なこ》以外《いがい》、誰《だれ》も知《し》らないはずなんだよ。」

忍《しのぶ》はもちろん、黒木君《くろきくん》も奈子《なこ》も、それを外部《がいぶ》に漏《も》らすとは思《おも》えなかった。

「う〜ん、謎《なぞ》だ。」

溜《た》め息《いき》をつく翼《たすく》の隣《となり》で、忍《しのぶ》が不敵《ふてき》な笑《え》みを見《み》せる。

「でも呪詛《じゅそ》じゃない。ってことは、人《ひと》の手《て》が動《うご》いてるってことだろ。だったら調《しら》べていけば、絶《ぜっ》対《たい》わかる。」

翼《たすく》が、パチンと指《ゆび》を鳴《な》らした。

「急《いそ》いで教室《きょうしつ》に戻《もど》ろう。ホワイトボードの文字《もじ》をスマホで撮《と》るんだ。犯人《はんにん》が使用《しよう》したと思《おも》われる赤《あか》マーカーも回収《かいしゅう》して、小塚《こづか》に指紋《しもん》の検出《けんしゅつ》を依頼《いらい》する。若武《わかたけ》にも話《はな》して犯人《はんにん》を追《お》おう。」

その言葉《ことば》が終《お》わらないうちに忍《しのぶ》が身《み》をひるがえして駆《か》け出《だ》し、翼《たすく》も後《あと》を追《お》った。

私《わたし》もついていくべきだったのかもしれないけど、足《あし》が動《うご》かなかった。

教室《きょうしつ》に行《い》きたくなかったんだ。

あの赤《あか》い文字《もじ》が恐《こわ》かったし、皆《みんな》の目《め》も気《き》になった。

「お、立花《たちばな》じゃん。どした？」

後《うし》ろから声《こえ》をかけられて振《ふ》り向《む》くと、脱《ぬ》いだユニフォームを肩《かた》からかけた悠飛《ゆうひ》が通《とお》りかかるところだった。

「もうホームルーム始《はじ》まるだろ。」

そう言《い》うなり、私《わたし》の手首《てくび》を摑《つか》む。

「行《い》こ。」

わっ、手《て》つなぎは、マズいっ！

あわてて悠飛《ゆうひ》の手《て》を振《ふ》り払《はら》い、両手《りょうて》を背中《せなか》に隠《かく》した。

「クラス違《ちが》うでしょ。いいから行《い》って。」

悠飛《ゆうひ》は、ちょっと笑《わら》った。

「呪《のろ》われてるんだって？　おもしれーじゃん。」

おもしろくなんか、ないっ！

私《わたし》がにらむと、悠飛《ゆうひ》はすっと笑《え》みを消《け》し、真面目《まじめ》な顔《かお》になった。

「おいマジか。まいったな。呪《のろ》いなんて信《しん》じてんの？」

心底驚《しんそこおどろ》いたといった様子《ようす》だったので、私《わたし》はムッとした。

「当事者《とうじしゃ》でないあなたには、わからないと思《おも》う。」

悠飛《ゆうひ》は、ふっと皮肉《ひにく》な笑《え》みを見《み》せる。

「じゃ砂原《すなはら》にも、わかんねーよな。それとも、あいつは特別《とくべつ》か？」

もし私《わたし》が自分《じぶん》の腕力《わんりょく》に自信《じしん》があったら、絶対《ぜったい》ぶちのめしていたと思《おも》う。

「この話《はなし》に、砂原《すなはら》は関係《かんけい》ないじゃない。もう私《わたし》に構《かま》わないで。さっさと行《い》ってよ。」

言《い》いながら泣《な》きそうになってしまった。

悠飛《ゆうひ》なんか、嫌《きら》いだ！

そう思《おも》いながらにらんでいると、悠飛《ゆうひ》はじっとこちらを見《み》つめていて、やがて背中《せなか》を向《む》け、歩《ある》いていった。

1人《ひとり》になって、私《わたし》はいっそう落《お》ちこみ、わっとその場《ば》に泣《な》き伏《ふ》したい気持《きも》ちで、両手《りょうて》で顔《かお》を覆《おお》った。

その時《とき》、胸《むね》で神獣《しんじゅう》のペンダントがシャラッと音《おと》を立《た》てたんだ。

まるで、「自分《じぶん》たちが守《まも》っているからね。」って言《い》っているみたいに。

私《わたし》は、制服《せいふく》の上からそれを握《にぎ》りしめた。

忍《しのぶ》が、一晩眠《ひとばんねむ》らずに、一生懸命《いっしょうけんめい》に作《つく》ってくれたお守《まも》り。

今朝《けさ》、首《くび》にかけて、絶対大丈夫《ぜったいだいじょうぶ》だって言《い》ってくれた。

なのに私《わたし》は、忍《しのぶ》を信《しん》じられないの？

このまま教室《きょうしつ》に帰《かえ》らなかったら、忍《しのぶ》はきっと、私《わたし》を意気地《いくじ》なしだって思《おも》うだろう。

あの文字《もじ》を書《か》いた犯人《はんにん》を突《つ》き止《と》めようともしないで、ただ怯《おび》えて逃《に》げてるだけだって。

そんな奴《やつ》は、ＫＺ《カッズ》じゃないって言《い》われるかもしれない。

それは、すごく恐《こわ》いことだった。

そのくらいなら、クラスの皆《みんな》から好奇《こうき》の目《め》で見《み》られる方《ほう》が、まだましだと思《おも》えるくらい。

私《わたし》は大《おお》きく息《いき》を吸《す》いこみ、そして歩《ある》き出《だ》した。

大丈夫《だいじょうぶ》、私《わたし》は呪《のろ》いから守《まも》られてる！

忍《しのぶ》を信《しん》じて、勇気《ゆうき》を出《だ》そう。

ＫＺ《カッズ》メンバーとして、恥《は》ずかしくない行動《こうどう》をするんだ。

まっすぐ歩《ある》いて教室《きょうしつ》まで行《い》き、ドアから入《はい》る。

とたんに、翼《たすく》と忍《しのぶ》の声《こえ》が耳《みみ》に飛《と》びこんできた。

「ほら、順番《じゅんばん》に並《なら》んで。」

「心《こころ》をこめて、きちんと書《か》けよ。」

見《み》れば、あの赤《あか》い文字《もじ》はホワイトボードから消《き》えていて、代《か》わりに黒文字《くろもじ》でこう書《か》いてあった。

「誰《だれ》が書《か》いたのかもわからない出所不明《しゅっしょふめい》のデマを信《しん》じて、立花《たちばな》を傷《きず》つけたことを心《こころ》から謝罪《しゃざい》します！」

その下《した》に数人《すうにん》の署名《しょめい》があって、これから名前《なまえ》を書《か》くクラスメイトたちが列《れつ》を作《つく》っていた。

翼《たすく》と忍《しのぶ》がこちらを向《む》き、大《おお》きなウィンクをする。

私《わたし》は、どっと涙《なみだ》が出《で》てきてしまった。

ありがとうの言葉《ことば》が、涙《なみだ》になってしまって止《と》められない。

署名《しょめい》を終《お》えて私《わたし》の前《まえ》を通《とお》りかかった佐田真理子《さたまりこ》が、そっぽを向《む》いたままで言《い》った。

「悪《わる》かったよ。」

＊

かくて、私《わたし》のパパとママの別居《べっきょ》は、まったくのデマだということになった。

これを考《かんが》えたのは、絶対《ぜったい》、翼《たすく》に違《ちが》いない。

企《たくら》むタイプだもの。

そう思《おも》いながらも私《わたし》はほっとし、そして悠飛《ゆうひ》と交《か》わした会話《かいわ》を思《おも》い出《だ》した。

あんなことを言《い》ったり、突慳貪《つっけんどん》にしたりしたのは、やっぱ八《や》つ当《あ》たりだったかもなぁ。

反省《はんせい》したけれど、顔《かお》を合《あ》わせるのが気《き》まずかったから、部室《ぶしつ》には行《い》かなかった。

かといって、わざわざ電話《でんわ》かけて謝《あやま》るほどのことでもないし。

いつか謝《あやま》る機会《きかい》があるといいけど。

その日《ひ》、家《いえ》に帰《かえ》ると、玄関《げんかん》にママの靴《くつ》があった。

わっ、帰《かえ》ってきてるんだ！

そっと上《あ》がって、ダイニングのドアを開《あ》ける。

ママが夕食《ゆうしょく》の準備《じゅんび》をしているところだった。


ああよかった！

そう思《おも》いながら後《うし》ろ姿《すがた》を見《み》ていると、ママが気《き》づいて、こちらを見《み》た。

「帰《かえ》ったらすぐ手洗《てあら》いしなさいって言《い》ってあるでしょ。」

昨日《きのう》のことなんか、まったくなかったかのような、いつもの態度《たいど》。

心配《しんぱい》かけてごめんね、くらい言《い》ってほしいのに。


でもこれが、うちのママなんだよね。

私《わたし》は溜《た》め息《いき》をつきながら、パパはママにどんな話《はなし》をしたんだろうと思《おも》った。

明《あき》らかに正《ただ》しい自分《じぶん》の主張《しゅちょう》を、どうやって折《お》り曲《ま》げ、どこでママと妥協《だきょう》したんだろう。

聞《き》いてみたいな。

16　友《とも》だちになれる?

謎《なぞ》の指輪《ゆびわ》事件《じけん》を追《お》う予定《よてい》の土曜日《どようび》は、午前中《ごぜんちゅう》だけ学校《がっこう》があったので、私《わたし》は、お昼過《ひるす》ぎに若武《わかたけ》や翼《たすく》と待《ま》ち合《あ》わせた。

もしかして川《かわ》の中《なか》に入《はい》るかもしれないと思《おも》ったから、いったん家《いえ》に帰《かえ》り、膝下《ひざした》まであるブーツを履《は》いていこうと思《おも》っていたんだ。

で、急《いそ》いで帰《かえ》ろうとして教室《きょうしつ》を出《で》ると、佐田真理子《さたまりこ》が追《お》いかけてきた。

「5人全員《にんぜんいん》、締《し》め上《あ》げてやったぞ。」

へっ!?

「おまえを呪《のろ》った5人《にん》のことだよ。1人《ひとり》ずつトイレに呼《よ》び出《だ》してさ、おまえがやったんだろって聞《き》いたんだ。」

その様子《ようす》を想像《そうぞう》して、私《わたし》はブルッと背筋《せすじ》を震《ふる》わせた。

2人《ふたり》きりの所《ところ》で佐田真理子《さたまりこ》に詰《つ》め寄《よ》られるなんて、ジャングルでアナコンダに巻《ま》き付《つ》かれるようなものだった。

きっと5人《にん》とも、相当恐《そうとうおそ》ろしかったに違《ちが》いない。

「だけど皆《みんな》、絶対《ぜったい》に違《ちが》うって言《い》うんだ。泣《な》き出《だ》す奴《やつ》もいてさ。」

恐《こわ》かったんだよ、自分《じぶん》のことわかってないのね。

「あの5人《にん》じゃなかったら、いったい誰《だれ》がやったんだ？　他《ほか》に悠飛《ゆうひ》を好《す》きな奴《やつ》って・・・」

そう言《い》いながら、はっとしたようにこちらを見《み》た。

「私《わたし》じゃないからなっ！」

あわてた様子《ようす》が、何《なん》だかおかしかった。

「なに笑《わら》ってんだよ。」

ブスッとした顔《かお》になりながら、教室《きょうしつ》に帰《かえ》っていこうとする。

私《わたし》は、急《いそ》いでその腕《うで》を摑《つか》んだ。

「ありがとう。私《わたし》のために時間《じかん》を使《つか》ってくれて。」

佐田真理子《さたまりこ》は、ちょっと赤《あか》くなり、目《め》を伏《ふ》せる。

「おまえってさ、すごく素直《すなお》なのな。」

え？

「私《わたし》には絶対《ぜったい》、言《い》えない、クラスメイトにありがとうなんて。恥《は》ずかしいし、足元《あしもと》を見《み》られるみたいでくやしいし。でも言《い》われると気持《きも》ちいいんだけど・・・」

今《いま》まで私《わたし》と佐田真理子《さたまりこ》との間《あいだ》には、とても厚《あつ》い壁《かべ》があった。

それがちょっと崩《くず》れて、その間《あいだ》から佐田真理子《さたまりこ》の心《こころ》が見《み》えたような気《き》がした。

「おまえって、素直《すなお》だから男《おとこ》に好《す》かれるのかもな。悠飛《ゆうひ》も翼《ツバサ》も、おまえのこと、好《す》きなんだろ？」

何《なん》と答《こた》えていいのか、わからなかった。

佐田真理子《さたまりこ》とは、これまで全然《ぜんぜん》、親《した》しくなかったから、どこに地雷《じらい》が埋《う》まっているかわからなかったし、彼女《かのじょ》が言《い》う「好《す》き」って言葉《ことば》は、私《わたし》と違《ちが》って恋限定《こいげんてい》だろうから。

でも、ごまかすのは誠実《せいじつ》じゃない。

それで誤解《ごかい》されないように言葉《ことば》を選《えら》びながら、自分《じぶん》の気持《きも》ちだけを口《くち》にした。

「友《とも》だちだから、私《わたし》は2人《ふたり》とも好《す》きだよ。だけど告白《こくはく》しようとか、そういう気持《きも》ちじゃないし、その方《ほう》がいいんだ。私《わたし》は今《いま》たくさんの人《ひと》と広《ひろ》く付《つ》き合《あ》って、自分《じぶん》の世界《せかい》を広《ひろ》げたいから。それがすごく楽《たの》しいって思《おも》ってるとこなんだ。」

もし、もっと親《した》しかったら砂原《すなはら》に告白《こくはく》したことも話《はな》したんだけれど、まだそこまでは打《う》ち明《あ》けられなかった。

「おまえって、」

佐田真理子《さたまりこ》は、目《め》をパチパチさせる。

「変《か》わってるなぁ。」

え、そうかな。

「頭《あたま》いい奴《やつ》って、皆《みんな》そんなふうなのかな。じゃ翼《ツバサ》も、そうか。私《わたし》にゃ、まるでわからん・・・」

疲《つか》れたような顔《かお》つきで、教室《きょうしつ》に入《はい》っていった。

私《わたし》は、はっと我《われ》に返《かえ》り、あわてて昇降口《しょうこうぐち》に向《む》かう。

もしかして私《わたし》、佐田真理子《さたまりこ》と友《とも》だちになれるかも。

ふっとそんな気《き》がした。

それは今《いま》まで考《かんが》えてもみなかったことで、自分自身《じぶんじしん》でもびっくりした。

でも佐田真理子《さたまりこ》の方《ほう》は、どう思《おも》ってるのかなぁ。

17 偶然《ぐうぜん》の大発見《だいはっけん》

いったん家《いえ》に戻《もど》って、私《わたし》はブーツを履《は》き、待《ま》ち合《あ》わせ場所《ばしょ》の駅《えき》に向《む》かった。

もう若武《わかたけ》も翼《たすく》も来《き》ていて、深刻《しんこく》な顔《かお》で額《ひたい》を寄《よ》せ合《あ》い、何《なに》やら話《はな》しこんでいた。

私《わたし》の姿《すがた》を見《み》ると、若武《わかたけ》は翼《たすく》からスッと離《はな》れ、こちらに寄《よ》ってきて、トンと私《わたし》の二《に》ノ腕《うで》を叩《たた》く。

「大変《たいへん》だったな。」

あ、翼《たすく》から聞《き》いたんだ。

「KZ《カッズ》で必《かなら》ず犯人《はんにん》を見《み》つけて、俺《おれ》がギッタギタに伸《の》してやるからな。楽《たの》しみにしてろよ。」

怒《いか》りを含《ふく》んだ顔《かお》に浮《う》かぶ微笑《ほほえ》みは、いかにも男《おとこ》の子《こ》って感《かん》じで頼《たの》もしく、とてもカッコよかった。

「ところで、さっきから思《おも》ってたんだけど、」

そう言《い》いながら翼《たすく》を振《ふ》り返《かえ》る。

「それ、超《ちょう》いいよな。」

若武《わかたけ》が見《み》ていたのは、翼《たすく》の履《は》いていたミッドカットのワーキングシューズだった。

「ちょっと貸《か》せ。」

若武《わかたけ》は、翼《たすく》に靴《くつ》を脱《ぬ》がせて自分《じぶん》が履《は》き、

「俺《おれ》にぴったりだ。」

目的地《もくてきち》である新川《しんかわ》の近《ちか》くに行《い》くまで、そのまま脱《ぬ》がなかった。

「若武《わかたけ》、返《かえ》しなさいよ。」

私《わたし》に言《い》われて、渋々《しぶしぶ》、靴《くつ》を脱《ぬ》ぐ。

「美門《みかど》より、俺《おれ》に似合《にあ》ってるぜ。靴《くつ》だって絶対《ぜったい》、俺《おれ》に履《は》かれたがってるはずだ。」

うるさい。

「市民《しみん》の森《もり》を抜《ぬ》けた方《ほう》が近《ちか》いね。」

翼《たすく》が、道路脇《どうろわき》に立《た》てられている案内図《あんないず》を見《み》ながら森《もり》に入《はい》っていく。

新川《しんかわ》は、私《わたし》たちの市《し》を南北《なんぼく》に流《なが》れる川《かわ》だった。

うちの市《し》に流《なが》れこむ時点《じてん》では、用水路《ようすいろ》みたいに細《ほそ》いんだけれど、段々太《だんだんふと》くなって、市民《しみん》の森《もり》という名前《なまえ》の公園《こうえん》の中《なか》を横断《おうだん》するあたりでは、もう立派《りっぱ》な川《かわ》になってるんだ。

「橋《はし》があるのは、森《もり》の出口近《でぐちちか》くだ。こっちこっち。」

若武《わかたけ》に先導《せんどう》されて森《もり》を歩《ある》いていくと、突然《とつぜん》、声《こえ》がした。

「ああ、間《ま》に合《あ》ってよかった。」

木々《きぎ》の間《あいだ》から、小塚君《こづかくん》が顔《かお》を出《だ》す。

「今日《きょう》、川《かわ》の調査《ちょうさ》するって聞《き》いたから、手伝《てつだ》いにきたんだ。」

なんと膝上《ひざうえ》まであるゴム長《なが》を履《は》いていて、まるで魚屋《さかなや》さんみたいだった。

すごくうれしそうにニコニコしている。

「このあたりは、よく来《き》てるんだ。僕《ぼく》のテリトリーと言《い》ってもいいくらいだよ。だから役《やく》に立《た》てるかもしれないって思《おも》って。」

手《て》には、ネットのついた竿《さお》とバケツを持《も》っていた。

「その竿《さお》、何《なに》？」

私《わたし》が聞《き》くと、翼《たすく》が答《こた》えた。

「マッドバイト。タモ網《あみ》ともいうけど、水中《すいちゅう》の魚《さかな》や水草《みずくさ》を掬《すく》うものなんだ。」

若武《わかたけ》が、眉根《まゆね》を寄《よ》せて小塚君《こづかくん》を見《み》る。

「こっちに応援《おうえん》に来《き》てていいのか？　そっちのチームの調査《ちょうさ》は？」

小塚君《こづかくん》は首《くび》を傾《かし》げた。

「えっと、どうだろ。」

え？

「黒木《くろき》は自分《じぶん》のコネで動《うご》いてるし、上杉《うえすぎ》も親《おや》のコネをたどってるからね。僕《ぼく》、手伝《てつだ》おうにも手伝《てつだ》えなくって、することがないんだ。」

私《わたし》は、翼《たすく》と顔《かお》を見合《みあ》わせた。

「それって、若武《わかたけ》の分担《ぶんたん》ミスだよね。」

「はっきり言《い》って、そうでしょ。」

若武《わかたけ》が、ぶっと膨《ふく》れ上《あ》がる。

「小塚《こづか》、てめぇ、自分《じぶん》以外《いがい》のチームの仕事《しごと》に出《で》てくんじゃねー。」

あーあ、八《や》つ当《あ》たり！

小塚君《こづかくん》はすっかり萎縮《いしゅく》してしまい、項垂《うなだ》れた。

「ごめん・・・・・僕《ぼく》、帰《かえ》るね。」

そんなっ！

何《なん》とか止《と》めなくっちゃと私《わたし》が思《おも》っていると、先《さき》に翼《たすく》が言《い》った。

「藁人形《わらにんぎょう》とホワイトボード・マーカーの指紋《しもん》は、もう検出《けんしゅつ》してある？」

小塚君《こづかくん》は、かすかに頷《うなず》く。

「それじゃ今日《きょう》の会議《かいぎ》の時《とき》に、そのデータ出《だ》してよ。」

そう言《い》って、若武《わかたけ》に向《む》き直《なお》った。

「若武《わかたけ》、小塚《こづか》は充分《じゅうぶん》、自分《じぶん》の役目《やくめ》を果《は》たしてるよ。それでいいだろ？　せっかく来《き》てくれたんだしさ。」

若武《わかたけ》は、しかたなさそうに横《よこ》を向《む》く。

「じゃいいよ。」

そう言《い》いながらも、明《あき》らかにムクれていた。

それを見《み》て、翼《たすく》は若武《わかたけ》の腕《うで》を摑《つか》む。

「よし、さっさと現場《げんば》に行《い》こう。」

一緒《いっしょ》に歩《ある》き出《だ》しながら話《はな》しかけ、若武《わかたけ》の気持《きも》ちを宥《なだ》めるその手腕《しゅわん》に、私《わたし》はとても感心《かんしん》した。

う〜ん、素早《すばや》く収《おさ》めたよね。

翼《たすく》って、やっぱリーダーの素質《そしつ》あるみたい。

「僕《ぼく》、邪魔《じゃま》だったのかなぁ。」

なおも気《き》にする小塚君《こづかくん》の肩《かた》を、私《わたし》はトントンと叩《たた》いた。

「ここで社理《シャリ》の小塚《こづか》の力《ちから》を見《み》せつければいいよ、行《い》こ。」

森《もり》の中《なか》を進《すす》んでいき、木々《きぎ》が途切《とぎ》れるあたりまで来《く》ると、その先《さき》に橋《はし》が見《み》えた。

若武《わかたけ》が指差《ゆびさ》す。

「指輪《ゆびわ》があったのは、そこだ。」

それは、こちら側《がわ》の橋脚《きょうきゃく》の下《した》だった。

「近《ちか》くまで降《お》りてみよう。」

橋《はし》の袂《たもと》には、川原《かわら》に降《お》りるコンクリートの階段《かいだん》が付《つ》いている。

私《わたし》たちはそれを降《お》り、橋脚《きょうきゃく》のそばに立《た》った。

この川原《かわら》って、蝦蟇《がま》も鼠《ねずみ》も蛇《へび》もいるんだよね、ゾクッ！

私《わたし》は注意深《ちゅういぶか》く周《まわ》りを見回《みまわ》しつつ、それらが寄《よ》ってこないように自分《じぶん》の足《あし》を片方《かたほう》ずつ持《も》ち上《あ》げ、足踏《あしぶ》みを繰《く》り返《かえ》した。

もちろん、こっそりと。

だって若武《わかたけ》たちは、そんなこと、全然平気《ぜんぜんへいき》なんだもの。

見《み》つかったら、これだから女《おんな》は、とか言《い》われるに決《き》まってるから。

「若武《わかたけ》が指輪《ゆびわ》を落《お》としたガススタって、どっちの方向《ほうこう》？」

翼《たすく》が聞《き》き、若武《わかたけ》がスマートフォンで位置《いち》を確認《かくにん》しながら指《ゆび》で示《しめ》す。

「あっち、約《やく》1キロ向《む》こうだ。」

洗面所《せんめんじょ》で落《お》とした指輪《ゆびわ》が空《そら》を飛《と》ぶはずはないし、道路《どうろ》を転《ころ》がってきて川《かわ》に飛《と》びこむってことも
ありえないし、う〜ん、いったいどうしてこの川《かわ》の中《なか》に？

「今日《きょう》は、水量《すいりょう》が少《すく》ない。中《なか》に入《はい》ろうぜ。流《なが》れを確《たし》かめないと。」

でもスニーカーじゃ無理《むり》じゃない？

私《わたし》がそう思《おも》っている間《あいだ》に、若武《わかたけ》はさっさとスニーカーを脱《ぬ》ぎ、ズボンを捲《まく》り上《あ》げた。

翼《たすく》も、ワーキングシューズを脱《ぬ》ぎ、若武《わかたけ》の分《ぶん》と一緒《いっしょ》に私《わたし》の方《ほう》に投《な》げ出《だ》す。

「これ、番《ばん》してて。」

小塚君《こづかくん》があわてて言《い》った。

「まず僕《ぼく》が入《はい》って見《み》てくるよ。」

私《わたし》たちはいっせいに小塚君《こづかくん》を振《ふ》り向《む》き、その長靴《ながぐつ》を再確認《さいかくにん》して、頷《うなず》き合《あ》う。

「よし、小塚《こづか》、行《い》けっ！」

若武《わかたけ》に言《い》われて、小塚君《こづかくん》はうれしそうに微笑《ほほえ》み、その場《ば》にマッドバイトとナップザックを置《お》く
と、水音《みずおと》を立《た》てて川《かわ》の中《なか》に入《はい》っていった。

「若武《わかたけ》、小塚君《こづかくん》が来《き》てくれてよかったよ、ね!?」

私《わたし》の言葉《ことば》に、若武《わかたけ》はさもくやしそうに裸足《はだし》の片足《かたあし》を持《も》ち上《あ》げてみせる。

「俺《おれ》が行《い》ったってよかったんだ。」

ふん、意地《いじ》っ張《ぱ》り！

「このあたりには、もう何《なに》もないよ。」

小塚君《こづかくん》は、橋脚《きょうきゃく》のそばでかがんで探《さぐ》っていて、やがて身《み》を起《お》こした。

「僕《ぼく》のナップザックの中《なか》に、ビニールテープが入《はい》ってる。放《ほう》って。」

翼《たすく》がそれを取《と》り出《だ》し、小塚君《こづかくん》に放《ほう》り投《な》げる。

ところが小塚君《こづかくん》は、受《う》け取《と》れず、ビニールテープは水没《すいぼつ》！

あわてて川《かわ》の中《なか》を捜《さが》していて、今度《こんど》は転倒《てんとう》、全身《ぜんしん》びっしょり!!

若武《わかたけ》が、唖然《あぜん》としてつぶやく。

「あいつ、運動神経《うんどうしんけい》1本《ぽん》もないな・・・」

翼《たすく》が苦笑《くしょう》しながらズボンの裾《すそ》を捲《まく》り上《あ》げ、川《かわ》に入《はい》っていってテープを捜《さが》し出《だ》した。

「これ、何《なに》に使《つか》うんでしょ？」

小塚君《こづかくん》は、両手《りょうて》で顔《かお》を拭《ぬぐ》い、濡《ぬ》れた子犬《こいぬ》みたいにプルプルと頭《あたま》を振《ふ》る。

「流《なが》れを確《たし》かめるんだよ。それを伸《の》ばして川面《かわも》に浮《う》かべれば、流《なが》れの方向《ほうこう》に向《む》かうから。」

翼《たすく》がテープを引《ひ》き出《だ》し、川《かわ》に浮《う》かべた。

テープは、素直《すなお》に川下《かわしも》へと伸《の》びる。

「川《かわ》の中《なか》に、別《べつ》の流《なが》れがあることも考《かんが》えられる。数箇所《すうかしょ》かでやってみよう。」

2人《ふたり》は川《かわ》の中《なか》を歩《ある》き回《まわ》り、あちらこちらでテープを浮《う》かべる。

その間《あいだ》に若武《わかたけ》は、なんと、ちゃっかり翼《たすく》のワーキングシューズを履《は》いていた。

「ダメでしょーが。」

私《わたし》がにらむと、しかたなさそうに自分《じぶん》のスニーカーに履《は》き替《か》える。

「そんなにお気《き》に入《い》りなら、買《か》ってもらえば？」

憂鬱《ゆううつ》そうな溜《た》め息《いき》が返《かえ》ってきた。

「この間《あいだ》、新機種《しんきしゅ》のスマホ買《か》ってもらったばっかなんだ。無理《むり》。」

それ、自業自得《じごうじとく》でしょ。

「若武《わかたけ》、ここに妙《みょう》な流《なが》れがある。」

翼《たすく》の声《こえ》がし、目《め》を向《む》ければ、2人《ふたり》は向《む》こう岸《ぎし》の近《ちか》くに立《た》っていた。

「川《かわ》の流《なが》れに、直角《ちょっかく》の流《なが》れだ。」

若武《わかたけ》の顳顬《こめかみ》が、ピクッと動《うご》く。

「待《ま》ってろ！」

そう言《い》うなりコンクリートの階段《かいだん》を駆《か》け上《あ》がっていった。

私《わたし》はあわてて小塚君《こづかくん》のナップザックとマッドバイトを持《も》ち、後《あと》を追《お》う。

若武《わかたけ》は橋《はし》の上《うえ》を走《はし》り、2人《ふたり》がいる位置《いち》を見下《みお》ろす所《ところ》まで行《い》って、手《て》すりから身《み》を乗《の》り出《だ》した。

私《わたし》も、その隣《となり》から下《した》を見《み》る。

川原《かわら》は広《ひろ》かったけれど、川自体《かわじたい》は細《ほそ》くて、小塚君《こづかくん》の流《なが》したテープは、その流《なが》れと90度《ど》の角度《かくど》を作《つく》って揺《ゆ》れていた。

「このあたりだけなんだ。」

状況《じょうきょう》をよく見《み》ようとして若武《わかたけ》は、大《おお》きく身《み》を乗《の》り出《だ》す。

今《いま》にも落下《らっか》しそうなほど体《からだ》が空中《くうちゅう》に出《で》てしまって、私《わたし》はハラハラした。

それで、持《も》っていた物《もの》を全部置《ぜんぶお》き、後《うし》ろから若武《わかたけ》の服《ふく》の裾《すそ》を掴《つか》んでいたんだ。

「小塚《こづか》、考《かんが》えられる原因《げんいん》は？」

若武《わかたけ》に聞《き》かれて、小塚君《こづかくん》はテープの動《うご》きを追《お》う。

「流《なが》れの勢《いきお》いと岸《きし》からの距離《きょり》を考《かんが》えれば、雨水管《うすいかん》の排水《はいすい》じゃないかな。」

雨水管《うすいかん》？

「最近《さいきん》の下水道《げすいどう》システムでは、雨水《あまみず》は河川《かせん》に放出《ほうしゅつ》することになってるんだ。この土手《どて》の中《なか》に雨水《あまみず》を集《あつ》めた雨水管《うすいかん》があって、そこから川《かわ》に雨水《あまみず》が流《なが》れ出《で》てるんだと思《おも》うよ。」

若武《わかたけ》が叫《さけ》んだ。

「よしご苦労《くろう》、上《あ》がってこい。」

2人《ふたり》は近《ちか》くの川原《かわら》に上《あ》がり、若武《わかたけ》と私《わたし》はコンクリートの階段《かいだん》を降《お》りて合流《ごうりゅう》した。

私《わたし》からナップザックを受《う》け取《と》った小塚君《こづかくん》は、中《なか》からタオルを出《だ》して翼《たすく》に渡《わた》す。

自分《じぶん》は長靴《ながぐつ》を脱《ぬ》ぎ、逆《さか》さにして、その中《なか》に入《はい》った水《みず》を出《だ》した。

水《みず》と一緒《いっしょ》に水草《みずくさ》が流《なが》れ出《で》る。

「見《み》えてきたぞ。」

若武《わかたけ》が、闘志満々《とうしまんまん》の顔《かお》に不敵《ふてき》な笑《え》みを浮《う》かべた。

「美門《みかど》は、この市《し》の雨水管網《うすいかんもう》を調《しら》べろ。この川《かわ》につながっている雨水管《うすいかん》が、どこを通《とお》っているのか確《たし》かめるんだ。」

私《わたし》には、まったく何《なに》も見《み》えてなかった、はて・・・。

「今日《きょう》の会議《かいぎ》に、報告《ほうこく》できるようにしとけよ。」

わからないのは、私《わたし》だけ？

戸惑《とまど》いながら小塚君《こづかくん》の方《ほう》を見《み》ると、やっぱり不思議《ふしぎ》そうな顔《かお》をしながら、もう一方《いっぽう》の長靴《ながぐつ》を逆《さか》さにして水《みず》を出《だ》しているところだった。

よかった、同《どう》レベルがいた。

ほっとする私《わたし》の足元《あしもと》に、小塚君《こづかくん》の長靴《ながぐつ》から流《なが》れ出《で》た水《みず》と一緒《いっしょ》に、小《ちい》さな物《もの》が2つ転《ころ》がってくる。

拾《ひろ》い上《あ》げてみると、片方《かたほう》はわずかにカーブした平《ひら》たいもので薄黄色《うすきいろ》、もう一方《いっぽう》はもっと小《ちい》さくて、5ミリくらいで灰色《はいいろ》だった。

なんだろ、これ？

首《くび》を傾《かし》げる私《わたし》の隣《となり》で、小塚君《こづかくん》が息《いき》を呑《の》む。

「アーヤが持《も》ってる、それ・・・」

はい？

「たぶん・・・人骨《じんこつ》だよ。」

ぎゃっ！

私《わたし》は思《おも》わず放《ほう》り出《だ》し、とっさに若武《わかたけ》がキャッチし、小塚君《こづかくん》に放《ほう》り投《な》げた。

「調《しら》べとけ。」

翼《たすく》が真剣《しんけん》な顔《かお》になり、私《わたし》たちを見回《みまわ》す。

「人骨《じんこつ》が出《で》たってことになると、警察《けいさつ》に届《とど》けないとまずいでしょ。」

若武《わかたけ》は、何《なん》でもないといったように眉《まゆ》を上《あ》げた。

「まだ人骨《じんこつ》と決《き》まったわけじゃない。はっきりしてからでいいさ。」

隠《かく》し切《き》れない喜《よろこ》びで、顔《かお》がニヤけている。

「だけどもし、人骨《じんこつ》だったら、」

きれいなその目《め》に強《つよ》い光《ひかり》がまたたき、私《わたし》の胸《むね》に射《さ》しこんできた。

「謎《なぞ》の指輪《ゆびわ》事件《じけん》は、謎《なぞ》の指輪《ゆびわ》と謎《なぞ》の人骨《じんこつ》事件《じけん》、にバージョンアップだぜ。」

その事件名《じけんめい》は、最高《さいこう》にダサい。

私《わたし》は顔《かお》をしかめながらも、でも若武《わかたけ》の目《め》だけは最高《さいこう》に素敵《すてき》だと思《おも》わないわけにはいかなかった。

何《なに》かを見《み》つけたり、喜《よろこ》んだりする時《とき》には、どんな星《ほし》でもどんな宝石《ほうせき》でも敵《かな》わないくらいキラキラに輝《かがや》くんだ。

「これを発見《はっけん》したのは、俺《おれ》たちだ。誰《だれ》にも言《い》うなよ。」

私《わたし》は、小塚君《こづかくん》を見《み》た。

その顔《かお》から、私《わたし》と同《おな》じ気持《きも》ちでいることがわかり、私《わたし》たちは頷《うなず》き合《あ》った。

つまり若武《わかたけ》は、本物《ほんもの》の人骨《じんこつ》だとわかっても警察《けいさつ》に届《とど》ける気《き》なんかまるでなく、事件《じけん》を独《ひと》り占《じ》めして解決《かいけつ》し、それをテレビに売《う》りこんで、お手柄中学生《てがらちゅうがくせい》として認《みと》められようとしているんだ。

どうする、このバカ武《たけ》・・・。

18　ブラック教室《きょうしつ》事件《じけん》の終結《しゅうけつ》

その日《ひ》、秀明《しゅうめい》の休《やす》み時間《じかん》に、私《わたし》たちKZ《カッズ》はカフェテリアに集合《しゅうごう》した。

「さぁ諸君《しょくん》、会議《かいぎ》を始《はじ》めるぞ。」

若武《わかたけ》が、意気揚々《いきようよう》とした表情《ひょうじょう》で全員《ぜんいん》を見回《みまわ》す。

「まず黒木《くろき》、おまえのチームの報告《ほうこく》を。」

私《わたし》は事件《じけん》ノートをテーブルに広《ひろ》げ、ペンケースのチャックを開《あ》けた。

中《なか》に指《ゆび》を入《い》れて手探《てさぐ》りで1本《ぽん》をつかみ出《だ》すと、なんと、見《み》なれないボールペンが出《で》てきたんだ。

あれ、私《わたし》のじゃない。

それは学校《がっこう》や塾用《じゅくよう》に使《つか》っているペンケースで、たいてい毎晩《まいばん》、全部《ぜんぶ》を出《だ》して、点検《てんけん》することにしてるんだけど、このところ忙《いそが》しくって、開《ひら》いていなかったんだ。

どこで紛《まぎ》れこんだんだろう。

後《あと》で事務室《じむしつ》に行《い》って、落《お》とし物《もの》リストの中《なか》にこのペンが入《はい》っているかどうか見《み》てみなくっちゃ。

私《わたし》は、それをペンケースの中《なか》に戻《もど》さず、脇《わき》に置《お》いた。

「初《はじ》めに、ブラック教室《きょうしつ》で倒《たお》れた3人《にん》の教師《きょうし》のプロフィルからだ。」

黒木君《くろきくん》は体《からだ》を傾《かたむ》け、ズボンのポケットからスマートフォンを出《だ》して、操作《そうさ》しながら両肘《りょうひじ》をテーブルに突《つ》いた。

「上杉《うえすぎ》の調査結果《ちょうさけっか》も合《あ》わせて報告《ほうこく》する。教師《きょうし》たちは3人《にん》とも、B組《ビーぐみ》の担任《たんにん》になるまでは健康状態《けんこうじょうたい》は、普通《ふつう》レベル、日常生活《にちじょうせいかつ》には支障《ししょう》のない状態《じょうたい》。」

じゃ続《つづ》けざまに倒《たお》れたのは、やっぱりブラック教室《きょうしつ》だからなんだ。

「まず1人目《ひとりめ》の教師《きょうし》は、上村直樹《うえむらなおき》38歳《さい》、独身《どくしん》。4月《がつ》からB組《ビーぐみ》を担当《たんとう》した。教育《きょういく》に燃《も》える熱血《ねっけつ》タイプで能力《のうりょく》も高《たか》かったが、バイク通勤中《つうきんちゅう》、事故《じこ》を起《お》こして入院《にゅういん》。運《はこ》ばれた市立病院《しりつびょういん》で死亡《しぼう》。死因《しいん》は脳挫傷《のうざしょう》。車《くるま》にぶつかって、バイクごと横倒《よこだお》しになったんだ。事故原因《じこげんいん》は、上村《うえむら》の前方不注意《ぜんぽうふちゅうい》と信号無視《ごうむし》。日頃《ひごろ》からスピードマニアで、時々《ときどき》、注意《ちゅうい》を受《う》けてたみたいだけど、この時《とき》は法定速度《ほうていそくど》だった。」

何《なに》か考《かんが》え事《ごと》でもしてたのかなぁ。

「2人目《ふたりめ》は、中村幸助《なかむらこうすけ》30歳《さい》、妻子《さいし》あり。上村《うえむら》の後《あと》を引《ひ》き継《つ》いだ教師《きょうし》で、真面目《まじめ》で仕事熱心《しごとねっしん》。4月《がつ》の健康診断《けんこうしんだん》では、高血圧《こうけつあつ》との診断《しんだん》を受《う》けている。2か月後《げつご》に自宅《じたく》で倒《たお》れて入院《にゅういん》。その後《ご》、死亡《しぼう》。

死因《しいん》は虚血性心疾患《きょけつせいしんしっかん》。病院《びょういん》は市立病院《しりつびょういん》。」

虚血性心疾患《きょけつせいしんしっかん》って？

答《こた》えを求《もと》めて私《わたし》は、病理《びょうり》のエキスパートである上杉君《うえすぎくん》を見《み》た。

上杉君《うえすぎくん》は、無表情《むひょうじょう》のままその薄《うす》い唇《くちびる》を開《ひら》き、サラッと答《こた》える。

「心臓《しんぞう》の近《ちか》くにある冠動脈《かんどうみゃく》が、何《なん》らかの原因《げんいん》で狭《せま》くなったり、痙攣《けいれん》したり、閉塞《へいそく》したりするために起《お》こる病気《びょうき》。」

へえ。

「原因《げんいん》は高血圧《こうけつあつ》や糖尿病《とうにょうびょう》など。でも不明《ふめい》の時《とき》もある。突然死《とつぜんし》って言《い》われるものは、たいていがこれ。」

そう言《い》いながら小塚君《こづかくん》を見《み》た。

「肥満《ひまん》も原因《げんいん》になりうる。おまえ、気《き》を付《つ》けろよ。」

小塚君《こづかくん》は、自分《じぶん》の心臓《しんぞう》に手《て》を当《あ》て、心細《こころぼそ》そうに頷《うなず》いた。

「頑張《がんば》るよ。」

大丈夫《だいじょうぶ》だよ、小塚君《こづかくん》は太《ふと》ってないもの、ちょっとだけしか。

「3人目《にんめ》は、下村洋治《しもむらようじ》35歳《さい》、独身《どくしん》。中村《なかむら》の後《あと》を引《ひ》き継《つ》いだ。優《やさ》しく気《き》が弱《よわ》いという評判《ひょうばん》だったが、教師《きょうし》という仕事《しごと》が好《す》きで頑張《がんば》っていたらしい。B組《ビーぐみ》の担任《たんにん》になってから、3か月後《げつご》に入院《にゅういん》、休職届《きゅうしょくとどけ》を出《だ》している。休職《きゅうしょく》理由《りゆう》は精神疾患《せいしんしっかん》で、どうも鬱《うつ》らしい。その後《ご》、病室《びょうしつ》を出《で》たまま戻《もど》らず、行方不明《ゆくえふめい》になっている。病院《びょういん》は個人《こじん》の精神科《せいしんか》クリニック。」

私《わたし》は、それらをノートに記録《きろく》した。

「アーヤ、3人《にん》の共通点《きょうつうてん》は?」

若武《わかたけ》に言《い》われて、記録《きろく》を見《み》ながら同《おな》じ要素《ようそ》をピックアップして答《こた》える。

「えっと共通点《きょうつうてん》は2つで、3人《にん》ともB組《ビーぐみ》の担任《たんにん》になってから事故《じこ》に遭《あ》ったり病気《びょうき》になったりしたこと、もう1つは、3人《にん》とも仕事熱心《しごとねっしん》だったことです。」

黒木君《くろきくん》が、顔《かお》をしかめた。

「まずいな。」

え?

「4人目《にんめ》の担任《たんにん》である美坂薫《みさかかおる》のプロフィルも調《しら》べたんだ。32歳《さい》、独身《どくしん》。献身的《けんしんてき》に生徒指導《せいとしどう》をし、宿題《しゅくだい》にもきちんとしたコメントを書《か》いて返《かえ》す、生徒《せいと》のためと言《い》われると徹夜《てつや》の作業《さぎょう》も厭《いと》わない。」

わっ、前《まえ》の3人《にん》とタイプが同《おな》じっ!

確《たし》かに薫先生《かおるせんせい》は、情熱《じょうねつ》と使命感《しめいかん》にあふれてるんだ。

ということは、4人目《にんめ》の被害者《ひがいしゃ》にぴったり！

ああ早《はや》く何《なん》とかしないと。

「あと気《き》になったのは、B組《ビーぐみ》の生徒《せいと》。」

そう言《い》って黒木君《くろきくん》は、私《わたし》と翼《たすく》、それに忍《しのぶ》を見《み》た。

「聞《き》きたいんだけど、浜田《はまだ》には、学校生活《がっこうせいかつ》を送《おく》るために特別《とくべつ》な支援《しえん》が必要《ひつよう》な子《こ》って、どのくらいるの？　発達障害《はったつしょうがい》とかさ。」

私《わたし》たちは、3人《にん》で顔《かお》を見合《みあ》わせる。

まず忍《しのぶ》が、首《くび》を傾《かし》げながら口《くち》を開《ひら》いた。

「俺《おれ》、登校日数《とうこうにっすう》が少《すく》ないから、よくわからない。むしろ俺自身《おれじしん》が、特別《とくべつ》な支援《しえん》が必要《ひつよう》な子《こ》かも。引《ひ》きこもりって、精神的《せいしんてき》な病気《びょうき》が原因《げんいん》の可能性《かのうせい》もあるらしいしさ。」

軽《かる》く言《い》いながら、私《わたし》の方《ほう》を見《み》る。

「毎日《まいにち》ちゃんと登校《とうこう》してる立花《たちばな》の意見《いけん》は？」

私《わたし》も、あまり気《き》にしていなかったからわからず、翼《たすく》の方《ほう》を見《み》るしかなかった。

常《つね》に冷静《れいせい》で、いろいろなことに気《き》を配《くば》っている翼《たすく》なら、きっと知《し》っているに違《ちが》いないと思《おも》ったんだ。

「いるけど、数《かず》は少《すく》ないと思《おも》うよ。」

上杉君《うえすぎくん》が、左手《ひだりて》の中指《なかゆび》で眼鏡《めがね》の中央《ちゅうおう》を押《お》し上《あ》げる。

「発達障害《はったつしょうがい》に関《かん》していえば、２０１２年《ねん》の文科省《もんかしょう》の調査《ちょうさ》では、全体《ぜんたい》の６・５％《パーセント》だ。つまり15人《にん》に1人《ひとり》の割合《わりあい》。今《いま》の中学校《ちゅうがっこう》のクラスの多《おお》くは、35人以下《にんいか》だから、各《かく》クラスに2人《ふたり》くらいの発達障《はったつしょう》害児《がいじ》がいても普通《ふつう》だ。」

黒木君《くろきくん》が、投《な》げ出《だ》すような溜《た》め息《いき》をついた。

「B組《ビーぐみ》には、特別《とくべつ》な支援《しえん》が必要《ひつよう》な生徒《せいと》が7人《にん》いるんだ。」

それを聞《き》いて私《わたし》は、大石先生《おおいしせんせい》の言葉《ことば》を思《おも》い出《だ》した。

「このクラスにもいるのね、そういう子《こ》。B組《ビーぐみ》だけかと思《おも》ってたのに。」

若武《わかたけ》が、目《め》を丸《まる》くする。

「クラスが35人編成《にんへんせい》としたら、20％《パーセント》に当《あ》たるじゃん。平均《へいきん》の3倍以上《ばいいじょう》だ。何《なん》で、そんなにいるんだ？」

黒木君《くろきくん》は、腕《うで》を組《く》み、天井《てんじょう》を仰《あお》いだ。

「これは3月《がつ》の話《はなし》なんだけど、新学期《しんがっき》から学年主任《がくねんしゅにん》に昇格《しょうかく》することになっていた村本《むらもと》って教師《きょうし》が意気《いき》ごんでさ、以前《いぜん》からそういう生徒《せいと》たちの指導《しどう》に当《あ》たりたいと思《おも》っていたって言《い》い出《だ》して、自《じ》分《ぶん》のクラスに集《あつ》めたらしいんだ。村本《むらもと》は特別支援学校教諭《とくべつしえんがっこうきょうゆ》の専修免許《せんしゅうめんきょ》を持《も》ってて、浜田《はまだ》に来《く》る前《まえ》はそういう学校《がっこう》にいたみたいだ。その種《しゅ》の免許《めんきょ》を持《も》ってる教師《きょうし》が他《ほか》にいなくて、村本《むらもと》の意見《いけん》が通《とお》ったんだ。それだけじゃなくて村本《むらもと》は、クレーマーの保護者《ほごしゃ》を持《も》つ生徒《せいと》たちも、B組《ビーぐみ》に集《あつ》めた。」

なんか・・・すごい。

「浜田《はまだ》には、小学校時代《しょうがっこうじだい》に学校《がっこう》との間《あいだ》でトラブルを起《お》こして、裁判《さいばん》で敗訴《はいそ》した保護者《ほごしゃ》が3人《にん》いるんだけど、これも村本《むらもと》が、自分《じぶん》が引《ひ》き受《う》けて面倒《めんどう》を見《み》るって言《い》ったらしい。学年主任《がくねんしゅにん》だからって。」

責任感《せきにんかん》、強《つよ》かったんだ、偉《えら》いなぁ。

私《わたし》はそう思《おも》ったけれど、上杉君《うえすぎくん》は、残念《ざんねん》そうな溜《た》め息《いき》をついた。

「自分《じぶん》で何《なん》でも抱《かか》えこむタイプか。」

翼《たすく》も、眉根《まゆね》を寄《よ》せる。

「困《こま》ったちゃんだな。」

その批判的《ひはんてき》なニュアンスを、私《わたし》は疑問《ぎもん》に思《おも》った。

「困難《こんなん》なことを人《ひと》に押《お》し付《つ》けずに、自分《じぶん》で解決《かいけつ》しようとしたんだと思《おも》うよ。それは、偉《えら》いことでしょ。」

上杉君《うえすぎくん》は髪《かみ》をかき上《あ》げていた片手《かたて》を頭《あたま》の上《うえ》で止《と》め、そのままガックリと項垂《うなだ》れた。

「なんだ、その硬直《こうちょく》した考《かんが》え方《かた》。おまえ、小学生《しょうがくせい》かよ。」

は？

「あのねぇ、」

翼《たすく》が、私《わたし》の方《ほう》に向《む》き直《なお》る。

「共同社会《きょうどうしゃかい》では、皆《みな》で話《はな》し合《あ》い、協力《きょうりょく》して困難《こんなん》を乗《の》り越《こ》えていくのが正解《せいかい》なの。1人《ひとり》で何《なん》でも頑《がん》張《ば》っていると、周《まわ》りも手伝《てつだ》いにくいし、任《まか》せとくしかないなってことになるでしょ。それで距離《きょり》ができてしまうし、その仕事《しごと》は当人《とうにん》しかわからないものになる。でも個人《こじん》の力《ちから》には限界《げんかい》があるし、様々《さまざま》な理由《りゆう》で全部《ぜんぶ》を背負《せお》い切《き》れなくなる事態《じたい》も生《しょう》じるんだ。1人《ひとり》が抱《かか》えこんでてそうなったら、その仕事《しごと》は途中《とちゅう》で放《ほう》り出《だ》されるし、後《あと》を引《ひ》き受《う》ける人《ひと》も大変《たいへん》だろ。」

そうか・・・何《なん》でも頑張《がんば》ればいいってもんじゃないんだね、難《むずか》しいな。

「ん、浜田《はまだ》では、まさにそうなった。」

黒木君《くろきくん》が話《はなし》を続《つづ》ける。

「この村本《むらもと》はね、4月《がつ》の入学式《にゅうがくしき》が終《お》わって家《いえ》に帰《かえ》る途中《とちゅう》で亡《な》くなったんだ。」

あ、そういえば聞《き》いたような気《き》がする、そういう話《はなし》。

「駅《えき》のホームが、生徒《せいと》や保護者《ほごしゃ》ですごく混《こ》んでたんで、端《はし》をすり抜《ぬ》けて通《とお》っていた時《とき》に滑《すべ》って、ちょうど入《はい》ってきた電車《でんしゃ》に接触《せっしょく》したらしい。」

かわいそう・・・。

「それでB組《ビーぐみ》を担当《たんとう》する教師《きょうし》がいなくなったんだ。けど入学式《にゅうがくしき》が終《お》わったばっかで、急《きゅう》に担任《たんにん》を替《か》えられないだろ。そしたら熱血《ねっけつ》タイプの上村直樹《うえむらなおき》が、自分《じぶん》がやるって言《い》い出《だ》したみたい。ちなみに上村《うえむら》は、特別支援学校教諭《とくべつしえんがっこうきょうゆ》の免許《めんきょ》は持《も》っていなかった。でも頑張《がんば》ればできると思《おも》ったらしい。」

小塚君《こづかくん》が考《かんが》えこみながら口《くち》を開《ひら》く。

「ブラック教室《きょうしつ》って、今年初《ことしはじ》めてそう呼《よ》ばれ出《だ》したんだよね。今《いま》2年生《ねんせい》になってる生徒《せいと》たちが1年B組《ねんビーぐみ》だった時《とき》は、ブラック教室《きょうしつ》じゃなかったんだろ。」

黒木君《くろきくん》が頷《うなず》き、話《はなし》を引《ひ》き取《と》った。

「村本《むらもと》が張《は》り切《き》りすぎたせいで、B組《ビーぐみ》はスーパー教師《きょうし》でないと務《つと》まらないような状態《じょうたい》になってたってことじゃないかな。村本本人《むらもとほんにん》が生《い》きていれば、やりこなしていたと思《おも》うけどね。後《あと》を引《ひ》き受《う》けた上村《うえむら》は疲労《ひろう》が溜《た》まって、それが事故《じこ》につながり、中村《なかむら》は、高血圧《こうけつあつ》だったから激務《げきむ》に追《お》われるうちに発病《はつびょう》、気《き》が弱《よわ》かったという下村《しもむら》の心《こころ》も、仕事《しごと》の激《はげ》しさに耐《た》えられなかった。」

ん、ありうる。

「つまり、担任《たんにん》が次々倒《つぎつぎたお》れるブラック教室《きょうしつ》の原因《げんいん》は、」

若武《わかたけ》が、まとめに入《はい》った。

「B組《ビーぐみ》の担任《たんにん》の激務《げきむ》にあったんだ。これがこの事件《じけん》の真相《しんそう》。」

私《わたし》は急《いそ》いでそれを書《か》き留《と》めた。

「これ以上《いじょう》の犠牲者《ぎせいしゃ》を出《だ》さないためには、担任《たんにん》の負担《ふたん》を軽《かる》くすることだ。特別《とくべつ》な支援《しえん》が必要《ひつよう》な生《せい》徒《と》やクレーマー保護者《ほごしゃ》を持《も》っている生徒《せいと》を、他《ほか》のクラスに分散《ぶんさん》させ、各《かく》クラスの均一化《きんいつか》を図《はか》る。」

そうすれば薫先生《かおるせんせい》も、安心《あんしん》して担任《たんにん》を務《つと》められるよね。

「だけどさ、実際問題《じっさいもんだい》として、それは無理《むり》。」

へ？

「学期《がっき》の途中《とちゅう》でクラス替《が》えなんてことになったら、PTA《ピーティーエー》が騒《さわ》ぐぜ、ようやくクラスに馴染《なじ》んだ子供《こども》たちを動《うご》かさないでほしいって。」

あ、そういう問題《もんだい》が出《で》るのかぁ。

「それをクリアするのは、簡単《かんたん》さ。」

忍《しのぶ》が、何《なん》でもないといったように微笑《ほほえ》んだ。

「副担任《ふくたんにん》を作《つく》ればいい。B組《ビーぐみ》の担任《たんにん》を2人《ふたり》にして、仕事《しごと》を分担《ぶんたん》するんだ。」

名案《めいあん》っ！

「実《じつ》は、」

黒木君《くろきくん》が、長《なが》い髪《かみ》をユラッと揺《ゆ》すって首《くび》を横《よこ》に振《ふ》った。

「B組《ビーぐみ》の担任《たんにん》が2人続《ふたりつづ》けて病欠《びょうけつ》になった時点《じてん》で、職員会議《しょくいんかいぎ》でそういう提案《ていあん》があったらしいんだ。ところが他《ほか》のクラスは皆《みな》、担任《たんにん》が1人《ひとり》だからB組《ビーぐみ》だけ2人《ふたり》にするわけにはいかない、バランスが取《と》れないって意見《いけん》が出《で》て、不採用《ふさいよう》になった。」

若武《わかたけ》が、うんざりした顔《かお》をする。

「学校《がっこう》って、そーゆーとこだよなぁ。」

でも、そもそもB組自体《ビーぐみじたい》が他《ほか》とは違《ちが》ったクラスなんだから、今《いま》さら他《ほか》とバランスを取《と》ろうとするのは、無意味《むいみ》だと思《おも》うな。

「その意見《いけん》、出《だ》したの、誰《だれ》だよ。」

上杉君《うえすぎくん》に聞《き》かれて、黒木君《くろきくん》は肩《かた》を竦《すく》めた。

「そこまで突《つ》っこんで調《しら》べてない。」

上杉君《うえすぎくん》の吊《つ》り上《あ》がった目《め》に、冷《ひ》ややかな光《ひかり》がきらめく。

「調《しら》べてみろよ。なんか引《ひ》っかかる、BY《バイ》俺《おれ》の勘《かん》。」

え・・・私《わたし》、全然気《ぜんぜんき》にならないけど。

「でも調《しら》べても、もうしかたなくない？」

翼《たすく》が溜《た》め息《いき》をつく。

「ブラック教室《きょうしつ》の謎《なぞ》は、解明《かいめい》されたんだ。事件《じけん》は終《お》わりでしょ。その対策《たいさく》までは、俺《おれ》たちの仕事《しごと》じゃない。俺《おれ》たちがその方法《ほうほう》を考《かんが》えても、たぶん無駄《むだ》だし。」

ん、学校側《がっこうがわ》が聞《き》いてくれるとは思《おも》えないものね。

「よし、この事件《じけん》はここまでとしよう。」

若武《わかたけ》の言葉《ことば》に、皆《みな》が同意《どうい》する。

「当面《とうめん》、我々《われわれ》にできることは、美坂薫《みさかかおる》に過剰勤務《かじょうきんむ》をしないように注意《ちゅうい》することぐらいだ。アーヤ、よく言《い》っとけよ。」

ん、伝《つた》えるよ。

激務《げきむ》が3人《にん》の教師《きょうし》を追《お》いこんでいったんだとすれば、薫先生《かおるせんせい》は働《はたら》きすぎに注意《ちゅうい》して、健康《けんこう》を保《たも》つようにすれば大丈夫《だいじょうぶ》なんだ。

「では、これでブラック教室《きょうしつ》事件《じけん》は終了《しゅうりょう》とする。」

私《わたし》は、記録《きろく》の最後《さいご》に、ＦＩＮ《フィン》と書《か》きこむ。

担任《たんにん》が次々《つぎつぎ》と倒《たお》れるという話《はなし》を翼《たすく》から聞《き》いた時《とき》には、いったいどんな奇怪《きかい》な謎《なぞ》が隠《かく》されているのかと思《おも》ったけれど、意外《いがい》に常識的《じょうしきてき》な結論《けつろん》で、安心《あんしん》もしたし、同時《どうじ》に物足《ものた》りなくも思《おも》った。

「次《つぎ》、呪《のろ》いの人形《にんぎょう》事件《じけん》だ。七鬼《ななき》、学校《がっこう》に漂《ただよ》う妖気《ようき》から、報告《ほうこく》を。」

19 呪《のろ》いの人形事件《にんぎょうじけん》

忍《しのぶ》は自分《じぶん》のスマートフォンを出《だ》し、操作《そうさ》してから、皆《みな》に見《み》えるようにテーブルの中央《ちゅうおう》に置《お》いた。

画面《がめん》には学校《がっこう》の全体図《ぜんたいず》が広《ひろ》がっていて、そこに番号《ばんごう》が振《ふ》ってある。

「妖気《ようき》を感《かん》じた場所《ばしょ》をピックアップしてみた。」

廊下《ろうか》にも教室《きょうしつ》にもグラウンドにも、そして講堂《こうどう》や体育館《たいいくかん》のあちらこちらにも番号《ばんごう》が書《か》かれていた。

うわぁ、あらゆるとこに出《で》てるんだ。

「う〜む、妖気《ようき》だけに神出鬼没《しんしゅつきぼつ》だな。」

上杉君《うえすぎくん》が妙《みょう》に感心《かんしん》し、小塚君《こづかくん》が私《わたし》を見《み》る。

「神出鬼没《しんしゅつきぼつ》って？」

私《わたし》は、その意味《いみ》だけでなく、神《かみ》や鬼《おに》という単語《たんご》についても説明《せつめい》した方《ほう》がわかりやすいだろうと思《おも》い、自分《じぶん》の考《かんが》えをまとめてから答《こた》えた。

「昔《むかし》の人《ひと》は、神《かみ》や鬼《おに》は消《き》えたり現《あらわ》れたり隠《かく》れたりするって思《おも》ってたんだ。そこから生《う》まれた言葉《ことば》で、行動《こうどう》が素早《すばや》く自在《じざい》で、予測《よそく》できないって意味《いみ》だよ。」

若武《わかたけ》がもどかしそうな顔《かお》で忍《しのぶ》を見《み》る。

「これ、捕《つか》まえられないのか？」

上杉君《うえすぎくん》が手《て》を伸《の》ばし、若武《わかたけ》の頭《あたま》を小突《こづ》いた。

「妖気《ようき》って、気《き》なんだぞ、気《き》！　物理的《ぶつりてき》に言《い》えば気体《きたい》、国語的《こくごてき》に言《い》えば雰囲気《ふんいき》、あるいはムードだ。おまえ、ムード捕《つか》まえられるのかよ。」

若武《わかたけ》はひと言《こと》も言《い》い返《かえ》せず、くやしかったらしくて上杉君《うえすぎくん》を小突《こづ》き返《かえ》し、2人《ふたり》で摑《つか》み合《あ》いになった。

いつものことなので、私《わたし》は放《ほう》っておいて、妖気《ようき》の出没《しゅつぼつ》を示《しめ》す番号《ばんごう》を見《み》つめる。

それは、私《わたし》たちのホームルーム教室《きょうしつ》にも出《で》ていた。

「で、こっちは、」

忍《しのぶ》も慣《な》れてきたらしくて2人《ふたり》のケンカをスルー、画面《がめん》をスクロールして表《ひょう》を出《だ》した。

「番号《ばんごう》の所《ところ》で、何日《なんにち》の何時《なんじ》から何時《なんじ》の間《あいだ》に妖気《ようき》が感《かん》じられたかを一覧《いちらん》にした。」

表《ひょう》と突《つ》き合《あ》わせてみると、うちのクラスで妖気《ようき》が発生《はっせい》したのは、朝《あさ》と帰《かえ》りのホームルームの時《とき》、それに早朝《そうちょう》と放課後《ほうかご》だった。

ホームルームの時《とき》は、私《わたし》も教室《きょうしつ》にいたんだけど、ちっとも気《き》づかなかった。

ペンダントが守《まも》ってくれたのか、それとも私《わたし》が鈍感《どんかん》だからか、う〜ん判断《はんだん》に迷《まよ》うな。

「でもこの調査《ちょうさ》は、完璧《かんぺき》じゃないんだ。」

忍《しのぶ》は残念《ざんねん》そうだった。

「何《なに》しろ俺《おれ》がいる所《ところ》でしか調査《ちょうさ》できないんだから。数《すう》か所《しょ》で同時《どうじ》に妖気《ようき》が発生《はっせい》してるってこともあると思《おも》うけど、俺《おれ》、まだ分身《ぶんしん》できないから、1度《ど》に1か所《しょ》しか確認《かくにん》できないし。」

摑《つか》み合《あ》っていた若武《わかたけ》と上杉君《うえすぎくん》が瞬時《しゅんじ》に手《て》を止《と》め、忍《しのぶ》を見《み》た。

「まだできないってことは・・・」

「今後《こんご》できるようになるってことか!?」

忍《しのぶ》はニッコリ微笑《ほほえ》む。

「ん、たぶんね。」

若武《わかたけ》と上杉君《うえすぎくん》は、同時《どうじ》に叫《さけ》んだ。

「すげぇ!」

で、そのまままきちんと座《すわ》り直《なお》し、忍《しのぶ》に尊敬《そんけい》の眼差《まなざし》を注《そそ》いだんだ。

「その時《とき》は、ぜひ俺《おれ》にもそのテクを伝授《でんじゅ》してくれ。」

「俺《おれ》にもだ。」

それで私《わたし》は、分身《ぶんしん》をしていく人《にん》にも増《ふ》えた若武《わかたけ》と上杉君《うえすぎくん》が摑《つか》み合《あ》いをしているシーンを想像《そうぞう》し、頭《あたま》が痛《いた》くなってしまった。

「話《はなし》を戻《もど》そう。七鬼《ななき》、続《つづ》きをどうぞ。」

黒木君《くろきくん》がその場《ば》を収拾《しゅうしゅう》、忍《しのぶ》が口《くち》を開《ひら》く。

「今《いま》のところは、とにかくデータを集《あつ》めていくしかないと思《おも》う。そのうちに何《なに》か見《み》えてくるのを期待《きたい》して。」

地味《じみ》な作業《さぎょう》、ご苦労様《くろうさま》。

「呪《のろ》いの人形《にんぎょう》から新《あたら》しくわかったことは？」

若武《わかたけ》に聞《き》かれて、忍《しのぶ》は首《くび》を横《よこ》に振《ふ》る。

「ない。」

ああ、すごくきっぱり。

「なんでアーヤを呪《のろ》うのかは？」

「不明《ふめい》。」

きっぱりすぎるっ！

「あ、」

小塚君《こづかくん》が思《おも》い出《だ》したように自分《じぶん》のナップザックからＡ《エー》４のファイルを出《だ》した。

「呪《のろ》いの人形《にんぎょう》についていた指紋《しもん》、検出《けんしゅつ》してあるよ。」

そう言《い》いながら２つの指紋《しもん》を見《み》せる。

「ホワイトボード・マーカーについていたのと、同《おな》じだった。」

つまり私《わたし》を呪《のろ》った人間《にんげん》と、私《わたし》のプライベートを暴《あば》いた人間《にんげん》は、同一人物《どういつじんぶつ》なんだ。

いったい誰《だれ》っ⁉

「学校中《がっこうじゅう》の生徒《せいと》の指紋《しもん》を集《あつ》めて、これと照合《しょうごう》すれば、誰《だれ》のかわかると思《おも》うけど。」

そんなぁ・・・無理《むり》だよ。

上杉君《うえすぎくん》が、ちらっと私《わたし》を見《み》た。

「やっぱり片山悠飛《かたやまゆうひ》をめぐる醜《みにく》い女《おんな》の争《あらそ》いか？」

むっ、棘《とげ》のある言《い》い方《かた》！

私《わたし》は、上杉君《うえすぎくん》をにらみ返《かえ》す。

「それについては、クラスの情報通《じょうほうつう》の女子《じょし》に聞《き》きました。その関係者《かんけいしゃ》は全員《ぜんいん》、自分《じぶん》ではないと言《い》い張《は》ったそうです。つまり呪《のろ》いをかけたのは、悠飛関係《ゆうひかんけい》で名前《なまえ》の上《あ》がった生徒《せいと》たちではないと思《おも》われます。」

思《おも》いっきり丁寧《ていねい》に言《い》うと、上杉君《うえすぎくん》はあっさりスルーして横《よこ》を向《む》いた。

「じゃ誰《だれ》が、何《なん》の理由《りゆう》で呪《のろ》ったんだ。」

若武《わかたけ》が首《くび》をひねる。

「アーヤ、悠飛《ゆうひ》以外《いがい》に心当《こころあ》たりは？　なんか恨《うら》まれるようなことやってんだろ？」

やってないっ！

「やってるはずだ、思《おも》い出《だ》せっ！」

その瞬間《しゅんかん》、黒木君《くろきくん》のあでやかな目《め》に、刃物《はもの》のような光《ひかり》が浮《う》かび上《あ》がった。

「しっ！」

人指《ひとさ》し指《ゆび》を唇《くちびる》の前《まえ》に立《た》て、もう一方《いっぽう》の手《て》を小塚君《こづかくん》に伸《の》ばす。

「ラテックスの手袋《てぶくろ》、くれ。」

小塚君《こづかくん》がナップザックの中《なか》からそれを出《だ》して渡《わた》すと、素早《すばや》く嵌《は》め、片手《かたて》を私《わたし》の方《ほう》に伸《の》ばした。

えっ!?

私《わたし》のペンケースの脇《わき》から、あのボールペンを取《と》り上《あ》げるなり、軸《じく》を回《まわ》して一気《いっき》に分解《ぶんかい》っ！

わっ、それ私《わたし》のじゃないんだよ。

「やっぱりね。」

黒木君《くろきくん》の手《て》の中《なか》からプラスティックの欠片《かけら》が転《ころ》がり出《で》る。

「これ、盗聴器《とうちょうき》だ。」

げっ！

上杉君《うえすぎくん》がニヤッと笑《わら》った。

「ようやく呪《のろ》いの正体《しょうたい》が見《み》えたな。立花《たちばな》の家庭事情《かていじじょう》は、そこから洩《も》れたんだぜ。」

そうだったのかっ！

おかしいと思《おも》ってたんだ、だってあそこにいたのは私《わたし》と黒木君《くろきくん》と忍《しのぶ》、それに奈子《なこ》だけで、その他《ほか》の誰《だれ》も知《し》らないはずだったんだもの。

そうか、誰《だれ》かが盗《ぬす》み聞《ぎ》きしてたんだ。

「記憶機能《メモリーきのう》は付《つ》いてない。」

黒木君《くろきくん》は、盗聴器《とうちょうき》の中《なか》を開《あ》けて見《み》て、いく分《ぶん》ほっとした様子《ようす》を見《み》せる。

「ただ流《なが》すだけの簡単《かんたん》なタイプだ。向《む》こうがリアルタイムで耳《みみ》を澄《す》ましている時《とき》しか盗聴《とうちょう》できない。不幸中《ふこうちゅう》の幸《さいわ》いだったね。記憶機能《メモリーきのう》が付《つ》いてたら、こっちの情報《じょうほう》がだだモレだった。もっとも向《む》こうが暇《ひま》で、一日中《いちにちじゅう》ずっと聞《き》いてるってこともあるかもしれないけど。」

私《わたし》は、ゾクッとした。

自分《じぶん》が話《はな》したり勉強《べんきょう》したり食《た》べたりしている時《とき》に出《で》る音《おと》を、得体《えたい》の知《し》れない誰《だれ》かが耳《みみ》を澄《す》まして聞《き》いていたのかもしれないと思《おも》うと、背中《せなか》に、濡《ぬ》れた冷《つめ》たいものがベッタリ貼《は》り付《つ》いたみたいな気分《きぶん》だった。

「アーヤ、メンバーとして不注意《ふちゅうい》だぞ。」

若武《わかたけ》が、体中《からだじゅう》から怒《いか》りを迸《ほとばし》らせる。

「KZ《カッズ》の会議《かいぎ》は、秘密会議《ひみつかいぎ》だ。ここで話《はな》した情報《じょうほう》を盗《ぬす》まれて、先《さき》にテレビ局《きょく》に持《も》ってかれたら、どうするんだっ!?」

ごめん。

「若武《わかたけ》、怒《おこ》らないでよ。一番《いちばん》ひどい目《め》に遭《あ》ったのは、アーヤだもの、かわいそうだよ。」

そう言《い》った小塚君《こづかくん》に、翼《たすく》が同調《どうちょう》する。

「しかも、こんな時《とき》にも真《ま》っ先《さき》にテレビのことを考《かんが》えるって、人間《にんげん》としてどうなんでしょ。若武《わかたけ》には、テレビで目立《めだ》つことがそんなに大事《だいじ》なの？」

若武《わかたけ》は、躊躇《ためら》いも、恥《は》じらいもなく大《おお》きく頷《うなず》いた。

「おお、その通《とお》りだ。」

その場《ば》が一瞬《いっしゅん》シ〜ンとしたので、若武《わかたけ》はあわてて言《い》い訳《わけ》する。

「我《わ》がKZ7《カッズセブン》が、世間《せけん》に認《みと》められるためには、それしかないだろ。」

その時《とき》、誰《だれ》もが心《こころ》の中《なか》で、こう思《おも》っていた。

「嘘《うそ》だ、自分《じぶん》が目立《めだ》ちたいだけだ。」

で、同時《どうじ》に、

「こういうスイッチが入《はい》っちまった若武《わかたけ》は、しばらく放《ほう》っておくしかない。」

と考《かんが》えて、暗黙《あんもく》のうちに若武《わかたけ》を無視《むし》することを決定《けってい》、いっせいに私《わたし》の方《ほう》を向《む》いた。

「そのペン、いつからケースに入《はい》ってたの？」

いつからだろう。

ペンケースの点検《てんけん》は、ほとんど毎日《まいにち》している。

それをしなかったのは、確《たし》か、忍《しのぶ》の家《いえ》に泊《と》まった夜《よる》だ。

あの時《とき》は忙《いそが》しくて、その後《ご》も呪《のろ》われてるのが恐《こわ》くて心《こころ》の余裕《よゆう》がなかったからずっとしていなかったんだ。

つまり、このボールペンが私《わたし》のペンケースに入《はい》ったのは、あの夜《よる》から今日《きょう》までの間《あいだ》ってことになる。

「そのペンケース、どっかに置《お》き忘《わす》れたとか、ある？」

それはない、いつも通学《つうがく》バッグか、秀明《しゅうめい》バッグの中《なか》に入《い》れてあったよ。

「ペンケースから、目《め》を離《はな》したことは？」

えっとトイレに行《い》く時《とき》とか、お昼時間《ひるじかん》なんかは、バッグごと教室《きょうしつ》に置《お》いておくけど、それ以外《いがい》は、いつもそばにあるし。

そう考《かんが》えながら、はっとした。

身体検査《しんたいけんさ》から教室《きょうしつ》に戻《もど》った時《とき》、バッグの留《と》め金《がね》が変《へん》だった。

きっと、あの時《とき》だっ！

誰《だれ》かが私《わたし》のバッグを開《あ》けて、盗聴器《とうちょうき》の入《はい》ったボールペンを入《い》れたんだ。

「たぶん身体検査《しんたいけんさ》のあった放課後《ほうかご》だと思《おも》う。教室《きょうしつ》にバッグを置《お》きっぱなしにしてたから。」

考《かんが》えてみれば、パパとママが言《い》い争《あらそ》ったのも、あの夜《よる》だ。

それをこの盗聴器《とうちょうき》で聞《き》いていて、翌朝《よくあさ》、ホワイトボードに書《か》いたんだ。

う～ぬ、許《ゆる》さんっ！

「小塚《こづか》、ペンと盗聴器《とうちょうき》の指紋《しもん》、採《と》って。」

黒木君《くろきくん》に言《い》われて、小塚君《こづかくん》はビニール袋《ぶくろ》を出《だ》し、その2つを別々《べつべつ》にしまって立《た》ち上《あ》がった。

「家《いえ》に帰《かえ》ってやってくるよ。結果《けっか》が出《で》たら、電話《でんわ》するから。」

忍《しのぶ》も立《た》ち上《あ》がる。

「俺《おれ》も学校《がっこう》に戻《もど》って調査《ちょうさ》する。何《なに》しろ1人《ひとり》だから、フルで動《うご》くしかないんだ。警備《けいび》の目《め》をごまかして校内《こうない》に忍《しの》びこむよ。」

ご苦労様《くろうさま》！

出《で》ていく2人《ふたり》を見送《みおく》って、翼《たすく》が言《い》った。

「身体検査《しんたいけんさ》の行《おこな》われていた時《とき》なら、同《おな》じクラスの人間《にんげん》じゃないね。男女別《だんじょべつ》だったけど、皆《みんな》、一緒《いっしょ》に保健室《ほけんしつ》に行《い》っただろ。」

私《わたし》は頷《うなず》きながら、佐田真理子《さたまりこ》の調査《ちょうさ》は正《ただ》しかったのだと思《おも》った。

きちんとやってくれてたんだね。

「これさぁ、」

上杉君《うえすぎくん》が両手《りょうて》を頭《あたま》の上《うえ》で組《く》み、椅子《いす》の背《せ》にもたれかかる。

「今《いま》、美門《みかど》が言《い》った論理学《ろんりがく》で絞《しぼ》ったら、どうよ？」

はっ？　そんなこと、言《い》ってたっけ？

私《わたし》がキョトンとしていると、黒木君《くろきくん》が解説《かいせつ》してくれた。

「盗聴器《とうちょうき》を仕《し》かけたのは、同《おな》じクラスの人間《にんげん》じゃないって言《い》ってただろ。」

それなら聞《き》いたけど、それが論理学《ろんりがく》？

「クラスの生徒《せいと》は教室《きょうしつ》にいなかった。その間《あいだ》に教室《きょうしつ》で盗聴器《とうちょうき》が仕《し》かけられた。よって生徒《せいと》は盗聴《とうちょう》器《き》を仕《し》かけていない。これが論理学《ろんりがく》。ややファジーだけど、基本《きほん》は三段論法《さんだんろんぽう》。」

へぇ。

「上杉教授《うえすぎきょうじゅ》、続《つづ》きをどうぞ。」

黒木君《くろきくん》に言《い》われて、上杉君《うえすぎくん》が口《くち》を開《ひら》く。

「同《おな》じ時間《じかん》に、教室《きょうしつ》で妖気《ようき》が発生《はっせい》した。その時間《じかん》、生徒《せいと》は教室《きょうしつ》にいなかった。よって妖気《ようき》を出《だ》したのは生徒《せいと》ではない。」

なるほど。

「今《いま》、クラスの生徒《せいと》を除外《じょがい》したみたいに、全校生徒《ぜんこうせいと》の中《なか》から、盗聴器《とうちょうき》が仕《し》かけられたと思《おも》われる時間《じかん》に他《ほか》の場所《ばしょ》にいた人間《にんげん》をチェックして外《はず》していく。そうしたら教室《きょうしつ》にいた人間《にんげん》が残《のこ》るはずだ。妖気《ようき》が発生《はっせい》したのも同《おな》じ時間《じかん》だから、２つは関連《かんれん》があるかもしれない。」

黒木君《くろきくん》が翼《たすく》に視線《しせん》を流《なが》す。

「七鬼《ななき》に今《いま》の件《けん》メールして、調《しら》べるように言《い》えよ。」

メールを打《う》つ翼《たすく》の隣《となり》で、ようやく普通《ふつう》に戻《もど》った若武《わかたけ》が唸《うな》った。

「盗聴器《とうちょうき》まで持《も》ち出《だ》すのは、相当《そうとう》な恨《うら》みだ。」

そう言《い》いながら私《わたし》に目《め》を向《む》ける。

「いったい何《なに》をやったんだ、アーヤ、吐《は》け。」

だから、やってないっ！

「若武《わかたけ》、これに関《かん》しては小塚《こづか》の指紋検出《しもんけんしゅつ》を待《ま》とうぜ。」

黒木君《くろきくん》が、その目《め》を静《しず》かに輝《かがや》かせた。

「次《つぎ》の事件《じけん》にいけよ。」

20　謎《なぞ》の指輪《ゆびわ》および人骨事件《じんこつじけん》

黒木君《くろきくん》の目《め》には、嫌《いや》と言《い》わせぬ力《ちから》があり、若武《わかたけ》は渋々《しぶしぶ》、従《したが》った。

「では諸君《しょくん》、謎《なぞ》の指輪事件《ゆびわじけん》と、新川《しんかわ》で新《あら》たに発生《はっせい》した謎《なぞ》の骨事件《ほねじけん》について、リーダーの俺《おれ》が自《みずか》ら報告《ほうこく》する。まだ人骨《じんこつ》って決《き》まったわけじゃないけど、とりあえずスケールアップさせて人骨《じんこつ》として扱《あつか》うから。事件名《じけんめい》は、謎《なぞ》の指輪事件《ゆびわじけん》＋謎《なぞ》の人骨事件《じんこつじけん》だ。」

それ、長《なが》くない？

「事件名《じけんめい》って簡潔明瞭《かんけつめいりょう》な方《ほう》がいいから、前《まえ》のままでいいよ。」

私《わたし》がそう言《い》うと、若武《わかたけ》はとんでもないといったように目《め》を剝《む》いた。

「すごさを感《かん》じさせるデカい事件名《じけんめい》の方《ほう》が、いいに決《き》まってるじゃないか。指輪《ゆびわ》も骨《ほね》も、超《ちょう》すごいぜ。必要《ひつよう》なワードだ。」

ああ派手好《はでず》き！

「じゃせめて謎《なぞ》の指輪《ゆびわ》・人骨事件《じんこつじけん》にしようよ。」

私《わたし》がそう言《い》ったとたん、皆《みな》がさっと手《て》を上《あ》げて、あっさり多数決《たすうけつ》が成立《せいりつ》した。

若武《わかたけ》は、ブスッとした顔《かお》になる。

「じゃいいよ、それで。」

ちっともよさそうじゃなかったので、私《わたし》たちは目配《めくば》せし合《あ》い、クスクス笑《わら》った。

若武《わかたけ》って、顔《かお》に出《で》るタイプだからなぁ。

「おまえら、うるさい。真面目《まじめ》に聞《き》け。」

若武《わかたけ》は私《わたし》たちをにらみ回《まわ》し、少《すこ》し時間《じかん》を取《と》って私《わたし》たちのニヤニヤ笑《わら》いがすっかり引《ひ》くのを待《ま》ってから、徐《おもむろ》に口《くち》を開《ひら》く。

「指輪《ゆびわ》が発見《はっけん》された新川《しんかわ》の調査《ちょうさ》を報告《ほうこく》する。橋脚《きょうきゃく》の近《ちか》くに雨水管《うすいかん》からの放流《ほうりゅう》らしき流《なが》れがあり、川《かわ》の流《なが》れと直角《ちょっかく》になっている。」

テーブルの上《うえ》に指《ゆび》で川《かわ》を描《か》き、2本《ほん》の橋脚《きょうきゃく》と川原《かわら》を付《つ》け加《くわ》えながら翼《たすく》を見《み》る。

「この市《し》の雨水管網《うすいかんもう》、調《しら》べたか？」

翼《たすく》は、ポケットからスマートフォンを出《だ》した。

「これだ。」

テーブルの上《うえ》に置《お》かれたそれを、若武《わかたけ》は取《と》り上《あ》げて自分《じぶん》の手元《てもと》に置《お》き、縮小《しゅくしょう》したり拡大《かくだい》したりスクロールしたりして見《み》ていたけれど、やがてニヤッと笑《わら》った。

「やっぱりそうだ、わかったぞ！」

得意満面《とくいまんめん》の顔《かお》で、スマートフォンを私《わたし》たちの前《まえ》に突《つ》き出《だ》す。

「新川《しんかわ》につながっている雨水管《うすいかん》を逆《ぎゃく》にたどっていくと、」

そう言《い》いながら画面《がめん》を指差《ゆびさ》した。

「ほら、俺《おれ》が指輪《ゆびわ》を流《なが》したガソリンスタンドがある。」

あ！

「つまり指輪《ゆびわ》はガソリンスタンドで雨水管《うすいかん》に入《はい》り、流《なが》されてきて新川《しんかわ》に出《で》た。発見《はっけん》されたのは、雨水管《うすいかん》が埋《う》まっていると思《おも》われる川原《かわら》と反対側《はんたいがわ》の橋脚《きょうきゃく》の根元《ねもと》だ。雨水管《うすいかん》からの放流《ほうりゅう》は、川《かわ》の流《なが》れと直角《ちょっかく》になってるから、それに交《ま》じって対岸《たいがん》の橋脚近《きょうきゃくちか》くまで移動《いどう》したものと考《かんが》えられる。」

な～るほど。

私《わたし》は感心《かんしん》したけれど、皆《みな》は同意《どうい》しないどころか、真《ま》っ向《こう》から全面否定《ぜんめんひてい》だった。

「トイレの排水《はいすい》と、雨水管《うすいかん》は別物《べつもの》だろ。」

「どうやって管《かん》から管《かん》に移動《いどう》するわけ？」

翼《たすく》と黒木君《くろきくん》の発言《はつげん》の後《あと》で上杉君《うえすぎくん》が、皮肉《ひにく》な笑《え》みを浮《う》かべて止《とど》めを刺《さ》した。

「おまえのサイコキネシスで、か？」

それで若武《わかたけ》は、見事《みごと》なまでにガックリと項垂《うなだ》れて・・・ああ完敗《かんぱい》っ!

私《わたし》はといえば、1人《ひとり》で納得《なっとく》した、洗面所《せんめんじょ》で流《なが》された指輪《ゆびわ》は排水管《はいすいかん》に入《はい》り、それは先日《せんじつ》の話《はなし》のように下水処理場《げすいしょりじょう》まで行《い》く、つまり雨水管《うすいかん》から出《で》てくることはないんだ。

じゃ、なんで指輪《ゆびわ》は、川《かわ》から発見《はっけん》されたんだろう。

う〜ん、謎《なぞ》だぁ!

「これだけの材料《ざいりょう》じゃ謎《なぞ》は解《と》けないね。引《ひ》き続《つづ》き調査《ちょうさ》して、新《あたら》しい手《て》がかりを見《み》つけないと。」

黒木君《くろきくん》の言葉《ことば》に、翼《たすく》も上杉君《うえすぎくん》も頷《うなず》いた。

若武《わかたけ》がしかたなさそうにつぶやく。

「そんじゃ謎《なぞ》の指輪事件《ゆびわじけん》も保留《ほりゅう》だ。で、さっきも言《い》ったように、新川《しんかわ》から人骨《じんこつ》らしきものを発見《はっけん》したんだ。小塚《こづか》が分析《ぶんせき》することになってるから、それ待《ま》ちなんだけど。」

翼《たすく》が念《ねん》を押《お》すように若武《わかたけ》を見《み》た。

「もし人骨《じんこつ》ってことになったら、警察《けいさつ》に届《とど》けるよね。」

若武《わかたけ》は黙《だま》ったたままスマートフォンを出《だ》した。

「小塚《こづか》んち近《ちか》くだから、もうとっくに帰《かえ》ってるよな。ちょっと電話《でんわ》してみよう。」

それで小塚君《こづかくん》にかけたんだけど・・・。

「出《で》ないな。何《なに》やってんだ。」

若武《わかたけ》は苛立《いらだ》ち、10コールずつ、なんと20回《かい》もかけた。

「だめだ、出《で》ない。小塚《こづか》はもう、この世《よ》にいないに違《ちが》いない。」

いるからっ！

「今日《きょう》は、これ以上動《いじょううご》きようがない。もう解散《かいさん》だ。」

むしゃくしゃするといった様子《ようす》だった。

「月曜《げつよう》のこの時間《じかん》に、改《あらた》めて集合《しゅうごう》。」

黒木君《くろきくん》が素早《すばや》く立《た》ち上《あ》がる。

「俺《おれ》、この後《あと》の授業《じゅぎょう》、欠席《けっせき》する。そう言《い》っといて。」

上杉君《うえすぎくん》が、眉根《まゆね》を寄《よ》せた。

「どこ行《い》くわけ？」

黒木君《くろきくん》は、わずかな笑《え》みを浮《う》かべる。

「小塚《こづか》んち。」

それを聞《き》いて、上杉君《うえすぎくん》もはっとしたように立《た》ち上《あ》がった。

「俺《おれ》も行《い》く。」

そう言《い》いながら若武《わかたけ》を振《ふ》り返《かえ》る。

「俺《おれ》たち2人欠席《ふたりけっせき》って、講師《こうし》に言《い》っといて。」

歩《ある》き出《だ》しかけていた黒木君《くろきくん》の肩《かた》を抱《だ》き、一緒《いっしょ》にカフェテリアを出《で》ていった。

はて・・・何《なん》だろう。

「あいつらって、いつも仲《なか》いいよな。」

若武《わかたけ》は羨《うらや》ましそうでもあり、くやしそうでもあった。

「一緒《いっしょ》に行動《こうどう》すること、多《おお》いじゃん。」

ちょっと沈《しず》んでいる様子《ようす》だったので、私《わたし》は元気《げんき》づけようとしてニッコリした。

「じゃ、残《のこ》った私《わたし》たち3人《にん》も、仲良《なかよ》くしよ。」

若武《わかたけ》は、パッと顔《かお》を輝《かがや》かせる。

「よし、美門《みかど》は放《ほう》っておいて、俺《おれ》たち2人《ふたり》でデートしようぜ。」

しないっ！

＊

その日帰《かえ》って、私《わたし》は事件《じけん》ノートを整理《せいり》した。

同時進行《どうじしんこう》だった3つの事件《じけん》は、ブラック教室事件《きょうしつじけん》が意外《いがい》と早《はや》く終結《しゅうけつ》し、残《のこ》るは2つ、呪《のろ》いの人形事件《にんぎょうじけん》と謎《なぞ》の指輪事件《ゆびわじけん》だったんだけれど、ここに人骨事件《じんこつじけん》が加《くわ》わって、やっぱり3つになっていた。

今後《こんご》の進行《しんこう》は、小塚君《こづかくん》の分析《ぶんせき》と、忍《しのぶ》の調査次第《ちょうさしだい》。

黒木君《くろきくん》や上杉君《うえすぎくん》は、きっと小塚君《こづかくん》を手伝《てつだ》いにいったんだ、頑張《がんば》ってほしいな。

そう考《かんが》えながら、はっと自分《じぶん》の使命《しめい》を思《おも》い出《だ》した。

薫先生《かおるせんせい》に、過剰勤務《かじょうきんむ》をしないように伝《つた》えないと。

時計《とけい》を見《み》たら、もう11時《じ》近《ちか》くだったけれど、でも早《はや》く言《い》った方《ほう》がいいよね。

それで学期《がっき》の初《はじ》めに薫先生《かおるせんせい》からもらった学級《がっきゅう》だよりを捜《さが》したんだ。

そこに、何《なに》かあったらいつでもかけていいからねってメッセージと一緒《いっしょ》に、薫先生《かおるせんせい》の携帯番号《けいたいばんごう》が書《か》いてあったから。

私《わたし》は、こっそり階下《かいか》に降《お》りていき、ママがテレビに夢中《むちゅう》になっているのを幸《さいわ》い、薫先生《かおるせんせい》に電話《でんわ》をした。

「立花《たちばな》ですが、遅《おそ》くにすみません。」

すると、薫先生《かおるせんせい》の笑《わら》い声《ごえ》が聞《き》こえた。

「全然大丈夫《ぜんぜんだいじょうぶ》よ。まだ学校《がっこう》だし。」

えっ、こんな時間《じかん》まで仕事《しごと》してるのっ⁉

「今日《きょう》は教務部《きょうむぶ》の学年会議《がくねんかいぎ》があって、学校行事《がっこうぎょうじ》と定期試験《ていきしけん》の企画《きかく》についての話《はな》し合《あ》いが延《の》びてね、その後《あと》で部活《ぶかつ》を見《み》にいったんだけど、あ、私《わたし》は吹奏学部《すいそうがくぶ》の顧問《こもん》なんだ、パートごとの指導《しどう》をしてる時《とき》に、生徒指導部《せいとしどうぶ》の先生《せんせい》に呼《よ》び出《だ》されて、B組《ビーぐみ》の生徒《せいと》がトラブルを起《お》こしてるからすぐ来《き》てくれって言《い》われて、近《ちか》くのコンビニまで行《い》ったの。で、帰《かえ》ってきて、部活《ぶかつ》を見《み》て、今《いま》は教育委員会《きょういくいいんかい》に出《だ》すいじめのアンケートを集計《しゅうけい》してるとこ。これから授業《じゅぎょう》の準備《じゅんび》と、小《しょう》テストの採点《さいてん》をしたら、帰《かえ》る予定《よてい》なんだけどね。」

仕事量《しごとりょう》、すごいかも。

「でも今日《きょう》は、これでも早《はや》く帰《かえ》れる方《ほう》なの。」

えっ、いつもはもっとなんだ。

「学校《がっこう》で朝《あさ》まで仕事《しごと》してることもあって、あ、保護者《ほごしゃ》から電話《でんわ》がかかってきてるみたい。きっと何《なに》か問題《もんだい》が起《お》きたんだ。出《で》なくちゃならないから、ごめんね。あなたの用件《ようけん》は？」

私《わたし》は、小《ちい》さな声《こえ》で言《い》った。

「あの、B組《ビーぐみ》の先生《せんせい》たちは働《はたら》きすぎで体《からだ》を壊《こわ》してるみたいだから、よく気《き》を付《つ》けてください。」

薫先生《かおるせんせい》は、元気《げんき》よくお礼《れい》を言《い》って電話《でんわ》を切《き》った。

でも気《き》を付《つ》けるっていっても・・・今聞《いまき》いた中《なか》で、しなくてもいい仕事《しごと》は、どれ1つとしてない。

となったら、全部《ぜんぶ》しなけりゃならないんだ。

つまり、任《まか》せられている仕事《しごと》が多《おお》すぎる。

私《わたし》は、今日《きょう》のKZ《カッズ》会議《かいぎ》で、B組《ビーぐみ》の担任《たんにん》を2人《ふたり》にするって意見《いけん》が出《で》たことを思《おも》い出《だ》した。

ところが職員会議《しょくいんかいぎ》で反対《はんたい》されて、それは実現《じつげん》しなかったという話《はなし》だった。

そういえば上杉君《うえすぎくん》が、誰《だれ》がそう言《い》ったのかを気《き》にしてたっけ。

あの時《とき》、私《わたし》は全然気《ぜんぜんき》にならなかったけれど、よく考《かんが》えてみればその人《ひと》は、薫先生《かおるせんせい》を救《すく》う案《あん》に反《はん》対《たい》したことになるんだ。

うーん、これは問題《もんだい》かも。

黒木君《くろきくん》が調《しら》べてるかもしれないから、聞《き》いてみようか。

私《わたし》は時間《じかん》を気《き》にしながら、黒木君《くろきくん》にかけてみた。

でも、いつもの通《とお》り、黒木君《くろきくん》は出《で》なかったんだ。

あ、上杉君《うえすぎくん》と一緒《いっしょ》かもしれないから、上杉君《うえすぎくん》の方《ほう》にかけてみようか。

ところが上杉君《うえすぎくん》も出《で》なかった。

思《おも》うように連絡《れんらく》が取《と》れないので、私《わたし》は半《なか》ば自棄《やけ》になり、ついに小塚君《こづかくん》にもかけてみた。

でもやっぱり出《で》なかったんだ。

皆《みんな》・・・何《なに》やってるんだろう。

「彩《あや》！」

わっ！

「こんなとこで何《なに》ウロウロしてんの。まさか電話《でんわ》かけようとしてたわけじゃないでしょうね。こんな時間《じかん》に非常識《ひじょうしき》よ。さっさと部屋《へや》に行《い》きなさい。」

シュン・・・。

21 優《やさ》しさに涙目《なみだめ》

明《あ》くる朝《あさ》、小塚君《こづかくん》から電話《でんわ》があった。

「昨日《きのう》、電話《でんわ》もらったよね。ごめん。何《なん》だったの？」

私《わたし》は、実《じつ》は黒木君《くろきくん》に聞《き》きたいことがあって、一緒《いっしょ》にいると思《おも》われる皆《みんな》にかけてみたと話《はな》した。

「ああ皆《みな》でバタバタしてて、出《で》られなかったんだ。新川《しんかわ》に集合《しゅうごう》してたんだよ。」

なんでっ⁉

「月曜《げつよう》の会議《かいぎ》の時《とき》に報告《ほうこく》するけど・・・これ、大変《たいへん》な事件《じけん》だよ。」

何《なに》か新《あたら》しい事実《じじつ》がわかったみたいだった。

「まだやることがたくさんあるから、じゃ明日《あした》、秀明《しゅうめい》でね。」

小塚君《こづかくん》との電話《でんわ》が切《き》れ、私《わたし》は受話器《じゅわき》を置《お》いた。

明日《あした》の会議《かいぎ》は、すごくなりそう！

そう感《かん》じて、胸《むね》がワクワクした。

よぉし、頑張《がんば》るぞ！

＊

月曜日《げつようび》、私《わたし》は、呪《のろ》いから守《まも》ってくれるペンダントをしっかりかけて、学校《がっこう》に行《い》った。

教室《きょうしつ》に入《はい》ると、すぐ佐田真理子《さたまりこ》の姿《すがた》が目《め》に入《はい》ったんだけど、いつも通《どお》り1人《ひとり》だった。

私《わたし》は前《まえ》に自分《じぶん》が考《かんが》えていたことを思《おも》い出《だ》し、近寄《ちかよ》っていった。

「おはよう。」

佐田真理子《さたまりこ》は以前《いぜん》、女子《じょし》グループのリーダーで、皆《みんな》に囲《かこ》まれていた。

でもそれは「コンビニ仮面《かめん》は知《し》っている」の中《なか》で、翼《たすく》の計略《けいりゃく》にかかって崩壊《ほうかい》したんだ。

グループはバラバラになり、信頼《しんらい》を失《うしな》った佐田真理子《さたまりこ》はそれ以降《いこう》、いつも1人《ひとり》きりで行動《こうどう》している。

「今日《きょう》、お昼《ひる》、一緒《いっしょ》に食《た》べない？」

私《わたし》が提案《ていあん》すると、佐田真理子《さたまりこ》は、目《め》を真《ま》ん丸《まる》にした。

「いいのか？　私《わたし》と一緒《いっしょ》にいると、仲間外《なかまはず》れにされるぞ。」

私《わたし》は教室《きょうしつ》を見回《みまわ》し、興味深《きょうみぶか》そうにこちらを見《み》ているいくつもの視線《しせん》に気《き》づいた。

「構《かま》わない。」

そう言《い》って私《わたし》は、佐田真理子《さたまりこ》に向《む》き直《なお》った。

「佐田《さた》さんこそ、呪《のろ》われてる私《わたし》と食《た》べたくないとか？」

佐田真理子《さたまりこ》は、ブルッと頭《あたま》を振《ふ》る。

「そんなこと、ねーよ。勇気《ゆうき》はある方《ほう》だからな。よし、一緒《いっしょ》に食《く》おう。」

お昼時間《ひるじかん》がくると、私《わたし》たちは芝生《しばふ》に出《で》て、ベンチに並《なら》んでお昼《ひる》を食《た》べた。

でもお互《たが》いに、何《なん》となく照《て》れてしまって、ほとんど話《はな》せなかった。

2人《ふたり》きりの時間《じかん》を持《も》つのは初《はじ》めてだったから、何《なに》を話《はな》していいのかも、よくわからなかったし。

それでも私《わたし》は一緒《いっしょ》に食《た》べたことだけで、そこはかとなく満足感《まんぞくかん》があった。

同《おな》じ釜《かま》の飯《めし》を食《く》うって言葉《ことば》があるけれど、それに近《ちか》い感《かん》じ、かな。

「これ、1個《こ》やる。」

そう言《い》って佐田真理子《さたまりこ》は、タコさんウィンナーを私《わたし》のご飯《はん》の上《うえ》に載《の》せた。

「私《わたし》、これがイッチャン好《す》きなんだ。」

その好《す》きなのを、私《わたし》にくれるんだね。

それは、愛情《あいじょう》をくれているのと同《おな》じだと私《わたし》は思《おも》った。

「じゃ、お返《かえ》し。」

私《わたし》は、薄《うす》い卵焼《たまごや》きと海苔《のり》で巻《ま》いたホウレン草《そう》を佐田真理子《さたまりこ》のお弁当《べんとう》の蓋《ふた》に置《お》く。

佐田真理子《さたまりこ》は、それを口《くち》の中《なか》に入《い》れ、噛《か》んでいてビクッとし、片手《かたて》で口《くち》を押《お》さえてこっちを見《み》た。

「これ、ホウレン草《そう》じゃね？」

そうだけど・・・？

「超《ちょう》、嫌《きら》いだ。」

私《わたし》は、あわてた。

「出《だ》していいよ。」

でも佐田真理子《さたまりこ》は、それを吐《は》き出《だ》さなかった。

必死《ひっし》な形相《ぎょうそう》で噛《か》んでいて、飲《の》み下《くだ》したんだ。

「ふう、死《し》ぬかと思《おも》った。」

私《わたし》は笑《わら》ったけれど、本当《ほんとう》は、涙《なみだ》が出《で》そうだった。

佐田真理子《さたまりこ》は、私《わたし》からもらったから、我慢《がまん》して食《た》べたんだ。

なんて優《やさ》しいんだろう。

この優《やさ》しさに、今《いま》までどうして私《わたし》は、気《き》づけなかったんだろう。

そんな気持《きも》ちが心《こころ》の中《なか》で入《い》り交《ま》じって、泣《な》きたくなった。

「おまえ・・・涙目《なみだめ》だぞ。何食《なにく》ったんだ?」

いつもは見《み》えない愛情《あいじょう》や優《やさ》しさを、いっぱい吸《す》いこんで胸《むね》が詰《つ》まったんだよ。

「呪《のろ》いのことなら、心配《しんぱい》すんな。」

そう言《い》って佐田真理子《さたまりこ》は、ちょっと笑《わら》った。

「私《わたし》が、一緒《いっしょ》に戦《たたか》ってやるからな。」

あ、ダメだ、やっぱり泣《な》いてしまう。

22　犯人《はんにん》はいない

秀明《しゅうめい》の休《やす》み時間《じかん》、私《わたし》は即行《そっこう》、カフェテリアに駆《か》け上《あ》がっていった。

ドアを開《あ》けると、隅《すみ》の方《ほう》の席《せき》で、黒木君《くろきくん》が片手《かたて》を上《あ》げる。

急《いそ》いでそばまで行《い》き、空《あ》いていた椅子《いす》に座《すわ》った。

よく見《み》たら、翼《たすく》がいないんだ。

翼《たすく》の塾《じゅく》は秀明《しゅうめい》じゃないから、時々《ときどき》は遅《おく》れることもあるんだけどね。

「KZ《カッズ》7《セブン》会議《かいぎ》を始《はじ》める。」

若武《わかたけ》が重々《おもおも》しく口《くち》を切《き》った。

「まず呪《のろ》いの人形事件《にんぎょうじけん》からだ。七鬼《ななき》、妖気《ようき》の調査《ちょうさ》の報告《ほうこく》を。」

忍《しのぶ》は自分《じぶん》のスマートフォンを出《だ》し、それを皆《みんな》の目《め》の前《まえ》に置《お》いた。

「この土日《どにち》、ずっと学校《がっこう》にいて、データは増《ふ》えた。」

確《たし》かに一昨日《おととい》より番号《ばんごう》の数《かず》が多《おお》くなっている。

「だが、それだけ。」

ふむ。

「依然《いぜん》として、何《なに》もわからない。呪《のろ》いの人形《にんぎょう》についてもだ。」

若武《わかたけ》が舌打《したう》ちした。

「おまえさぁ、そんなの偉《えら》そうに言《い》うなよ。もっと申《もう》し訳《わけ》なさそうな顔《かお》すれば？」

忍《しのぶ》は、クルッと首《くび》を回《まわ》して私《わたし》を見《み》た。

「俺《おれ》、何《なに》か間違《まちが》ってた？」

ああ社会経験《しゃかいけいけん》少《すく》ないから、そういうことわからない子《こ》なのね、よしよし。

「メールで言《い》っといた全校生徒《ぜんこうせいと》のチェックは？」

上杉君《うえすぎくん》に言《い》われて、忍《しのぶ》は長《なが》い睫《まつげ》をパチパチさせる。

「あ、返事《へんじ》もらうの忘《わす》れてた。今《いま》、連絡取《れんらくと》ってみる。」

立《た》ち上《あ》がり、スマートフォンを手《て》にカフェテリアから出《で》ていった。

「しょうがねーな。小塚《こづか》、ペンと盗聴器《とうちょうき》の指紋《しもん》は？」

小塚君《こづかくん》は、待《ま》ってましたと言《い》わんばかりに身《み》を乗《の》り出《だ》した。

「その2つから採取《さいしゅ》した指紋《しもん》は、呪《のろ》いの人形《にんぎょう》やホワイトボード・マーカーについていたものと同《おな》じだった。誰《だれ》かが、アーヤを狙《ねら》ったことは明白《めいはく》だよ。」

おのれ、誰《だれ》よっ！

「つまりさ、」

上杉君《うえすぎくん》が腕《うで》を組《く》み、椅子《いす》の背《せ》にもたれかかる。

「呪《のろ》いの人形事件《にんぎょうじけん》には、犯人《はんにん》がいるってことだろ。だったら動機《どうき》もあるはずだ。」

若武《わかたけ》が、私《わたし》を見《み》る。

「アーヤ、何《なに》をやったんだ!?」

くどいっ！

何回《なんかい》それ言《い》うのよ、ハアハアゼイゼイ。

「今《いま》、聞《き》いてきた。」

戻《もど》ってきた忍《しのぶ》が、音《おと》を立《た》てて椅子《いす》に座《すわ》る。

「はっきり言《い》って、犯人《はんにん》はいない。」

いないっ!?

「問題《もんだい》の日《ひ》の放課後《ほうかご》、2年生《ねんせい》は全員《ぜんいん》、修学旅行《しゅうがくりょこう》の説明《せつめい》で体育館《たいいくかん》にいた。3年生《ねんせい》は、OB《オービー》が来校《らいこう》しての進級説明会《しんきゅうせつめいかい》があって、やっぱり全員《ぜんいん》、講堂《こうどう》にいた。1年生《ねんせい》は、俺《おれ》らのクラスだけが身体測定《しんたいそくてい》で、他《ほか》のクラスは視聴覚室《しちょうかくしつ》でDVD《ディーブイディー》の鑑賞《かんしょう》をしてた。」

おお全員《ぜんいん》、完璧《かんぺき》なアリバイ！

「だからうちの教室《きょうしつ》に入《はい》って、盗聴器《とうちょうき》を仕《し》かけたり妖気《ようき》を出《だ》したりできる奴《やつ》は、誰《だれ》もいない。」

きっぱりと言《い》われて、私《わたし》たちは頭《あたま》を抱《かか》えこんだ。

だって、いないって・・・そんなはずないもの。

実際《じっさい》、盗聴器《とうちょうき》は仕《し》かけられたんだし、指紋《しもん》も出《で》てるんだし、妖気《ようき》も出《で》てるんだから、犯人《はんにん》がいないってことは絶対《ぜったい》に、ないっ！

「おまえ、そのネタ元《もと》、誰《だれ》？」

若武《わかたけ》に聞《き》かれ、忍《しのぶ》はごく普通《ふつう》にサラッと答《こた》えた。

「生徒会長《せいとかいちょう》。」

えっ、３年生《ねんせい》と知《し》り合《あ》いなのっ⁉

「彼《かれ》は怪奇現象《かいきげんしょう》オタクなんだ。夏休《なつやす》みに偶然《ぐうぜん》、恐山《おそれざん》で出会《であ》って、話《はな》してたら同《おな》じ学校《がっこう》だってわかって、以降《いこう》、時々情報交換《ときどきじょうほうこうかん》してる、怨霊《おんりょう》とか魔界《まかい》について。」

う・・・奇妙《きみょう》なつながり。

「でも生徒会《せいとかい》なら、校内《こうない》の行事《ぎょうじ》は全部《ぜんぶ》、把握《はあく》してるはずだし、いい加減《かげん》なことを言《い》うとも思《おも》えないから信用《しんよう》するよりないね。」

黒木君《くろきくん》は、困惑《こんわく》した様子《ようす》だった。

「だけど全員《ぜんいん》アリバイ成立《せいりつ》じゃ、」

上杉君《うえすぎくん》が、放《ほう》り出《だ》すようにつぶやく。

「どーしよーもねーな。行《ゆ》き詰《づ》まったぜ。どうするよ。」

若武《わかたけ》が、ここはリーダーの出番《でばん》だといったような顔《かお》で立《た》ち上《あ》がった。

お、きっと名案《めいあん》が出《で》るんだ。

「じゃ呪《のろ》いの人形事件《にんぎょうじけん》は置《お》いといて、次《つぎ》の事件《じけん》にいく。」

名案《めいあん》、出《で》ないのね・・・。

「謎《なぞ》の指輪《ゆびわ》・人骨事件《じんこつじけん》だ。小塚《こづか》、報告《ほうこく》を。」

小塚君《こづかくん》は、ナップザックの中《なか》からスマートフォンを出《だ》し、操作《そうさ》しながら口《くち》を開《ひら》いた。

「家《いえ》で指紋《しもん》の検出《けんしゅつ》して、終《お》わってから2つの骨《ほね》を調《しら》べ始《はじ》めたら、気《き》になることが出《で》てきた。片方《かたほう》は最近《さいきん》のものみたいだったけど、片方《かたほう》はものすごく古《ふる》い感《かん》じだった。でも一緒《いっしょ》の場所《ばしょ》から出《で》てきただろ。はっきりさせたかったから、パパの友人《ゆうじん》の大学教授《だいがくきょうじゅ》に電話《でんわ》したら、ちょうど研究中《けんきゅうちゅう》で大《だい》学《がく》にいるっていうから、持《も》っていって調《しら》べてもらったんだ。それによると、」

2つの骨《ほね》の映《うつ》った画面《がめん》を、テーブルに載《の》せる。

「2つの骨《ほね》は、人骨《じんこつ》で間違《まちが》いなし。この大《おお》きな方《ほう》は、頭蓋骨《ずがいこつ》の一部《いちぶ》。側頭骨《そくとうこつ》と後頭骨《こうとうこつ》の間《あいだ》で、ラムダ縫合《ほうごう》と呼《よ》ばれる部分《ぶぶん》だ。で、ここから年齢《ねんれい》がわかるんだけど、60代後半《だいこうはん》の人間《にんげん》らしい。最近《さいきん》の骨《ほね》だ。小《ちい》さな方《ほう》は古《ふる》い骨《ほね》で、どうも4世紀《せいき》から5世紀《せいき》ぐらいのものらしい。」

私《わたし》たちは、パカンと口《くち》を開《あ》けてしまった。

だって年《とし》の差《さ》が、1500年以上《ねんいじょう》ある。

この2つが、なんで一緒《いっしょ》に川《かわ》にあったの？

「小《ちい》さな方《ほう》は、初《はじ》めっから川《かわ》にあったとか？」

忍《しのぶ》が言《い》うと、小塚君《こづかくん》は強《つよ》く、はっきりと首《くび》を横《よこ》に振《ふ》った。

「昔《むかし》から川《かわ》の中《なか》にあったにしては、傷《きず》や変形《へんけい》が少《すく》ない。2つの骨《ほね》の摩耗度《まもうど》から見《み》て、同時期《どうじき》に川《かわ》に入《はい》ったと思《おも》われるんだ。新川《しんかわ》を捜《さが》せば、もっと別《べつ》の手《て》がかりが出《で》てきて何《なに》かわかるんじゃないかと思《おも》って、一昨日《おととい》の夜《よる》、急《いそ》いで行《い》って川《かわ》の底《そこ》を浚《さら》ったんだよ。」

ああ、上杉君《うえすぎくん》と黒木君《くろきくん》は、それを手伝《てつだ》ってたんだね。

「ちょうど2人《ふたり》が来《き》てくれて、ライト持《も》ってくれたりして助《たす》かった。」

若武《わかたけ》が、そんなことはどうでもいいといったように急《せ》き立《た》てる。

「で、何《なに》か出《で》たのか？」

小塚君《こづかくん》は画面《がめん》をスクロールし、別《べつ》の画像《がぞう》を出《だ》した。

「たくさん出《で》た。」

そこには、骨《ほね》がいっぱいっ！

「最初《さいしょ》の大《おお》きな骨《ほね》と同《おな》じ人間《にんげん》のもので、性別《せいべつ》も血液型《けつえきがた》もわかった。B型《ビーがた》の男性《だんせい》だ。でも古《ふる》い骨《ほね》は1つもなかった。あのあたりの川《かわ》の底《そこ》に溜《た》まってる泥《どろ》の調査《ちょうさ》もしたんだけど、手《て》がかりなし。その代《か》わりと言《い》っちゃなんだけど、」

小塚君《こづかくん》は、ちょっと息《いき》を呑《の》んでから続《つづ》ける。

「人間《にんげん》の髪《かみ》を見《み》つけた。」

うわっ！

「よく拾《ひろ》ったな、小塚《こづか》・・・」

若武《わかたけ》が、いささか青《あお》ざめながらつぶやいた。

「繊細《せんさい》な俺《おれ》には、とても無理《むり》だ。」

どこがっ！

「でも骨《ほね》と髪《かみ》って・・・つまり、」

忍《しのぶ》が眉根《まゆね》を寄《よ》せる。

「誰《だれ》かが、遺体《いたい》を川《かわ》に流《なが》したってことになるだろ。」

若武《わかたけ》が突《つ》っ立《た》った。

「殺人事件《さつじんじけん》だっ！」

ゾクッ！

「どっかで殺《ころ》された人間《にんげん》がいるんだ。で、新川《しんかわ》に放《ほう》りこまれた。よし、我《われ》らＫＺ《カッズ》で犯人《はんにん》を挙《あ》げるぞ!!」

私《わたし》は、小塚君《こづかくん》と顔《かお》を見合《みあ》わせた。

「殺人《さつじん》レベルとなると、もう警察《けいさつ》だよね。」

「ん、そうするしかないと思《おも》うよ。」

若武《わかたけ》がこちらをにらむ。

「警察《けいさつ》っ!?　ここまで調《しら》べた成果《せいか》を、警察《けいさつ》なんかに渡《わた》してたまるか。」

そう言《い》いながら両手《りょうて》でドンとテーブルを叩《たた》いた。

「俺《おれ》たちが発見《はっけん》した事件《じけん》を、警察《けいさつ》に丸投《まるな》げして、それでいいのか。探偵《たんてい》チームＫＺ《カッズ》のプライドはどこにやった。俺《おれ》たちで犯人《はんにん》を見《み》つけるんだ！」

黒木君《くろきくん》がふっと笑《わら》う。

「熱《あつ》くなるなよ、若武先生《わかたけせんせい》。まだ殺人《さつじん》と決《き》まったわけじゃない。自分《じぶん》で川《かわ》に飛《と》びこんだ可能性《かのうせい》だってあるだろ。」

「今《いま》の時点《じてん》で確実《かくじつ》に言《い》えるのは、遺体《いたい》が川《かわ》の中《なか》にあったってことだけだ。慎重《しんちょう》にいこうぜ。」

さすが黒木君《くろきくん》、KZ《カッズ》の中《なか》では一番大人《いちばんおとな》だよね。

あ、そうか。

「じゃ、それでいい。」

勢《いきお》いをそがれた若武《わかたけ》が、いく分不満《ぶんふまん》げに、けれども強《つよ》く言《い》った。

「真相《しんそう》は絶対《ぜったい》、俺《おれ》たちKZ《カッズ》で見《み》つけるんだ！」

上杉君《うえすぎくん》が片手《かたて》を上《あ》げる。

「俺《おれ》、若武《わかたけ》に賛成《さんせい》。」

うぷっ！

「最後《さいご》まで、KZ《カッズ》の力《ちから》でやり通《とお》したい。」

そう言《い》った上杉君《うえすぎくん》の横顔《よこがお》には、静《しず》かで、同時《どうじ》に激《はげ》しい意志《いし》の力《ちから》が感《かん》じられた。

それはきっと、上杉君《うえすぎくん》のプライドなんだ。

自分《じぶん》たちが始《はじ》めたことだから、自分《じぶん》たち自身《じしん》で結果《けっか》を見極《みきわ》めるまで突《つ》き進《すす》みたいと思《おも》っている。

たとえそれが、どれほど危険《きけん》であろうと、無謀《むぼう》と呼《よ》ばれようと、真面目《まじめ》な中学生《ちゅうがくせい》の範疇《はんちゅう》から食《は》み出《で》ようと、自分《じぶん》たちの手《て》で終《お》わらせたいと望《のぞ》んでいるんだ。

私《わたし》は、ちょっと感動《かんどう》した。

すごく男《おとこ》の子《こ》だなぁって思《おも》って。

「おお上杉《うえすぎ》！」

若武《わかたけ》が、上杉君《うえすぎくん》に飛《と》び付《つ》いて両手《りょうて》を握《にぎ》りしめる。

「いつかは俺《おれ》を支持《しじ》してくれると信《しん》じてた。おまえは、俺《おれ》の親友《しんゆう》だ。俺《おれ》たちの友情《ゆうじょう》は、血《ち》よりも濃《こ》い！」

上杉君《うえすぎくん》は、げんなりした顔《かお》で若武《わかたけ》の手《て》を振《ふ》り払《はら》った。

「過剰《かじょう》な言葉遣《ことばづか》いをするな。」

忍《しのぶ》が、うれしそうな声《こえ》を上《あ》げる。

「俺《おれ》も賛成《さんせい》。おもしろそうじゃん。」

黒木君《くろきくん》が慎重《しんちょう》な表情《ひょうじょう》になり、諭《さと》すように賛成《さんせい》3人組《にんぐみ》を見《み》た。

「殺人《さつじん》だとすれば、これを調《しら》べていくと、犯人《はんにん》と遭遇《そうぐう》する可能性《かのうせい》があるぜ。口《くち》を塞《ふさ》がれる危険《きけん》もあるし。」

若武《わかたけ》は、問題《もんだい》ないといったように勢《いきお》いよく答《こた》える。

「七鬼《ななき》が呪《のろ》い倒《たお》すから、大丈夫《だいじょうぶ》。」

それって、いい加減《かげん》に言《い》ってるよね。

「黒木《くろき》、賛成《さんせい》しろ。おまえの1票《ぴょう》が入《はい》れば、決《き》まる。」

私《わたし》は、祈《いの》るような気持《きも》ちで黒木君《くろきくん》を見《み》つめた。

お願《ねが》い、賛成《さんせい》しないで、危《あぶ》ないよ。

「男《おとこ》なら、やるって言《い》えよ。それともおまえ、女《おんな》かよ。」

若武《わかたけ》の挑発《ちょうはつ》を受《う》けつつ、黒木君《くろきくん》は少《すこ》し考《かんが》えていたけれど、やがて答《こた》えた。

「よし、やろう。」

げっ！

「ただし条件付《じょうけんつ》き。この事件《じけん》の現場調査《げんばちょうさ》には、俺《おれ》たち4人《にん》で出《で》かけること。小塚《こづか》やアーヤを連《つ》れ出《だ》さないって約束《やくそく》なら、賛成《さんせい》する。」

若武《わかたけ》は、小躍《こおど》りして微笑《ほほえ》んだ。

「おう、もちろんだ。じゃ決《き》まりだな。」

そう言《い》って私《わたし》と小塚君《こづかくん》を見《み》た。

「この事件《じけん》は、謎《なぞ》の指輪事件《ゆびわじけん》と分《わ》けて、俺《おれ》たちだけでやる。謎《なぞ》の遺体事件《いたいじけん》だ。女《おんな》、子供《こども》は引《ひ》っこんでな。」

ムカッ！

私《わたし》は腹《はら》を立《た》て、小塚君《こづかくん》はションボリ。

そんな私《わたし》たちを、若武《わかたけ》はまったく無視《むし》して、自分《じぶん》が男《おとこ》と見込《みこ》んだ3人《にん》に向《む》き直《なお》った。

「古《ふる》い小《ちい》さな骨《ほね》の方《ほう》は、とりあえずおいといて、だ、この60代《だい》の人間《にんげん》の骨《ほね》を追《お》おう。いったい誰《だれ》の骨《ほね》か、それがなぜ川《かわ》から発見《はっけん》されたのか。」

その時《とき》、カフェテリアのドアが開《ひら》いて、翼《たすく》が入《はい》ってきたんだ。

「アーヤ、」

まっすぐ私《わたし》のそばまで来《き》て、荒《あら》い息《いき》を繰《く》り返《かえ》す。

「薫先生《かおるせんせい》が倒《たお》れたよ。」

ええっ！

「俺《おれ》が、バスケの練習終《れんしゅうお》わって帰《かえ》ろうとした時《とき》、廊下《ろうか》に倒《たお》れてたんだ。すぐ救急車《きゅうきゅうしゃ》呼《よ》んで、病院《びょういん》までついてったんだけどね。」

そう言《い》いながら汗《あせ》の滲《にじ》んだ額《ひたい》に貼《は》り付《つ》いている長《なが》い前髪《まえがみ》をかき上《あ》げた。

「今《いま》まだ検査中《けんさちゅう》で、詳《くわ》しいことはわからない。でも薫先生《かおるせんせい》って、心臓《しんぞう》に持病《じびょう》があったらしいよ。」

ほんとっ!? 全然《ぜんぜん》知《し》らなかった。

「アーヤ、」

若武《わかたけ》が咎《とが》めるような声《こえ》を上《あ》げる。

「体調《たいちょう》に気《き》を付《つ》けるように、本人《ほんにん》に伝《つた》えたのかよ。」

私《わたし》は若武《わかたけ》をにらんだ。

「ちゃんと言《い》ったよ。」

翼《たすく》が大《おお》きな息《いき》をつき、はっと思《おも》い出《だ》したようにポケットに手《て》を入《い》れる。

「薫先生《かおるせんせい》のスマホ、持《も》ってきちゃった。倒《たお》れてる時《とき》、手《て》に握《にぎ》ってたから、救急隊《きゅうきゅうたい》の人《ひと》が取《と》り上《あ》げて俺《おれ》に預《あず》けたんだ。」

ああきっと、保護者《ほごしゃ》からの電話《でんわ》に、対応《たいおう》してたんだね。

そのスマートフォンカバーから垂《た》れているピンクのチャームを私《わたし》が見《み》ていると上杉君《うえすぎくん》が切《き》れ長《なが》のその目《め》に鋭《するど》い光《ひかり》を瞬《またた》かせた。

「それ貸《か》せ。」

翼《たすく》から受《う》け取《と》って、チャームに顔《かお》を近《ちか》づける。

「臭《くさ》いな。」

え・・・いい匂《にお》いだと思《おも》うけど。

「中味《なかみ》、なんだろ。」

上杉君《うえすぎくん》は、カバーからさっさとストラップを外《はず》し、それを小塚君《こづかくん》に放《ほう》り投《な》げた。

「これ、今日中《きょうじゅう》に分析《ぶんせき》。終《お》わったら美門《みかど》に返《かえ》しといて。」

今日中《きょうじゅう》なんて、大変《たいへん》そう。

私《わたし》はそう思《おも》ったけれど、小塚君《こづかくん》は生《い》き生《い》きとして頷《うなず》き、それをビニール袋《ぶくろ》の中《なか》に入《い》れてナップザックにしまいこんだ。

「頑張《がんば》るよ。」

きっと役目《やくめ》をもらえたのが、うれしかったんだ。

さっきは、引《ひ》っこんでろ、なんて言《い》われたものね。

私《わたし》も同《おな》じことを言《い》われていたから、ここで自分《じぶん》も役《やく》に立《た》ちたいと思《おも》ったけれど、残念《ざんねん》ながら出《で》番《ばん》はなさそうだった。

「あのチャーム、プレゼントだね。スマホカバーのセンスと違《ちが》いすぎる。」

黒木君《くろきくん》は、人間観察《にんげんかんさつ》の天才《てんさい》。

「自分《じぶん》の趣味《しゅみ》じゃないけど、つけてないと、くれた相手《あいて》に悪《わる》いから、ってことだろうな。そこから考《かんが》えると、プレゼントしたのは美坂薫《みさかかおる》に近《ちか》い人間《にんげん》だ。つけてないとすぐにわかってしまうような、ね。」

さすが！

「くれたのは、大石愛子先生《おおいしあいこせんせい》だよ。」

私《わたし》がそう言《い》った瞬間《しゅんかん》、上杉君《うえすぎくん》が刺《さ》すような視線《しせん》を黒木君《くろきくん》に向《む》けた。

「黒木《くろき》、俺《おれ》が気《き》にしてたこと、調《しら》べた？」

いきなり話題《わだい》が変《か》わったので、戸惑《とまど》ったのは黒木君《くろきくん》だけじゃなかった。

でも私《わたし》も、担任《たんにん》を2人《ふたり》にする意見《いけん》に反対《はんたい》した人物《じんぶつ》については気《き》になり始《はじ》めていたし、たぶん皆《みな》が同《おな》じ気持《きも》ちでいたせいで、誰《だれ》も何《なに》も言《い》わなかった。

「まだだ。」

黒木君《くろきくん》の答《こた》えを聞《き》き、上杉君《うえすぎくん》は立《た》ち上《あ》がる。

「じゃ頼《たの》む。それがわかるまで、何《なに》を話《はな》してもしかたがない。俺《おれ》、帰《かえ》るから。」

そう言《い》うなり、止《と》める若武《わかたけ》を無視《むし》して、出《で》ていってしまったんだ。

「ちきちょう、あいつ！　親友《しんゆう》だと思《おも》った俺《おれ》がバカだった。」

上杉君《うえすぎくん》は、何《なに》かに気《き》づいたんだ。

何《なに》か、決定的《けっていてき》なことに。

でもそれは、黒木君《くろきくん》の調査《ちょうさ》の結果《けっか》が出《で》ないと、はっきり言《い》えないのに違《ちが》いない。

いったい何《なん》なんだろう。

「やむを得《え》ん、今日《きょう》は解散《かいさん》だ。次《つぎ》の会議《かいぎ》は、明日《あした》のこの時間《じかん》。黒木《くろき》、ちゃんと調《しら》べとけよ。」

23　ジレている

その夜《よる》も、私《わたし》は事件《じけん》ノートを整理《せいり》した。

今回《こんかい》の事件《じけん》は、今《いま》までにないほど複雑怪奇《ふくざつかいき》に絡《から》み合《あ》ってきていた。

何《なに》しろ事件《じけん》だけでも、4つ。

その中《なか》で、何《なん》とか解決《かいけつ》したのは、最初《さいしょ》の「ブラック教室事件《きょうしつじけん》」だけで、「呪《のろ》いの人形事件《にんぎょうじけん》」についても完全《かんぜん》に行《ゆ》き詰《づ》まっていたし、「謎《なぞ》の指輪事件《ゆびわじけん》」もまったく進展《しんてん》なし。

そればかりか新川《しんかわ》の調査《ちょうさ》から「人骨事件《じんこつじけん》」が発生《はっせい》、しかも殺人事件《さつじんじけん》の可能性《かのうせい》が出《で》てきて「謎《なぞ》の遺体事件《いたいじけん》」に発展《はってん》、人骨《じんこつ》も2種類《しゅるい》というこれまで経験《けいけん》のない状態《じょうたい》。

ああ私《わたし》たちKZ《カッズ》は、これを解決《かいけつ》できるのか!?

「彩《あや》、電話《でんわ》よ。」

一瞬《いっしゅん》、黒木君《くろきくん》からかな、と思《おも》った。

調査《ちょうさ》の結果《けっか》が出《で》たから、電話《でんわ》してくれたのかもって。

でもよく考《かんが》えたら、調査結果《ちょうさけっか》は会議《かいぎ》で発表《はっぴょう》することになっているんだし、黒木君《くろきくん》がわざわざ私《わたし》

1人《ひとり》のために電話《でんわ》をかけてくれるなんて、ありえないことだった。

「片山君《かたやまくん》だって、片山悠飛君《かたやまゆうひくん》。」

ぶっ！

「早《はや》く出《で》て、さっさとすませて、早《はや》く切《き》りなさい。」

なんで電話《でんわ》なんかしてきたんだろう。

私《わたし》は不思議《ふしぎ》に思《おも》ったけれど、これは神様《かみさま》がくれたチャンスなんだと考《かんが》えることにした。

悠飛《ゆうひ》に、謝《あやま》る機会《きかい》がほしかったから。

八《や》つ当《あ》たりして悪《わる》かったと反省《はんせい》していたし、悠飛《ゆうひ》とケンカしていると、いつまで経《た》っても部室《ぶしつ》に行《い》けないんだもの。

階段《かいだん》を降《お》りていき、保留《ほりゅう》メロディが流《なが》れている受話器《じゅわき》を取《と》り上《あ》げる。

すぐ謝《あやま》ろうとしたのに、先《さき》に言《い》われた。

「なんで部活《ぶかつ》、来《こ》ないの？」

あなたがいるから。

「俺《おれ》のせい？」

そうだよ。

「何《なに》か、言《い》えよ。」

謝《あやま》ろうと思《おも》っていたのに、悠飛《ゆうひ》の質問《しつもん》を受《う》けているうちにそういう気分《きぶん》ではなくなってしまって、喉《のど》がキュッと締《し》まり、口《くち》から言葉《ことば》が出《で》なくなった。

「呪《のろ》われたのを、おもしれーなんて言《い》ったのは、確《たし》かに俺《おれ》が悪《わる》かったよ。」

先《さき》に謝《あやま》られ、私《わたし》はますますなんと言《い》っていいのかわからなくなった。

「砂原《すなはら》の名前《なまえ》を持《も》ち出《だ》したのも、悪《わる》かった。」

それで私《わたし》は、前《まえ》に悠飛《ゆうひ》から言《い》われたことを思《おも》い出《だ》したんだ。

離《はな》れてて、しかもずっと会《あ》えないかもしれない男《おとこ》なんて、彼氏《かれし》と言《い》えないって。

砂原《すなはら》は知《し》らない、私《わたし》が呪《のろ》われたこと。

私《わたし》は、それで心《こころ》がいっぱいになってしまうほど恐《こわ》かったけれど、でも砂原《すなはら》には話《はな》せない。

心配《しんぱい》かけたくないし、砂原《すなはら》が直面《ちょくめん》している世界《せかい》の重《おも》さに比《くら》べたら、私《わたし》の事件《じけん》なんて小《ちい》さすぎるから。

これから私《わたし》が体験《たいけん》するのは、きっとそういうことばかりだ。

その中《なか》で暮《く》らしていたら、私《わたし》の人生《じんせい》はドンドン砂原《すなはら》から離《はな》れていく。

そしたら私《わたし》は、どこで砂原《すなはら》と気持《きも》ちを重《かさ》ね合《あ》わせることができるのだろう。

気持《きも》ちを1つにする機会《きかい》がなかったら、心《こころ》も通《かよ》わない。

私《わたし》は・・・悠飛《ゆうひ》が言《い》ってたように、自分《じぶん》をわかってくれる相手《あいて》がほしくなってくるのかもしれない。

「ごめんな。」

心《こころ》で様々《さまざま》な思《おも》いが入《い》り乱《みだ》れて、言葉《ことば》が見《み》つからなかった。

「でも悪《わる》いのは、俺《おれ》ばっかじゃない。」

そう言《い》って悠飛《ゆうひ》は、小《ちい》さく笑《わら》う。

「おまえさぁ、俺《おれ》がジレてんの、わかんないの？」

は？

「あのねぇ、」

力《ちから》をこめて言《い》いかけ、途中《とちゅう》でやめて、悠飛《ゆうひ》は大《おお》きな息《いき》をついた。

「ま、いいや。言《い》ってもしかたねーし。じゃ謝《あやま》ったからな。明日《あした》は部室《ぶしつ》、来《こ》いよ。」

それで電話《でんわ》が切《き》れた。

私《わたし》は考《かんが》えこみながら自分《じぶん》の部屋《へや》に戻《もど》る。

私《わたし》って、努力《どりょく》すべきなのかなぁ。

つまり砂原《すなはら》に頻繁《ひんぱん》に連絡《れんらく》して、私《わたし》が出会《であ》った事件《じけん》とか、自分《じぶん》の気持《きも》ちとかをちゃんと伝《つた》えて、砂原《すなはら》の意見《いけん》を求《もと》めたりする、・・・それが、たぶん努力《どりょく》をするってこと。

でも砂原《すなはら》は、戦争《せんそう》の中《なか》にいるんだ。

毎日《まいにち》が緊張《きんちょう》した状態《じょうたい》だろうし、忙《いそが》しいに違《ちが》いない。

戦《たたか》いから解放《かいほう》される時間《じかん》もあるだろうけれど、そんな時《とき》にはゆっくり休《やす》んだり、眠《ねむ》ったりしてほしい。

そう考《かんが》えると、私《わたし》は砂原《すなはら》に連絡《れんらく》できなかった。

砂原《すなはら》から、時間《じかん》を奪《うば》う気《き》になれない。

でもそれが続《つづ》いていくと、私《わたし》と砂原《すなはら》は、もう戻《もど》れないほどに離《はな》れていってしまうんだ、きっと。

う〜ん・・・。

私《わたし》は考《かんが》えこみ、どうにも結論《けつろん》の出《で》ないこの問題《もんだい》をもどかしく思《おも》いながら窓辺《まどべ》によって、そこに寄《よ》りかかった。

指先《ゆびさき》でカーテンを左右《さゆう》にかき分《わ》け、外《そと》を見《み》る。

瞬間《しゅんかん》、思《おも》わず、ものすごい速度《そくど》でそれを閉《し》めてしまった。

びっくりしたんだ、街灯《がいとう》に照《て》らされている家《いえ》の前《まえ》の道路《どうろ》に、悠飛《ゆうひ》が立《た》っていたから。

あいつ・・・こんな近《ちか》くから電話《でんわ》かけてたんだ・・・。

心臓《しんぞう》が落《お》ち着《つ》くまで待《ま》って、もう一度《いちど》そっとのぞくと、悠飛《ゆうひ》はもう引《ひ》き上《あ》げていくところだった。

1度《ど》だけ振《ふ》り返《かえ》ってこちらを見上《みあ》げたその顔《かお》は、とても哀《かな》しそうで、私《わたし》は何《なん》だか胸《むね》が痛《いた》くなってしまった。

悠飛《ゆうひ》が、お母《かあ》さんとうまくいってないことは聞《き》いている。

もしかして今日《きょう》も、家《いえ》に帰《かえ》りたくなかったのかもしれない。

本当《ほんとう》は、そのことを私《わたし》に話《はな》したかったのかもしれない。

それなのに、私《わたし》、何《なん》の役《やく》にも立《た》てなかった・・・。

ああもう、自己嫌悪《じこけんお》っ！

24 深《ふか》い海《うみ》の底《そこ》

明《あ》くる朝《あさ》になっても、私《わたし》は、そこから立《た》ち直《なお》れなかった。

でも、その日《ひ》はホームルーム当番《とうばん》だったから、早《はや》めに登校《とうこう》しなければならなかったんだ。

教室《きょうしつ》まで行《い》くと、中《なか》から話《はな》し声《ごえ》が聞《き》こえてきた。

もう誰《だれ》か来《き》てるんだ。

そう思《おも》いながら開《ひら》いていたドアの間《あいだ》からのぞきこんで、びっくり！

中《なか》にいたのは、大石愛子先生《おおいしあいこせんせい》だけだった。

いえ正確《せいかく》には、大石先生《おおいしせんせい》とカオリン。

机《つくえ》の上《うえ》に置《お》いたカオリンに、大石先生《おおいしせんせい》が一生懸命《いっしょうけんめい》、話《はな》しかけていたんだ。

ところが全然《ぜんぜん》、会話《かいわ》にならない。

大石先生《おおいしせんせい》が、

「How《ハウ》 old《オールド》 are《アー》 you《ユー》?」

と言《い》っているのに、カオリンは、ものすごく長《なが》い返事《へんじ》をしていたんだ。

何《なに》を話《はな》しているのか私《わたし》にはわからなかったけれど、でもどう聞《き》いても、自分《じぶん》の年《とし》を答《こた》えているとは思《おも》えない。

カオリンは、大石先生《おおいしせんせい》の発音《はつおん》を聞《き》き取《と》れなくて、別《べつ》の質問《しつもん》と勘違《かんちが》いしているのに違《ちが》いなかった。

大石先生《おおいしせんせい》はほとんど必死《ひっし》で、同《おな》じ質問《しつもん》を繰《く》り返《かえ》している。

それを見《み》ていたら、なんだかおかしくなってしまった。

ホームルームの時《とき》に大石先生《おおいしせんせい》がカオリンを持《も》ってこなかったのは、きっとうまく扱《あつか》えなかったからなんだ。

で、こうして一生懸命《いっしょうけんめい》に練習《れんしゅう》をしている。

大石先生《おおいしせんせい》って、なんとなくかわいいかも。

「おはようございます。」

私《わたし》が声《こえ》をかけると、大石先生《おおいしせんせい》はこちらを振《ふ》り向《む》いた。

私《わたし》はニッコリして、それからカオリンにも言《い》ったんだ。

「Ｍｏｒｎｉｎｇ《モーニング》！」

カオリンは顔《かお》をこちらに向《む》け、眠《ねむ》そうな目《め》で答《こた》えた。

「Oh《オー》、morning《モーニング》！」

やった、通《つう》じた！

「あなたとなら、ちゃんと話《はな》すのね。」

大石先生《おおいしせんせい》はそう言《い》って、恨《うら》めしそうな顔《かお》になった。

「それは、あなたが美坂先生《みさかせんせい》と親《した》しいからかしら。」

意外《いがい》な言葉《ことば》だった。

私《わたし》は一瞬《いっしゅん》、固《かた》まってしまったけれど、大石先生《おおいしせんせい》はカオリンを人間《にんげん》のように思《おも》っているのかもしれないと気《き》がついた。

それで、忍《しのぶ》に言《い》われたことを思《おも》い出《だ》しながら説明《せつめい》したんだ。

「カオリンはAI《エーアイ》なので、人間《にんげん》のような感情《かんじょう》は持《も》っていないと思《おも》います。だから親《した》しいとか親《した》しくないとかで返事《へんじ》を変《か》えたりはしないいんじゃないかな。今《いま》は先生《せんせい》の言葉《ことば》をうまくキャッチできていないだけだと思《おも》いますが。」

大石先生《おおいしせんせい》はカオリンに向《む》き直《なお》り、今度《こんど》はゆっくりと、そして大《おお》きな声《こえ》で質問《しつもん》した。

するとカオリンは、きちんと答《こた》えたんだ。

しかもユーモアたっぷりに！

「ちゃんと返事《へんじ》してくれたっ！」

大石先生《おおいしせんせい》は顔《かお》を輝《かがや》かせる。

それを見《み》て、私《わたし》もほっとした。

同時《どうじ》に、さっきの大石先生《おおいしせんせい》の言葉《ことば》を思《おも》い出《だ》して、不思議《ふしぎ》に思《おも》ったんだ。

私《わたし》が薫先生《かおるせんせい》と親《した》しいって・・・そんなことないのに。

どうしてそんなふうに思《おも》ったんだろう。

「大石先生《おおいしせんせい》、私《わたし》は薫先生《かおるせんせい》と特別《とくべつ》に親《した》しいってことないんですけど、なんでそう思《おも》われたんですか？」

大石先生《おおいしせんせい》は、カオリンに次《つぎ》の質問《しつもん》をしてからこちらを見《み》た。

「だってコピーを手伝《てつだ》ってたでしょう。」

あれ、見《み》てたんだ。

「教師《きょうし》の仕事《しごと》は、生徒《せいと》に手伝《てつだ》わせちゃいけないものが多《おお》いのよ。あなたがやってたから、きっと特別扱《とくべつあつか》いなんだと思《おも》ったんだけど。他《ほか》にもいろいろ手伝《てつだ》ってるんじゃないの？」

私《わたし》に向《む》けられた大石先生《おおいしせんせい》の目《め》は、よく見《み》ると、深《ふか》い海《うみ》の底《そこ》みたいに暗《くら》かった。

そこに何《なに》か得体《えたい》の知《し》れないものが潜《ひそ》んでいて、こちらに向《む》かって両手《りょうて》を伸《の》ばしてくるような感《かん》じがしたんだ。

私《わたし》はゾッとし、あわてて目《め》を逸《そ》らせた。

「手伝《てつだ》ったのは、あの時《とき》だけです。」

大石先生《おおいしせんせい》って、前《まえ》からこんな感《かん》じだったんだろうか。

私《わたし》が気《き》づかなかっただけかな。

「そう。じゃこれからは、頼《たの》まれても断《ことわ》りなさいね。美坂先生《みさかせんせい》の評判《ひょうばん》が悪《わる》くなるから。もっとも美坂先生《みさかせんせい》は昨日《きのう》、入院《にゅういん》したみたいだけど。」

言葉《ことば》の語尾《ごび》が微妙《びみょう》に震《ふる》えているのに気《き》づいて、私《わたし》は大石先生《おおいしせんせい》に目《め》を向《む》けた。

そして先生《せんせい》が、笑《わら》っていることを知《し》ったんだ。

見《み》ていると心《こころ》が冷《つめ》たくなっていくような、残忍《ざんにん》な感《かん》じのする笑《わら》い方《かた》だった。

25 俺《おれ》たちは間違《まちが》っていた

その笑顔《えがお》は、私《わたし》の心《こころ》に染《し》みついてしまい、暇《ひま》さえあれば胸《むね》の中《なか》いっぱいに広《ひろ》がってきて、私《わたし》をゾクゾクさせた。

でも私《わたし》は、それを誰《だれ》にも言《い》えなかったんだ。

同《おな》じクラスの翼《たすく》にも、忍《しのぶ》にも、佐田真理子《さたまりこ》にも、違《ちが》うクラスの悠飛《ゆうひ》にも。

どういう言葉《ことば》で説明《せつめい》すれば、薄気味《うすきみ》の悪《わる》いこの感《かん》じを理解《りかい》してもらえるのかわからなかったし、私《わたし》の印象《いんしょう》だけで、大石先生《おおいしせんせい》を悪《わる》く言《い》うのはいけないようにも思《おも》えたから。

薫先生《かおるせんせい》の入院《にゅういん》の話《はなし》をしながら大石先生《おおいしせんせい》がなぜ笑《わら》っていたのか、私《わたし》には不可解《ふかかい》だった。

細《こま》かく言《い》うなら、《笑《わら》っている》というよりは、《嗤《わら》っている》という感《かん》じ。

《嗤《わら》う》には、嘲《あざわら》うっていうニュアンスがあって、それがピッタリだったんだ。

でも、その理由《りゆう》が全然《ぜんぜん》わからない。

それで自分《じぶん》の気《き》のせいのようにも思《おも》えてきてしまって、説明《せつめい》ができなかった。

もしかして大石先生《おおいしせんせい》は、薫先生《かおるせんせい》とうまくいっていなかったのだろうか。

そういう話《はなし》は、聞《き》いたことがなかったけれど・・・生徒《せいと》には伝《つた》わってこないのかも。

でも薫先生《かおるせんせい》は、大石先生《おおいしせんせい》から頑張《がんば》ってねと言《い》われて、チャームをプレゼントされたはず。

いい関係《かんけい》でなかったら、そんなことしないよね。

じゃ、あの笑《わら》いは、いったい何《なん》だったんだろう、う〜ん・・・。


「アーヤ！」

名前《なまえ》を呼《よ》ばれて、はっとして顔《かお》を上《あ》げると、もう放課後《ほうかご》になっていた。

教室《きょうしつ》の中《なか》には、ほとんど誰《だれ》も残《のこ》っていなくて、私《わたし》の机《つくえ》の前《まえ》には翼《たすく》が立《た》っていた。

「今日《きょう》ずっと、ぼんやりしてたでしょ。何《なに》かあったの？」

私《わたし》は、目《め》を伏《ふ》せる。

そのまま黙《だま》っていると、翼《たすく》の哀《かな》しげな声《こえ》が聞《き》こえた。

「俺《おれ》に言《い》いたくないなら、言《い》わなくてもいいけど。」

私《わたし》が打《う》ち明《あ》けないから傷《きず》ついているんだとわかったけれど、どうしようもなかった。

言《い》いたいんだけれど、はっきりしないから言《い》えないんだよぉ・・・。

「若武《わかたけ》から緊急連絡《きんきゅうれんらく》。秀明《しゅうめい》が始《はじ》まる前《まえ》にカフェテリアに集合《しゅうごう》だって。俺《おれ》も部活休《ぶかつやす》んで行《い》く。若武《わかたけ》から頼《たの》まれたことがあるから、それが終《お》わったらすぐに。」

それで私《わたし》も、そうすることにした。

悠飛《ゆうひ》から、部室《ぶしつ》に来《こ》いって言《い》われていたけれど、しかたがない、明日《あした》行《い》こう。

「わかった。私《わたし》も帰《かえ》るから。」

即行《そっこう》で教室《きょうしつ》を出《で》て、家《いえ》に帰《かえ》り、お弁当《べんとう》を持《も》って秀明《しゅうめい》に向《む》かう。

授業教室《じゅぎょうきょうしつ》に入《はい》らず、バッグを持《も》ったままカフェテリアに上《のぼ》っていくと、いつものように隅《すみ》の方《ほう》のテーブルに皆《みな》がそろっていた。

すごく真剣《しんけん》な表情《ひょうじょう》で、額《ひたい》を集《あつ》めて何《なに》やら話《はな》している。

それを見《み》ただけで、何《なに》か重大《じゅうだい》な事《こと》があったらしいとわかって胸《むね》がドキドキした。

「アーヤが来《き》た。」

若武《わかたけ》の声《こえ》で、皆《みな》がすっと体《からだ》を引《ひ》き、それぞれの椅子《いす》に収《おさ》まる。

私《わたし》は、空《あ》いている席《せき》に座《すわ》り、事件《じけん》ノートをテーブルの上《うえ》に出《だ》した。

若武《わかたけ》が、待《ま》ちかねたといった様子《ようす》で口《くち》を開《ひら》く。

「では、KZ《カッズ》会議《かいぎ》を始《はじ》める。まず解決《かいけつ》したはずのブラック教室事件《きょうしつじけん》だが、」

え・・・「解決《かいけつ》したはずの」って・・・解決《かいけつ》したでしょ。

そりゃ、あっけない結末《けつまつ》ではあったけど、今《いま》さら「はずの」って、何《なに》？

「あれは再調査《さいちょうさ》だ。」

なんで!?

4つもの事件《じけん》の中《なか》で、うまく解決《かいけつ》したのはあれだけだったのに、ここでひっくり返《かえ》すわけっ!?

「この事件《じけん》に関《かん》しては、」

若武《わかたけ》は、いかにもくやしげな顔《かお》つきになり、上杉君《うえすぎくん》に目《め》を向《む》ける。

「上杉《うえすぎ》の勘《かん》が当《あ》たったみたいだから、発言《はつげん》を許《ゆる》す。」

私《わたし》は、上杉君《うえすぎくん》が昨日《きのう》、何《なに》かに気《き》づいていたことを思《おも》い出《だ》した。

それ・・・もしかして当《あ》たってたの?

「結論《けつろん》から言《い》えば、」

上杉君《うえすぎくん》は、テーブルに載《の》せていた両手《りょうて》の指《ゆび》をゆっくりと組《く》み合《あ》わせる。

長《なが》くてきれいな指《ゆび》の先《さき》に、桜色《さくらいろ》をした爪《つめ》が付《つ》いていた。

「俺《おれ》たちは、間違《まちが》っていたんだ。」

え?

「教師《きょうし》が倒《たお》れた原因《げんいん》は、ただの激務《げきむ》じゃない。」

そう言《い》いながら片手《かたて》で眼鏡《めがね》の中央《ちゅうおう》を押《お》し上《あ》げる。

「あれは、罠《わな》だったんだ。」

2つの目《め》に、冷《つめ》たい光《ひかり》がきらめいた。

「次々《つぎつぎ》と倒《たお》れた4人《にん》の教師《きょうし》は、その罠《わな》に追《お》いこまれた。」

私《わたし》は、メモを取《と》る手《て》が止《と》まってしまいそうなほど驚《おどろ》いた。

罠《わな》って・・・誰《だれ》が、どーしてっ!?

「黒木《くろき》と小塚《こづか》の調査《ちょうさ》が、それを証明《しょうめい》するはずだ。俺《おれ》からは以上《いじょう》。」

上杉君《うえすぎくん》が口《くち》を噤《つぐ》むと、若武《わかたけ》が黒木君《くろきくん》を見《み》た。

「さっきの調査《ちょうさ》、発表《はっぴょう》してくれ。」

私《わたし》は、あわてて昨日《きのう》整理《せいり》した部分《ぶぶん》を見直《みなお》す。

黒木君《くろきくん》の調査《ちょうさ》は、上杉君《うえすぎくん》からの依頼《いらい》を受《う》けたもので、その内容《ないよう》は、担任《たんにん》を2人《ふたり》にする意見《いけん》に反《はん》対《たい》した人物《じんぶつ》を調《しら》べることだった。

薫先生《かおるせんせい》のスマートフォンカバーについていたチャームの話《はなし》をしていた時《とき》に、上杉君《うえすぎくん》が突然《とつぜん》、そう命令《めいれい》したんだ。

「B組《ビーぐみ》の担任《たんにん》を2人《ふたり》にする案《あん》に反対《はんたい》したのは、」

そう言《い》って黒木君《くろきくん》は、自信《じしん》たっぷりな笑《え》みを見《み》せた。

「副校長《ふくこうちょう》の大石愛子《おおいしあいこ》だ。」

私《わたし》は、息《いき》を呑《の》んだ。

「それだけじゃない。よく聞《き》けよ。大石愛子《おおいしあいこ》は浜田《はまだ》の副校長《ふくこうちょう》として、人事決定権《じんじけっていけん》を持《も》っている。各《かく》クラスの担任《たんにん》を決《き》めていたのは、大石《おおいし》なんだ。もちろんB組《ビーぐみ》の担任《たんにん》もだ。」

ゴックン！

「最初《さいしょ》に担任《たんにん》になった上村《うえむら》はスピードマニアで、かつバイク通勤《つうきん》をしていた。疲労《ひろう》が積《つ》み重《かさ》なれば、事故《じこ》を起《お》こす可能性《かのうせい》はかなり高《たか》い。次《つぎ》の中村《なかむら》は高血圧《こうけつあつ》。過労《かろう》になれば発症《はっしょう》しかねなかったし、3人目《にんめ》の下村《しもむら》もメンタルが弱《よわ》く、ストレスで精神《せいしん》を病《や》むことは大《おお》いに考《かんが》えられた。4人目《にんめ》、心臓《しんぞう》に疾患《しっかん》のある美坂薫《みさかかおる》も同様《どうよう》だ。」

私《わたし》の胸《むね》に、さっき見《み》た大石先生《おおいしせんせい》の笑《わら》いが広《ひろ》がった。

実際《じっさい》には聞《き》こえなかった笑《わら》い声《ごえ》まで、響《ひび》いてくるような気《き》がした。

「大石愛子《おおいしあいこ》は、担任《たんにん》を2人《ふたり》にする案《あん》に反対《はんたい》し、同時《どうじ》に病気《びょうき》の素因《そいん》を抱《かか》えている教師《きょうし》を選《えら》び出《だ》して激務《げきむ》のB組《ビーぐみ》に配属《はいぞく》した。そして事故《じこ》、あるいは発病《はつびょう》に追《お》いこんだ。これが俺《おれ》の結論《けつろん》。」

若武《わかたけ》が頷《うなず》き、小塚君《こづかくん》を見《み》る。

「よし、次《つぎ》、小塚《こづか》。」

小塚君《こづかくん》は、テーブルに置《お》いていたファイルを開《ひら》き、紙面《しめん》に視線《しせん》を落《お》とした。

「美坂薫《みさかかおる》のスマートフォンカバーについていたチャームを分析《ぶんせき》した。中《なか》に入《はい》っていたのは香料《こうりょう》、それにトリチウムガス。」

トリチウムガス？

「トリチウムは放射線《ほうしゃせん》を出《だ》す物質《ぶっしつ》。危険《きけん》だから使用量《しようりょう》が決《き》められているんだ。」

とっさに若武《わかたけ》が、口《くち》を挟《はさ》んだ。

「放射線障害防止法《ほうしゃせんしょうがいぼうしほう》だ。使用《しよう》が認《みと》められているのは、1ギガベクレルまで。」

法律《ほうりつ》のことなら何《なん》でも聞《き》け、と言《い》わんばかりの得意顔《とくいがお》だった。

「以上《いじょう》、情報提供《じょうほうていきょう》は若武和臣《わかたけかずおみ》、またの名《な》を法律《ほうりつ》のスペシャリストにしてオーソリティ。」

上杉君《うえすぎくん》が、にらむ。

「過剰《かじょう》な言葉《ことば》で自分《じぶん》を飾《かざ》るな。」

若武《わかたけ》は聞《き》こえなかったかのようにスルー、小塚君《こづかくん》に目《め》を向《む》けた。

「じゃ続《つづ》けて。」

小塚君《こづかくん》は軽《かる》く頭《あたま》を下《さ》げる。

「ありがと。・・・えっと、あのチャームの光《ひかり》の秘密《ひみつ》は、このトリチウム。これが発《はっ》する放射線《ほうしゃせん》が、チャームの内部《ないぶ》に塗《ぬ》られている蛍光塗料《けいこうとりょう》に当《あ》たって光《ひかり》が出《で》てるんだ。」

そうだったんだ、キラキラしててきれいだけれど、放射線《ほうしゃせん》って聞《き》くと恐《こわ》いかも。

「若武《わかたけ》が言《い》った通《とお》り、トリチウムは1ギガベクレルまで使用《しよう》できる。でもあのチャームの中《なか》には、その10倍《ばい》が入《はい》っていた。」

10倍《ばい》っ！

「そしてさらに、もっと危険《きけん》なものもね。」

ゴックン！

「それは、香料《こうりょう》の中《なか》に混入《こんにゅう》されていたニコチン。」

ニコチンって、タバコに入《はい》ってるものだよね。

「ニコチンは揮発性《きはっせい》の液体《えきたい》。猛毒《もうどく》だ。これが香料《こうりょう》に混《ま》じってペンギンの嘴《くちばし》から出《で》ていた。つまり美坂薫《みさかかおる》は、スマートフォンで話《はなし》をするたびにチャームから出《で》てくるニコチンを吸《す》っていたんだ。」

ゾッ！

「心臓《しんぞう》に病気《びょうき》を抱《かか》えている人間《にんげん》にとって、ニコチンは致命的《ちめいてき》だ。このニコチンとB組《ビーぐみ》の担任《たんにん》という激務《げきむ》が、美坂薫《みさかかおる》の心臓発作《しんぞうほっさ》を誘発《ゆうはつ》したんじゃないかな。チャームをプレゼントしたのは、大石《おおいし》愛子《あいこ》だったよね。」

　私《わたし》は頷《うなず》く。

　上杉君《うえすぎくん》の言《い》っていた「罠《わな》」って、このことだったんだ。

「僕《ぼく》も、黒木《くろき》の結論《けつろん》を支持《しじ》する。ブラック教室事件《きょうしつじけん》の犯人《はんにん》は、大石愛子《おおいしあいこ》で間違《まちが》いないと思《おも》うよ。美坂薫《みさかかおる》だけでなく他《ほか》の教師《きょうし》にも、事故《じこ》や病気《びょうき》を誘発《ゆうはつ》するような小物《こもの》を渡《わた》してたかもしれない。」

　あるかも・・・。

　でも大石先生《おおいしせんせい》は、なんで先生《せんせい》たちを狙《ねら》ったの？

「それから美門《みかど》が届《とど》けてくれた指紋《しもん》も分析《ぶんせき》してきた。」

　え？

「秀明《しゅうめい》の授業《じゅぎょう》が始《はじ》まる直前《ちょくぜん》だったから、すぐ欠席届《けっせきとどけ》を出《だ》して、急《いそ》いで家《いえ》に戻《もど》って作業《さぎょう》したんだ。」

　そういえば翼《たすく》が、若武《わかたけ》に言《い》われた用事《ようじ》があるって言《い》ってたっけ。

「美門《みかど》が持《も》ってきたのは、大石愛子《おおいしあいこ》の指紋《しもん》のついたクラスだよりだ。そこには大石《おおいし》の自筆《じひつ》も印刷《いんさつ》されてた。そこから指紋《しもん》を検出《けんしゅつ》して照合《しょうごう》したら、アーヤの机《つくえ》の上《うえ》に置《お》かれた呪《のろ》いの人形《にんぎょう》や、マーカーから出《で》た指紋《しもん》と一致《いっち》した。」

　うっ！

「ホワイトボードの筆跡《ひっせき》も、大石《おおいし》の筆跡《ひっせき》と一致《いっち》だ。つまり呪《のろ》いの人形事件《にんぎょうじけん》の犯人《はんにん》も、大石愛子《おおいしあいこ》ってことになる。」

私《わたし》は、大石先生《おおいしせんせい》のあの笑《わら》いを思《おも》い出《だ》し、改《あらた》めてゾクゾクした。

でも、どうして私《わたし》を？

口《くち》をきいたのだって、今日《きょう》が初《はじ》めてだったのに。

「やったな！」

若武《わかたけ》がうれしそうに目《め》を輝《かがや》かせる。

「2つの事件《じけん》の行《ゆ》き詰《づ》まりが、一気《いっき》に打開《だかい》だ！　ああこの瞬間《しゅんかん》に幸《さち》あれ!!」

またもやケッと言《い》う上杉君《うえすぎくん》の隣《となり》で、忍《しのぶ》が勢《いきお》いづいて身《み》を乗《の》り出《だ》した。

「前回《ぜんかい》の会議《かいぎ》では、全校生徒《ぜんこうせいと》にアリバイがあって教室《きょうしつ》に入《はい》れる奴《やつ》は誰《だれ》もいないってことだったろ。だが教師《きょうし》なら、話《はなし》は別《べつ》じゃん。」

ん、あの時《とき》は生徒《せいと》しか視野《しや》に入《い》れてなかったんだよね。

「大石《おおいし》が呪詛《じゅそ》をかけてたなら、妖気《ようき》もそこから出《で》てたに決《き》まってる。大石《おおいし》の登下校時間《とうげこうじかん》を調《しら》べて、妖気《ようき》が発生《はっせい》した時間《じかん》と重《かさ》ねてみれば、一発《いっぱつ》でわかるぜ。俺《おれ》、それやりたい。いい？」

若武《わかたけ》が頷《うなず》いた。

「よし裏付《うらづ》け調査《ちょうさ》として認《みと》めよう。それで大石愛子犯人説《おおいしあいこはんにんせつ》は完璧《かんぺき》だ。」

翼《たすく》が、忌々《いまいま》しそうに舌打《したう》ちする。

「だけど、何《なん》でアーヤまで？」

ん、私《わたし》も、それが不思議《ふしぎ》。

「アーヤ、思《おも》い当《あ》たることないの？　大石愛子《おおいしあいこ》と接触《せっしょく》した時《とき》のこと、何《なん》でもいいから思《おも》い出《だ》してみて。」

それで私《わたし》は、大石先生《おおいしせんせい》と交《か》わした会話《かいわ》の中《なか》で、気《き》になっていたことを話《はな》した。

「どうも私《わたし》と薫先生《かおるせんせい》が親《した》しいと思《おも》ってたみたいなんだけど・・・」

黒木君《くろきくん》が納得《なっとく》したような笑《え》みを浮《う》かべる。

「大石《おおいし》は、美坂薫《みさかかおる》を窮地《きゅうち》に陥《おとしい》れたかったんだ。でも美坂《みさか》と親《した》しい人間《にんげん》がいると、助《たす》けたり励《はげ》ましたりするだろ。邪魔《じゃま》だったんだよ。」

あ、そういえば私《わたし》、薫先生《かおるせんせい》のコピーを手伝《てつだ》ったんだ、少《すこ》しでも助《たす》けになりたくって。

「呪《のろ》いの人形《にんぎょう》で脅《おど》して怯《おび》えさせたり、プライベートを暴《あば》いたりして孤立《こりつ》させ、美坂薫《みさかかおる》の手伝《てつだ》いをする余裕《よゆう》をなくさせたんだ。学校《がっこう》に来《こ》なくなるのを期待《きたい》してたんじゃないかな。」

若武《わかたけ》がパチンと指《ゆび》を鳴《な》らした。

「よしブラック教室事件《きょうしつじけん》と、呪《のろ》いの人形事件《にんぎょうじけん》がつながったぞ！」

ほんとだ、きれいにつながった。

「その代《か》わり、別《べつ》の謎《なぞ》が生《う》まれたぜ。」

上杉君《うえすぎくん》が静《しず》かな眼差《まなざし》で皆《みな》を見回《みまわ》す。

「大石愛子《おおいしあいこ》は副校長《ふくこうちょう》の立場《たちば》にありながら、なぜ4人《にん》の教師《きょうし》を罠《わな》に追《お》いこんだのか。」

忍《しのぶ》がその菫色《すみれいろ》の目《め》を、ふっと遠《とお》くに向《む》けた。

「何《なに》か、必死《ひっし》に願《ねが》っていることがあるんだ。」

え？

「呪術《じゅじゅつ》にもいろんな種類《しゅるい》があるけれど、これは、他人《たにん》の魂《たましい》を捧《ささ》げて自分《じぶん》の願《ねが》いを叶《かな》える、っていうタイプの呪詛《じゅそ》だと思《おも》うよ。」

その横顔《よこがお》は今《いま》にも消《き》えてしまいそうなほど儚《はかな》げで、とても悲《かな》しそうだった。

「初《はじ》めに言《い》ったけど、この呪詛《じゅそ》をかけた犯人《はんにん》は、自分《じぶん》の知《し》っている強力《きょうりょく》な呪《のろ》いを手当《てあ》たり次第《しだい》に引《ひ》っ張《ぱ》ってきて寄《よ》せ集《あつ》め、そこに縋《すが》っているんだ。必死《ひっし》で呪《のろ》うことで、救《すく》いを求《もと》めてるんだよ。精神的《せいしんてき》に幼《おさな》い人間《にんげん》なんだ。」

私《わたし》は、大石先生《おおいしせんせい》の顔《かお》を思《おも》い浮《う》かべた。

どこといって特徴《とくちょう》のない顔《かお》で、目《め》は暗《くら》かった。

いったい何《なに》を願《ねが》って、４人《にん》もの先生《せんせい》を追《お》いこんだのだろう。

「呪詛《じゅそ》ってさ、」

上杉君《うえすぎくん》が、あまり興味《きょうみ》が持《も》てないといった様子《ようす》で椅子《いす》の背《せ》にもたれかかり、腕《うで》を組《く》む。

「それをかけた人間《にんげん》の手元《てもと》に、何《なに》か残《のこ》ってるわけ？」

忍《しのぶ》は軽《かる》く頷《うなず》いた。

「たぶん祭壇《さいだん》を作《つく》ってると思《おも》うんだ。その中《なか》に願《ねが》い事《ごと》を書《か》いた紙《かみ》とか、人形《ひとがた》を入《い》れてるんじゃないかな。」

若武《わかたけ》が一気《いっき》に立《た》ち上《あ》がる。

「よし大石愛子《おおいしあいこ》の家《いえ》に忍《しの》びこもう。」

ええっ！

「で、祭壇《さいだん》を見《み》つけるんだ。」

確《たし》かにその中《なか》を見《み》れば、大石先生《おおいしせんせい》が何《なに》を願《ねが》っていたかがはっきりするよね。

「祭壇《さいだん》は、大石《おおいし》が呪詛《じゅそ》をかけていた動《うご》かぬ証拠《しょうこ》だ。」

そう言《い》いながら若武《わかたけ》は、不敵《ふてき》な感《かん》じのする笑《え》みを浮《う》かべた。

「有名中《ゆうめいちゅう》・高一貫校《こういっかんこう》の副校長《ふくこうちょう》が４人《にん》の教師《きょうし》を呪《のろ》いの毒牙《どくが》に！　２人《ふたり》死亡《しぼう》、１人《ひとり》行方不明《ゆくえふめい》、１人《ひとり》入院中《にゅういんちゅう》。すげぇ派手《はで》なタイトルじゃん。テレビが飛《と》び付《つ》くぞ。」

ああ、そっちか・・・。

「謎《なぞ》の指輪《ゆびわ》事件《じけん》と人骨《じんこつ》事件《じけん》は、とりあえず置《お》いといて、先《さき》にこっちを片付《かたづ》ける。黒木《くろき》、大石愛子《おおいしあいこ》の住所《じゅうしょ》を調《しら》べとけ。七鬼《なぎ》は、さっきの裏付《うらづ》け調査《ちょうさ》を進《すす》めろ。両方《りょうほう》とも金曜《きんよう》までに終《お》わらせて、土《ど》曜《よう》に集合《しゅうごう》だ。大石《おおいし》の家《いえ》に忍《しの》びこむ。今日《きょう》はこれまで、解散《かいさん》！」

26 驚《おどろ》くべき事実《じじつ》

事件《じけん》は意外《いがい》な展開《てんかい》を見《み》せ、しかも2つが1つにつながったのだった。

「ブラック教室事件《きょうしつじけん》」と「呪《のろ》いの人形事件《にんぎょうじけん》」をまとめて、私《わたし》は、「ブラック教室呪《きょうしつのろ》い事件《じけん》」と命《めい》名《めい》した。

これで大石先生《おおいしせんせい》の家《いえ》に忍《しの》びこめば、この事件《じけん》には決着《けっちゃく》がつく。

でも私《わたし》は、他人《たにん》の家《いえ》に忍《しの》びこみたくなんかなかった。

たとえそれが犯罪《はんざい》を犯《おか》した大石先生《おおいしせんせい》の家《いえ》であったとしても、ね。

KZ《カッズ》は探偵《たんてい》チームなのに、犯罪《はんざい》チームになってしまうよ。

でも若武《わかたけ》は絶対《ぜったい》やる気《き》だし、他《ほか》のメンバーも反対《はんたい》する様子《ようす》がなかったから、私1人《わたしひとり》が異《い》を唱《とな》えても、多数決《たすうけつ》で押《お》し切《き》られるのは明《あき》らかだった。

そのあげくに皆《みな》から、「これだから女《おんな》は、」って思《おも》われるに決《き》まっている。

どうしよう!?

考《かんが》えこみながら私《わたし》は、その夜《よる》、ノートの整理《せいり》をして過《す》ごした。

土曜日《どようび》までに、いい方法《ほうほう》を見《み》つけなくっちゃ。

*

明《あ》くる朝《あさ》、朝食《ちょうしょく》を食《た》べに1階《かい》に降《お》りていくと、ダイニングではパパがフレンチトーストを食《た》べていた。

テレビからは、朝《あさ》のニュースが流《なが》れている。

「おはよう。」

ママが片手《かたて》に牛乳《ぎゅうにゅう》パックを持《も》ったまま、調理台《ちょうりだい》の前《まえ》から振《ふ》り返《かえ》った。

「彩《あや》も、フレンチトーストにする？」

私《わたし》は首《くび》を横《よこ》に振《ふ》る。

「普通《ふつう》のでいい。」

フレンチトーストって、すごく美味《おい》しいけれど、朝《あさ》からは、きつい感《かん》じ。

私《わたし》は、さっぱりしたのが好《す》きなんだ。

「じゃ自分《じぶん》でやって。」

私《わたし》は、調理台《ちょうりだい》の上《うえ》に置《お》かれていたパン入《い》れの蓋《ふた》を開《あ》け、四《よ》つ切《ぎ》りの厚《あつ》い食《しょく》パンと、バゲットのどちらにしようかと迷《まよ》ってから、バゲットの方《ほう》をオーブントースターに入《い》れた。

「お、この市内《しない》で、事件《じけん》だ。」

パパの声《こえ》で、私《わたし》はテレビに目《め》を向《む》けた。

流《なが》れてくるアナウンサーの声《こえ》を聞《き》きながら、ママがそれと同《おな》じことを鸚鵡返《おうむがえ》しに口《くち》にする。

「まぁ下水《げすい》が新川《しんかわ》に流《なが》れこんでたんですって！」

それはテレビが言《い》ってるんだし、ママの声《こえ》で次《つぎ》の話《はなし》が聞《き》こえなくなるから、黙《だま》っててほしいと私《わたし》は思《おも》った。

ママって、いつもこうだからなぁ。

「接続《せつぞく》ミスで、３年間《ねんかん》もですって。」

その声《こえ》の間《あいだ》から、ガソリンスタンドのトイレという言葉《ことば》が聞《き》こえてきて、私《わたし》はビクッとした。

ガソリンスタンドのトイレというのは、謎《なぞ》の指輪事件《ゆびわじけん》の舞台《ぶたい》だった。

でもガソリンスタンドは、この市《し》にいくつかある。

私《わたし》は、耳《みみ》をそばだてて詳《くわ》しいことを聞《き》き取《と》ろうとした。

それなのにっ！

「まぁ汚《きたな》いわねぇ。役所《やくしょ》は何《なに》をやってるのかしら。彩《あや》、新川《しんかわ》に近寄《ちかよ》っちゃだめよ。」

とママが捲《まく》し立《た》てるので、何《なに》も聞《き》こえなかったんだ。

私《わたし》は、よく若武《わかたけ》たちが言《い》っているように、「くっそ！」と言《い》いたい気分《きぶん》だった。

ママのせいで聞《き》こえなかったじゃないと、怒《おこ》りたいような気《き》もした。

でもママはどうせ言《い》い訳《わけ》するに決《き》まっているし、そんなことに時間《じかん》を取《と》っているより、今《いま》のニュースを、もう一度《いちど》聞《き》いた方《ほう》がいい。

でもテレビは、もう天気予報《てんきよほう》に移《うつ》ってしまっていた。

他《ほか》のチャンネルだったら、やってるかも。

そう思《おも》ったんだけれど、朝《あさ》のチャンネル権《けん》はパパにあって、この後《あと》は経済《けいざい》ニュースを見《み》ることになってるんだ。

えっと、テレビ以外《いがい》にニュースを提供《ていきょう》してくれるものは・・・そうだ、新聞《しんぶん》だっ！

私《わたし》はパパに歩《あゆ》み寄《よ》り、テーブルの上《うえ》に広《ひろ》げられている新聞《しんぶん》に手《て》を伸《の》ばした。

「ちょっと貸《か》してもらっていい？」

パパは、意外《いがい》そうな顔《かお》だった。

「もちろん。彩《あや》が新聞《しんぶん》を見《み》たがるなんて、珍《めずら》しいね。」

私《わたし》は新聞《しんぶん》を捲《めく》っていき、地方版《ちほうばん》までたどり着《つ》くと、その紙面《しめん》を端《はし》からずいっと見《み》ていった。

すると中央部《ちゅうおうぶ》に、小《ちい》さな囲《かこ》み記事《きじ》があったんだ。

「新玉市上下水道局《しんたましじょうげすいどうきょく》は、市内《しない》のガソリンスタンドのトイレの汚水《おすい》が、3年間《ねんかん》にわたって新川《しんかわ》に流出《りゅうしゅつ》していたと発表《はっぴょう》した。2015年《ねん》、このガソリンスタンドが浄化槽《じょうかそう》から下水道《げすいどう》への切《き》り替《か》えを行《おこな》った際《さい》、」

あ、確《たし》か若武《わかたけ》も、そのガソリンスタンドは2015年《ねん》から下《げ》水道《すいどう》を使《つか》ってるって言《い》ってた。

間違《まちが》いない、若武《わかたけ》が指輪《ゆびわ》を流《なが》したのと同《おな》じガソリンスタンドだ！

「工事関係者《こうじかんけいしゃ》が誤《あやま》って、トイレの汚水管《おすいかん》を雨水管《うすいかん》に接続《せつぞく》した。その後《ご》、市《し》の担当者《たんとうしゃ》が現場《げんば》でチェックを行《おこな》ったが、接続《せつぞく》ミスを見逃《みのが》していた。市《し》は、新川《しんかわ》の水質検査《すいしつけんさ》を実施《じっし》する予定《よてい》。」

つまりガソリンスタンドのトイレの排水《はいすい》は、雨水管《うすいかん》を通《とお》って新川《しんかわ》に流《なが》れていたんだ。

だから若武《わかたけ》が洗面所《せんめんじょ》に落《お》とした指輪《ゆびわ》が、新川《しんかわ》に出《で》た。

これが指輪事件《ゆびわじけん》の真相《しんそう》なんだ！

自分《じぶん》が摑《つか》んだ事実《じじつ》に、私《わたし》はものすごく高揚《こうよう》した。

よし、謎《なぞ》の指輪事件《ゆびわじけん》は、解決《かいけつ》だ。

すぐ若武《わかたけ》に連絡《れんらく》しなくっちゃ！

「パパ、ありがと。」

お礼《れい》を言《い》って私《わたし》はダイニングから飛《と》び出《だ》し、部屋《へや》まで戻《もど》って若武《わかたけ》のスマートフォンの番号《ばんごう》を確《かく》認《にん》してから猛《もう》ダッシュで電話《でんわ》の所《ところ》まで降《お》りてきた。

あまりにも力《ちから》が入《はい》ってしまって震《ふる》える指《ゆび》で、若武《わかたけ》の番号《ばんごう》を押《お》す。

「おおアーヤか。何《なに》？」

のんびりとした声《こえ》を聞《き》いて、私《わたし》は、やったと思《おも》った。

この様子《ようす》じゃ、若武《わかたけ》はまだ知《し》らないぞ。

「謎《なぞ》の指輪事件《ゆびわじけん》の真相《しんそう》がわかったんだ。」

若武《わかたけ》は、ちょっと息《いき》をついた。

「汚水管《おすいかん》が、誤《あやま》って雨水管《うすいかん》に接続《せつぞく》されてたってヤツだろ。」

急《きゅう》に力《ちから》が抜《ぬ》けてしまった。

もう知《し》ってんのかぁ・・・。

「スマホのニュースで見《み》たよ。」

考《かんが》えてみれば、テレビにも新聞《しんぶん》にも出《で》てる情報《じょうほう》だから、他《ほか》のメディアにも流《なが》れてるんだ。

「それって、てんでつまんないぜ。」

なんで？

「ただのミスだろ。ワクワク感《かん》ないじゃん。俺《おれ》が期待《きたい》してたのは、すげぇ秘密《ひみつ》があって、それに巻《ま》きこまれた俺《おれ》のスクールリングが冒険《ぼうけん》しながら新川《しんかわ》にたどり着《つ》いたっていうストーリー。で、KZ《カッズ》が全貌《ぜんぼう》を明《あき》らかにする。」

若武《わかたけ》、ゲームのやりすぎだよ。

「ま、謎《なぞ》の指輪《ゆびわ》事件《じけん》は、ちっとも進展《しんてん》がなかったし、管《かん》の接続《せつぞく》ミスじゃ、地下《ちか》での話《はなし》だろ。俺《おれ》たちが解決《かいけつ》できる可能性《かのうせい》はゼロに等《ひと》しかった。これでよかったよ。」

そうだ、事件《じけん》ノートに書《か》きこんで、終了《しゅうりょう》の印《しるし》をつけなけりゃ。

ママがあの新聞《しんぶん》をどこかに使《つか》ってしまわないうちに、ゲットして切《き》り抜《ぬ》こう。

そう考《かんが》えて、私《わたし》は急《いそ》いで電話《でんわ》を切《き》ることにした。

「ん、幸《さいわ》いだったよ。新川《しんかわ》の水質検査《すいしつけんさ》が実施《じっし》されるみたいだから、人骨《じんこつ》についてもはっきりするしね。」

そう言《い》った瞬間《しゅんかん》、電話《でんわ》の向《む》こうの空気《くうき》が一気《いっき》に緊張《きんちょう》した。

「まずいっ！」

え？

「水質検査《すいしつけんさ》で、俺《おれ》たちが拾《ひろ》い残《のこ》した人骨《じんこつ》が出《で》てきたら、すぐ警察《けいさつ》に通報《つうほう》がいく。すると警察《けいさつ》は当然《とうぜん》、マスコミに発表《はっぴょう》するだろ。俺《おれ》たちＫＺ《カッズ》のこれまでの調査《ちょうさ》は無視《むし》されるし、テレビにも出《で》られん。」

あ、そこね。

「謎《なぞ》の遺体事件《いたいじけん》は、今回《こんかい》の事件群《じけんぐん》の中《なか》でも一番《いちばん》デカいんだ。警察《けいさつ》に取《と》られてたまるか。何《なん》とかしないと！」

確《たし》かそれは、私《わたし》や小塚君《こづかくん》を無視《むし》して、若武《わかたけ》たち４人《にん》でやるっていう話《はなし》だったよね。

しかもその時《とき》、「女《おんな》、子供《こども》は引《ひ》っこんでな。」とまで言《い》ったよね。

ふふん。

私《わたし》は、鼻《はな》で笑《わら》って言《い》ってやった。

「頑張《がんば》ってね。」

嫌味《いやみ》のつもりだったんだけれど、若武《わかたけ》には、てんで通《つう》じなかった。

「頑張《がんば》るに決《き》まってってだろ。よし、別《べつ》の事件《じけん》を起《お》こして、警察《けいさつ》の目《め》をそっちに向《む》けよう。それで警察《けいさつ》がアタフタしてる間《あいだ》に、俺《おれ》たちがサッサと解決《かいけつ》してテレビに持《も》ちこんじまうんだ。どんな事件《じけん》がいいかな。たとえば爆弾《ばくだん》を仕《し》かけたと電話《でんわ》するとか、誘拐事件《ゆうかいじけん》を起《お》こすとか。アーヤ、おまえ、謎《なぞ》の怪人《かいじん》に誘拐《ゆうかい》される気《き》、ない？」

バカ武《たけ》っ！

27　意外《いがい》な場所《ばしょ》

金曜日《きんようび》、私《わたし》たちKZ《カッズ》メンバーは、黒木君《くろきくん》と忍《しのぶ》の調査報告《ちょうさほうこく》を聞《き》くために、カフェテリアに集合《しゅうごう》した。

それまでの間《あいだ》に、アホな中学生《ちゅうがくせい》がどこかに爆弾《ばくだん》を仕《し》かけたとか、誘拐事件《ゆうかいじけん》を自作自演《じさくじえん》したとかいうニュースは伝《つた》わってこなかったから、若武《わかたけ》は思《おも》い止《とど》まったらしい。

私《わたし》は、ほっ！

「では、KZ《カッズ》7《セブン》会議《かいぎ》を始《はじ》める。」

若武《わかたけ》の開会宣言《かいかいせんげん》に、上杉君《うえすぎくん》が嫌《いや》な顔《かお》をした。

「7《セブン》、取《と》れっつったろーが。」

にらみ合《あ》う2人《ふたり》を、まったく無視《むし》して忍《しのぶ》が口《くち》を開《ひら》く。

「俺《おれ》、超《ちょう》やった感《かん》ある。俺的《おれてき》には、かなり満足《まんぞく》。話《はな》してもいい？」

若武《わかたけ》と上杉君《うえすぎくん》がにらみ合《あ》ったまま、ピクリとも動《うご》かないので、代《か》わりに私《わたし》たち全員《ぜんいん》が頷《うなず》いて、話《はなし》を促《うなが》した。

「妖気《ようき》の出現時間《しゅつげんじかん》と場所《ばしょ》を記録《きろく》した一覧表《いちらんひょう》と、大石愛子《おおいしあいこ》の行動《こうどう》を重《かさ》ねてみた。大石《おおいし》の行動《こうどう》の全部《ぜんぶ》は摑《つか》めなかったけれど、確認《かくにん》できた部分《ぶぶん》は、完璧《かんぺき》に一致《いっち》したよ。」

おお！

「大石《おおいし》が会議《かいぎ》なんかで早《はや》く学校《がっこう》に来《き》たり残《のこ》ったりした日《ひ》は、必《かなら》ずその時間《じかん》にその場所《ばしょ》で妖気《ようき》が発生《はっせい》しているし、ホームルームで俺《おれ》たちの教室《きょうしつ》に来《き》た時《とき》も同様《どうよう》だ。妖気《ようき》の元《もと》が大石愛子《おおいしあいこ》であることは、間違《まちが》いない。」

よし、裏付《うらづ》けは取《と》れた！

「じゃ次《つぎ》、俺《おれ》ね。」

黒木君《くろきくん》が笑《え》みを含《ふく》んだ目《め》を伏《ふ》せ、取《と》り出《だ》したスマートフォンを操作《そうさ》する。

「大石愛子《おおいしあいこ》の住所《じゅうしょ》を調《しら》べた。その結果《けっか》、若武先生《わかたけせんせい》が泣《な》いて喜《よろこ》びそうなことがわかったよ。」

若武《わかたけ》が自分《じぶん》の名前《なまえ》に反応《はんのう》し、やっと上杉君《うえすぎくん》から目《め》を逸《そ》らせてこちらを向《む》いた。

「これが大石《おおいし》の住《す》まい。」

黒木君《くろきくん》は、テーブルに置《お》いたスマートフォンの画面《がめん》をスクロールする。

「そしてここが、問題《もんだい》のガソリンスタンド。」

私《わたし》たちは思《おも》わず、あっと声《こえ》を上《あ》げた。

だってその２つは、同《おな》じ敷地内《しきちない》にあったんだもの。

「ガソリンスタンドの経営者《けいえいしゃ》は大石勉《おおいしつとむ》。大石愛子《おおいしあいこ》の夫《おっと》だ。」

そうだったんだ！

黒木君《くろきくん》は視線《しせん》を上《あ》げ、自信《じしん》ありげな表情《ひょうじょう》で私《わたし》たちを見回《みまわ》した。

「あのガススタの排水《はいすい》は、雨水管《うすいかん》に接続《せつぞく》されて新川《しんかわ》に流《なが》れこんでいた。だから洗面所《せんめんじょ》で落《お》とした若武先生《わかたけせんせい》のリングが、新川《しんかわ》で発見《はっけん》されたんだ。で、俺《おれ》はこう考《かんが》えてる。俺《おれ》たちが発見《はっけん》した骨《ほね》や髪《かみ》も、あのガススタの排水《はいすい》から新川《しんかわ》に流《なが》れ出《で》たのだろうって。」

皆《みな》が、息《いき》を呑《の》んだ。

「誰《だれ》かが遺体《いたい》を切断《せつだん》し、ガススタの排水管《はいすいかん》から流《なが》したんだ。それが雨水管《うすいかん》に接続《せつぞく》されていて新川《しんかわ》に流《なが》れ出《で》るとは知《し》らずにね。一度《いちど》に全部《ぜんぶ》を流《なが》せば、管《かん》が詰《つ》まる。時間《じかん》をかけて何日《なんにち》にもわたって少《すこ》しずつ流《なが》したんだろう。となると、通《とお》りがかりの人間《にんげん》や、時々《ときどき》ガススタを利用《りよう》している人間《にんげん》じゃない。やったのは、常《つね》にガススタにいても不審《ふしん》に思《おも》われない人物《じんぶつ》、大石勉《おおいしつとむ》か、大石愛子《おおいしあいこ》か、それともあそこで働《はたら》いている従業員《じゅうぎょういん》か。」

私《わたし》の考《かんが》えていたのは、もっと別《べつ》のこと、事件《じけん》を記録《きろく》している私《わたし》しか感動《かんどう》しないような、ノートの整理上《せいりじょう》のことだった。

つまり黒木君《くろきくん》の仮説《かせつ》が本当《ほんとう》で、犯人候補者《はんにんこうほしゃ》の1人《ひとり》である大石先生《おおいしせんせい》が真犯人《しんはんにん》だとしたら・・・「謎《なぞ》の遺体事件《いたいじけん》」は、「謎《なぞ》の指輪事件《ゆびわじけん》」とも「ブラック教室呪《きょうしつのろ》い事件《じけん》」ともつながることになる。

今《いま》までの事件《じけん》はすべて溶《と》け合《あ》って、ただ1つの事件《じけん》を形作《かたちづく》るのだ！

すごいかも!!

「新川《しんかわ》の水質検査《すいしつけんさ》が始《はじ》まれば、俺《おれ》たちが拾《ひろ》い残《のこ》した人骨《じんこつ》が発見《はっけん》される可能性《かのうせい》がある。だが、あそこに投《な》げこまれたのか、あるいはどこからか流《なが》れてきたのか、様々《さまざま》なことを調《しら》べるには時間《じかん》がかかる。俺《おれ》たちの方《ほう》が早《はや》い。ガススタを調《しら》べればいいだけだ。」

若武《わかたけ》はスックと立《た》ち上《あ》がり、テーブル越《ご》しに手《て》を伸《の》ばして黒木君《くろきくん》の両手《りょうて》を握《にぎ》りしめた。

「いやぁ黒木《くろき》、よくやってくれた。おまえは親友《しんゆう》だ。」

私《わたし》は、小塚君《こづかくん》と顔《かお》を見合《みあ》わせる。

「親友《しんゆう》、多《おお》いよね。」

「しかも、しょっちゅう替《か》わってるよね。」

にらみ合《あ》いから取《と》り残《のこ》されていた上杉君《うえすぎくん》が、しかたなさそうに身《み》を乗《の》り出《だ》した。

「じゃ明日《あした》ガススタに忍《しの》びこんだ時《とき》にゃ、祭壇《さいだん》だけでなく遺体《いたい》の痕跡《こんせき》も捜《さが》さないと。もう全部流《ぜんぶなが》しちまってるかもしれんが。」

忍《しのぶ》が、長《なが》い髪《かみ》を揺《ゆ》すって首《くび》を横《よこ》に振《ふ》る。

「遺体《いたい》が置《お》かれていた場所《ばしょ》には、必《かなら》ずその跡《あと》が残《のこ》ってる。俺《おれ》が見《み》ればわかるから大丈夫《だいじょうぶ》だ。」

大丈夫《だいじょうぶ》じゃないっ、恐《こわ》いよっ!!

人《ひと》んちに忍《しの》びこむのも、気《き》が咎《とが》めるし。

「でも人骨《じんこつ》は、2種類《しゅるい》だったんだよ。」

小塚君《こづかくん》が、忘《わす》れてもらっては困《こま》るというように口《くち》を挟《はさ》んだ。

「片方《かたほう》は最近《さいきん》のものだけど、もう片方《かたほう》は4世紀《せいき》から5世紀《せいき》くらいの骨《ほね》だったんだ。そんな古《ふる》い遺《い》体《たい》なんて、もう塵《ちり》だよ。」

忍《しのぶ》が、問題《もんだい》ないといったように微笑《ほほえ》む。

「骨《ほね》が置《お》かれていた場所《ばしょ》にも、痕跡《こんせき》はある。大丈夫《だいじょうぶ》。」

だから大丈夫《だいじょうぶ》じゃない、恐《こわ》いってば！

「じゃ明日《あした》、ガススタに集合《しゅうごう》だ。」

そう言《い》って若武《わかたけ》は、プルプルしている私《わたし》を見《み》た。

「アーヤは、来《こ》なくていいぞ。」

う・・・仲間外《なかまはず》れだ。

忍《しのぶ》が目《め》を丸《まる》くする。

「なんで立花《たちばな》を抜《ぬ》くの？」

若武《わかたけ》は、フンと言《い》いたそうな顔《かお》だった。

「見《み》るからに嫌《いや》そうじゃんよ。」

皆《みな》がいっせいに私《わたし》に注目《ちゅうもく》し、私《わたし》は恥《は》ずかしくなってうつむいた。

きっと臆病《おくびょう》だって思《おも》われてるんだ。

「別《べつ》にいいよ、1人《ひとり》くらい来《こ》なくたって。」

そう言《い》った若武《わかたけ》の脇《わき》から忍《しのぶ》が立《た》ち上《あ》がり、私《わたし》のそばまで来《き》てささやいた。

「恐《こわ》いの？」

私《わたし》が頷《うなず》くと、耳《みみ》のそばでくすっと笑《わら》う。

「恐《こわ》くないよ。」

忍《しのぶ》の息《いき》が耳《みみ》に忍《しの》びこみ、くすぐったかった。

「神獣《しんじゅう》のペンダントが守護《しゅご》してくれてるじゃん。」

あっ、そうか！

今《いま》までもずっと守《まも》っててくれたんだから、今度《こんど》もきっと大丈夫《だいじょうぶ》だ。

私《わたし》は忍《しのぶ》に頷《うなず》いてから、若武《わかたけ》を見《み》た。

よくも仲間《なかま》外《はず》れにしようとしたな、と思《おも》っていたから、にらむような目付《めつ》きになってしまった。

「私《わたし》も行《い》きます！」

チームメイトだから、一緒《いっしょ》に行動《こうどう》したい。

忍《しの》びこむのには、抵抗《ていこう》あるけど・・・。

「立花《たちばな》は、忍《しの》びこまなくていいよ。」

上杉君《うえすぎくん》がそう言《い》い、私《わたし》は思《おも》わずバンザイしそうになった。

わーいっ、よかった！

「ニブそうだからな。足手《あしで》まといだ。」

そういう理由《りゆう》ね・・・。

「小塚《こづか》も、外《そと》にいろよ。どうせ見張《みは》りが必要《ひつよう》だし。」

すると小塚君《こづかくん》が、おずおずと言《い》った。

「あの、僕《ぼく》、行《い》かなくてもいいかな。」

あ、リタイア宣言《せんげん》だ、なんで？

「実《じつ》は古《ふる》い骨《ほね》に罅割《ひびわ》れがあって、そこに何《なに》か詰《つ》まってるみたいなんだ。０・５ミリから１ミリくらいの細《こま》かい罅《ひび》なんだけどね。」

よく見《み》つけたよね、そんな小《ちい》さなの。

「土《つち》らしいんだけど、ちゃんと調《しら》べないと何《なん》とも言《い》えない。でも時間《じかん》がなくってできてないんだ。」

ああ今回《こんかい》、小塚君《こづかくん》はかなり忙《いそが》しいからなぁ。

「そんな些細《ささい》なこと、どうでもいい。」

若武《わかたけ》は、いかにもくだらないといった顔《かお》つきになった。

「無視《むし》しとけ、無視《むし》。」

若武《わかたけ》は、大《おお》きくて派手《はで》なことが好《す》き、だからその分《ぶん》、大雑把《おおざっぱ》でいい加減《かげん》。

「やらせろよ。」

黒木君《くろきくん》が片手《かたて》を上《あ》げた。

「小塚《こづか》が現場《げんば》に来《こ》ず、骨《ほね》の罅《ひび》を調《しら》べることに賛成《さんせい》する。」

私《わたし》たちは、いっせいに挙手《きょしゅ》。

不満《ふまん》げな若武《わかたけ》を尻目《しりめ》に、それが決定《けってい》した。

つまり私《わたし》は、1人《ひとり》で見張《みは》りをすることになったんだ。

でも今《いま》までにも何度《なんど》か経験《けいけん》があるし、たぶんできる、うん。

「明日《あした》13時半《じはん》、ガススタ前《まえ》に集合《しゅうごう》だ。」

若武《わかたけ》が気《き》を取《と》り直《なお》した様子《ようす》で皆《みな》を見回《みまわ》し、その場《ば》を締《し》めた。

「遅《おく》れるなよ。解散《かいさん》っ！」

28 迫《せま》る危機《きき》

翌日《よくじつ》、私《わたし》は学校《がっこう》から戻《もど》るとすぐお昼《ひる》を食《た》べて、ガソリンスタンドに向《む》かった。

それはバス通《どお》りに面《めん》していて、給油機械《きゅうゆきかい》が10基《き》もある大《おお》きな店舗《てんぽ》だった。

隅《すみ》の方《ほう》には洗車機《せんしゃき》があり、反対側《はんたいがわ》にはファミレスや、奥《おく》がカフェになっている売店《ばいてん》もあって、数人《すうにん》の客《きゃく》が入《はい》っていた。

ガソリンスタンドに中学生《ちゅうがくせい》が1人《ひとり》で立《た》っていると目立《めだ》つので、私《わたし》は売店《ばいてん》の方《ほう》に行《い》き、品物《しなもの》を見《み》るふりをして皆《みな》が来《く》るのを待《ま》った。

ミニカーや菓子類《かしるい》が並《なら》んでいる棚《たな》の中《なか》に、大石先生《おおいしせんせい》が薫先生《かおるせんせい》にプレゼントしたピンクのペンギンのチャームがある。

きっとこれに細工《さいく》したんだ。

そう思《おも》っていた時《とき》、

「あら立花《たちばな》さん、」

声《こえ》をかけられ、ビクッとして振《ふ》り返《かえ》ると、そこに大石先生《おおいしせんせい》が来《き》ていた。

私《わたし》は、全身《ぜんしん》、急速冷凍《きゅうそくれいとう》っ！

「ご家族《かぞく》で、どこかに行《い》くところ？」

こちらを見《み》る大石先生《おおいしせんせい》の目《め》には、疑《うたが》いの光《ひかり》があった。

「ちょうどいいから、ご両親《りょうしん》に挨拶《あいさつ》しようかしら。」

うわっ！

「どの車《くるま》が、そう？」

駐車場《ちゅうしゃじょう》の方《ほう》に目《め》をやる大石先生《おおいしせんせい》を見《み》て、私《わたし》は、もうダメだと思《おも》った。

逸《はぐら》かしていても時間《じかん》の問題《もんだい》で見《み》つかるし、そうなったらごまかしきれない。

でも、これから若武《わかたけ》たちが祭壇《さいだん》と遺体《いたい》の調査《ちょうさ》に来《く》るんだ。

ここで勘《かん》づかれたら、証拠《しょうこ》を隠《かく》されてしまう。

ああ何《なに》か、いい方法《ほうほう》はっ!?

私《わたし》は夢中《むちゅう》であれこれ考《かんが》え、やがて忍《しのぶ》の言葉《ことば》を思《おも》い出《だ》した。

「これをやった犯人《はんにん》は、おそらく呪《のろ》いの素人《しろうと》なんだ。ただ夢中《むちゅう》で強力《きょうりょく》な呪《のろ》いを手当《てあ》たり次第《しだい》に引《ひ》っ張《ぱ》ってきて寄《よ》せ集《あつ》め、そこに縋《すが》ってる感《かん》じがする。必死《ひっし》で呪《のろ》うことで、救《すく》いを求《もと》めてるんだ。精神的《せいしんてき》に幼《おさな》い人間《にんげん》なんだよ。」

そして、こうも言《い》った。

「抱《だ》きしめて背中《せなか》を撫《な》でてやって、理由《りゆう》を聞《き》いた方《ほう》がいいはずだ。そしたら本来《ほんらい》の自分《じぶん》に戻《もど》れると思《おも》うから。」

そうだ、呪《のろ》いを当《あ》てにするなんて理性的《りせいてき》じゃないし、子供《こども》っぽい。大石先生《おおいしせんせい》は大人《おとな》だけれど、心《こころ》には子供《こども》のままの部分《ぶぶん》があるんだ。

それをわかってあげれば、きっと悪《わる》い夢《ゆめ》から覚《さ》めて立《た》ち直《なお》れるよ。

私《わたし》は、大石先生《おおいしせんせい》に向《む》き直《なお》った。

本当《ほんとう》のことをはっきりさせるつもりだったんだ。

「私《わたし》の机《つくえ》に呪《のろ》いの人形《にんぎょう》を置《お》いたのは、先生《せんせい》ですよね。私《わたし》の両親《りょうしん》のことを、ホワイトボードに書《か》いたのも。」

否定《ひてい》するかもしれないと思《おも》ったけれど、大石先生《おおいしせんせい》は、あっさり首《くび》を縦《たて》に振《ふ》った。

「そうよ。」

こちらを見《み》つめるその目《め》は見開《みひら》かれていて、まるで私《わたし》を丸《まる》ごと呑《の》みこんでしまいそうだった。

「だから何《なに》?」

私《わたし》は、一生懸命《いっしょうけんめい》に自分《じぶん》に言《い》い聞《き》かせた、落《お》ち着《つ》け、落《お》ち着《つ》けって。

「どうしてそんなことをしたのか、教《おし》えてください。」

大石先生《おおいしせんせい》は、ちょっと笑《わら》った。

「いいわよ。こちらにいらっしゃい。」

そう言《い》って歩《ある》き出《だ》す。

売店《ばいてん》を出《で》て、ファミレスとの間《あいだ》の小道《こみち》に踏《ふ》みこんでいった。

見《み》れば、その道《みち》の突《つ》き当《あ》たりに、玄関《げんかん》がある。

きっと大石先生《おおいしせんせい》の家《いえ》だ。

ついていけば、私《わたし》は家《いえ》に入《はい》れる、忍《しの》びこまなくても中《なか》を見《み》ることができるし、大石先生《おおいしせんせい》のしたことの全貌《ぜんぼう》がわかる。

よし、行《い》こう！

恐《こわ》かったけれど、自分《じぶん》を励《はげ》ましてついていった。

大石先生《おおいしせんせい》は玄関《げんかん》で待《ま》っていて、中《なか》に上《あ》がるように目《め》で示《しめ》す。

「こっちよ。」

その家《いえ》は、ファミレスと売店《ばいてん》の建物《たてもの》の陰《かげ》になっているせいで、中《なか》が薄暗《うすぐら》かった。

大石先生《おおいしせんせい》は廊下《ろうか》を歩《ある》き、突《つ》き当《あ》たりにある階段《かいだん》を降《お》りていく。

階段《かいだん》の両側《りょうがわ》の壁《かべ》は、途中《とちゅう》からコンクリートになっていた。

「あなたの知《し》りたいことは、この地下《ちか》にあるの。」

そう言《い》いながら下《した》まで降《お》り、そこにあるドアを開《あ》ける。

中《なか》は真《ま》っ暗《くら》、ひんやりとした空気《くうき》が流《なが》れ出《で》てきた。

「昔《むかし》は貯蔵庫《ちょぞうこ》だったんだけれど、今《いま》は改装《かいそう》して、防音材《ぼうおんざい》を入《い》れて、聖《せい》なる祈《いの》りの部屋《へや》にしてあるのよ。入《はい》って。」

私《わたし》が踏《ふ》みこむと、大石先生《おおいしせんせい》はドアを閉《し》め、電気《でんき》を点《つ》けた。

光《ひかり》がまたたいて、窓《まど》のないコンクリートの部屋《へや》を照《て》らし出《だ》す。

その正面《しょうめん》に古《ふる》いテレビ台《だい》が置《お》かれていて、上《うえ》に厨子《ずし》が載《の》っていた。

よくお寺《てら》の本堂《ほんどう》なんかで見《み》かけるのと同《おな》じの。

ただ1つ違《ちが》うのは、中央《ちゅうおう》にある両開《りょうびら》きの扉《とびら》が開《ひら》いていて、そこになんと、人間《にんげん》の頭蓋骨《ずがいこつ》が置《お》かれていたことっ！

しかも金色《きんいろ》に塗《ぬ》られている。

あの呪《のろ》いの人形《にんぎょう》の中《なか》に入《はい》っていたのと同《おな》じだったけれど、ただサイズが大《おお》きかった。

その隣《となり》には、やはり人形《にんぎょう》の中《なか》に入《はい》っていた芝生《しばふ》のような草《くさ》や使途不明《しとふめい》の道具《どうぐ》、それに人《ひと》の形《かたち》をした紙《かみ》が並《なら》べられている。

「これ、何《なん》ですか？」

私《わたし》が聞《き》くと、大石先生《おおいしせんせい》は、その頭蓋骨《ずがいこつ》に一礼《いちれい》し、両手《りょうて》を合《あ》わせてから答《こた》えた。

「私《わたし》の願《ねが》いを叶《かな》えてくれる祭壇《さいだん》。この世《よ》で最強《さいきょう》の呪術《じゅじゅつ》を探《さが》し続《つづ》けて、この3つに行《ゆ》きついたの。でもあなたの机《つくえ》に置《お》いた人形《にんぎょう》には、呪詛《じゅそ》はかけてない。そこまでしなくてもあれで脅《おど》すだけで学《がっ》校《こう》に来《こ》なくなると思《おも》ったから。美坂薫《みさかかおる》のサポートをやめさせたかったのよ。」

やっぱり！

「私《わたし》の願《ねが》いを叶《かな》えてもらうためには、この3つの呪詛神《じゅそしん》に捧《ささ》げる魂《たましい》が必要《ひつよう》なの。それぞれ1つずつ、合計《ごうけい》3つ。」

私《わたし》は自分《じぶん》を励《はげ》まして祭壇《さいだん》に寄《よ》り、人《ひと》の形《かたち》をした紙《かみ》を手《て》に取《と》った。

そこには、B組《ビーぐみ》の先生《せんせい》たちの名前《なまえ》が書《か》かれていたんだ、上村直樹《うえむらなおき》、中村幸助《なかむらこうすけ》、下村洋治《しもむらようじ》、そして美坂薫《みさかかおる》。

息《いき》を呑《の》んでいると、背後《はいご》で大石先生《おおいしせんせい》が低《ひく》い声《こえ》で笑《わら》った。

「自分《じぶん》の手《て》を汚《よご》したくなくて考《かんが》えていたら、ちょうど村本教諭《むらもときょうゆ》が事故《じこ》で死《し》んで、気《き》がついたの。B組《ビーぐみ》の担任《たんにん》は、相当《そうとう》タフでないと務《つと》まらないって。で、仕事《しごと》を増《ふ》やして、試《ため》しに上村教諭《うえむらきょうゆ》を配属《はいぞく》してみたら、うまくいった。次《つぎ》に中村教諭《なかむらきょうゆ》を担任《たんにん》にして、その次《つぎ》は下村教諭《しもむらきょうゆ》。でも下村《しもむら》は行方不《ゆくえふ》明《めい》になってしまって生死《せいし》がはっきりしないの。それで美坂教諭《みさかきょうゆ》でやり直《なお》そうとしたわけよ。」

無表情《むひょうじょう》な顔《かお》で淡々《たんたん》と話《はな》す大石先生《おおいしせんせい》は、もう普通《ふつう》の人間《にんげん》のようには見《み》えなかった。

まるで何《なに》かが乗《の》り移《うつ》っているみたい。

私《わたし》は息《いき》を呑《の》み、力《ちから》を振《ふ》り絞《しぼ》って聞《き》いてみた。

「そこまでして叶《かな》えたい先生《せんせい》の願《ねが》いって、何《なん》なんですか？」

大石先生《おおいしせんせい》は私《わたし》から視線《しせん》を逸《そ》らせ、祭壇《さいだん》に向《む》ける。

「自分《じぶん》に与《あた》えられた運命《うんめい》から逃《のが》れること。自分《じぶん》を、この運命《うんめい》から解放《かいほう》してもらうこと。」

私《わたし》は、踏《ふ》み出《だ》すようにして言《い》った。

「先生《せんせい》の運命《うんめい》って・・・きっとすごくつらいものだったんですね。そんなこと今《いま》まで全然気《ぜんぜんき》づかなくって・・・すみませんでした。何《なに》か、私《わたし》に力《ちから》になれることがあれば教《おし》えてください。」

大石先生《おおいしせんせい》は、後退《あとずさ》りし始《はじ》めた。

「それは必要《ひつよう》ないわね、無理《むり》だし。」

え？

「美坂教諭《みさかきょうゆ》が３つ目《め》の魂《たましい》を献上《けんじょう》するのも間《ま》もなくだから、私《わたし》の願《ねが》いはすぐ叶《かな》えられる。それにね、ここまで話《はな》したのは、あなたを帰《かえ》す気《き》がないからに決《き》まってるでしょう。」

そう言《い》うなりドアに手《て》を伸《の》ばし、それを開《あ》けて素早《すばや》く外《そと》に出《で》ていった。

わっ！

私《わたし》はあせって、閉《し》まりかけたドアに走《はし》りよる。

でも間《ま》に合《あ》わず、外《そと》から鍵《かぎ》をかける音《おと》がした。

「死《し》ぬまで、そこで過《す》ごしなさい。骨《ほね》になったら、下水《げすい》に流《なが》してあげるからね。」

私《わたし》はドアをドンドン叩《たた》いた。

でも何《なん》の反応《はんのう》もない。

しばらく叩《たた》いていたけれど、手《て》が痛《いた》くなるばかりで、諦《あきら》めるしかなかった。

どうしよう⁉

部屋《へや》を見回《みまわ》すと、祭壇《さいだん》から金《きん》の髑髏《どくろ》がこちらを見《み》ている。

新川《しんかわ》から出《で》た遺体《いたい》は、もしかしてこの部屋《へや》に置《お》かれていたのかもしれない。

体中《からだじゅう》がゾクゾクした。

私《わたし》がここに閉《と》じこめられていることは、誰《だれ》も知《し》らない。

今《いま》に若武《わかたけ》たちがやってきて、私《わたし》がガソリンスタンドに来《き》てないとわかっても、ここだとは思《おも》わないだろう。

だって私《わたし》、何《なん》の痕跡《こんせき》も残《のこ》してこなかったもの。

ああヘンゼルとグレーテルみたいに、何《なに》か道《みち》に落《お》としてくればよかった！

頭《あたま》の中《なか》に、「姿《すがた》を消《け》した中《ちゅう》1生《せい》」という新聞《しんぶん》の見出《みだ》しが浮《う》かぶ。

そばに、自分《じぶん》の写真《しゃしん》が載《の》っているところも。

パパが警察《けいさつ》に届《とど》けて捜査《そうさ》が始《はじ》まっても、大石先生《おおいしせんせい》は本当《ほんとう》のことを言《い》わないだろうし、ここは個《こ》人《じん》の家《いえ》だから、警察《けいさつ》もやたらに立《た》ち入《い》れない。

そしたら私《わたし》は、発見《はっけん》されないままだ。

ああきっと私《わたし》、ここで死《し》んでしまうんだ！

そう思《おも》った時《とき》、首《くび》でシャラッと音《おと》がした。

あ、そういえば、神獣《しんじゅう》のペンダントをしてたんだ！

守《まも》ってもらえる、よかった!!

急《いそ》いで首《くび》に手《て》を回《まわ》し、服《ふく》の下《した》からペンダントを引《ひ》き出《だ》してみた。

ところがっ！

4つのメダルのうちの1つ、白虎《びゃっこ》のメダルがなかった。

あわててペンダントをグルッと回《まわ》し、隅々《すみずみ》まで見《み》てみたけれど、どこにもないっ！

わっ、どっかに落《お》としたんだっ!!

メダルが1つでも欠《か》けると、霊的防御《れいてきぼうぎょ》が崩《くず》れるから気《き》を付《つ》けるようにって言《い》われてたのに・・・。

ああ、もうほんとにダメだ!!

私《わたし》は、その場《ば》にしゃがみこんだ。

ここで、私《わたし》、死《し》んでしまうんだ。

でも正直《しょうじき》なところ、あまり実感《じっかん》が湧《わ》かなかった、何《なに》しろ初《はじ》めてだし。

それであれこれ考《かんが》えていて、死《し》ぬ前《まえ》には遺書《いしょ》を書《か》かなくちゃ、って思《おも》いついたんだ。

言《い》い残《のこ》すこととか、自分《じぶん》の大事《だいじ》なものを誰《だれ》に譲《ゆず》るかとか、遺言《ゆいごん》しないと。

でもペンもメモも持《も》っていなかったし、その部屋《へや》には祭壇《さいだん》以外《いがい》何《なに》もなかった。

私《わたし》は諦《あきら》め、両膝《りょうひざ》を胸《むね》に抱《かか》えこんだ。

心《こころ》に強《つよ》く刻《きざ》みこんでおけば、もしかして霊力《れいりょく》を持《も》っている忍《しのぶ》が復元《ふくげん》してくれるかもしれない。

そう考《かんが》えて、忍《しのぶ》の力《ちから》に期待《きたい》することにし、皆《みな》へのメッセージを用意《ようい》したんだ。

まず真《ま》っ先《さき》に思《おも》いついたのは、KZ《カッズ》メンバーへの遺言《ゆいごん》。

「皆《みんな》と出会《であ》えて、本当《ほんとう》に幸《しあわ》せだったよ、今《いま》までありがとう。」

それから砂原《すなはら》に、「自分《じぶん》の信念《しんねん》を貫《つらぬ》く砂原《すなはら》を尊敬《そんけい》しているよ。」

好《す》きだよって付《つ》け加《くわ》えようかと思《おも》ったけれど、やめておいた。

前《まえ》に勢《いきお》いでそう言《い》ってしまって、ちょっと後悔《こうかい》していたし、それに私《わたし》は死《し》んでいくんだもの。

砂原《すなはら》がそれを聞《き》く時《とき》には、私《わたし》はもういないんだ。

死者《ししゃ》の残《のこ》したメッセージは、永遠《えいえん》に変《か》わらない。

私《わたし》からの「好《す》き」は、砂原《すなはら》の心《こころ》に焼《や》き付《つ》いて、自由《じゆう》を奪《うば》ってしまうだろう。

これから何《なに》をするにしても、砂原《すなはら》はそれを引《ひ》きずっていかなきゃならないんだ。

それじゃ幸《しあわ》せになれっこない。

あ、そうだ、砂原《すなはら》のことを好《す》きだって言《い》ったのは、一瞬《いっしゅん》の気《き》の迷《まよ》いだった、ごめんねって言《い》い残《のこ》そう。

そしたら砂原《すなはら》は私《わたし》を忘《わす》れ、自由《じゆう》に羽《は》ばたいて新《あたら》しい恋《こい》を見《み》つけ、きっと幸《しあわ》せになれるだろう。

よし、砂原《すなはら》は、これで終《お》わり。

次《つぎ》は悠飛《ゆうひ》。

う～んと、「もっと話《はな》したり、小説《しょうせつ》について聞《き》いたりしたかった。悠飛《ゆうひ》の小説《しょうせつ》、大好《だいす》きだったから。これからも書《か》いていってね。きっと作家《さっか》として成功《せいこう》できるよ。それを祈《いの》ってる。」

それから佐田真理子《さたまりこ》。「友《とも》だちになりたかったよ。その時間《じかん》がなくて残念《ざんねん》。」

えっと、パパとママと奈子《なこ》、それに高宮《たかみや》さんにも何《なに》か言《い》い残《のこ》さないと。

私《わたし》がそれらを考《かんが》え始《はじ》めた瞬間《しゅんかん》、ドアがガタンと揺《ゆ》れた。

ビクッとして振《ふ》り向《む》くと、鍵《かぎ》の開《ひら》く音《おと》がし、ゆっくりとノブが回《まわ》り始《はじ》めたんだ。

私《わたし》は思《おも》わず立《た》ち上《あ》がり、息《いき》を詰《つ》めてドアを見《み》つめた。

大石先生《おおいしせんせい》が、何《なに》かしに来《き》たんだろうか。

もしかして私《わたし》をさっさと始末《しまつ》することにしたとか？

私《わたし》は壁際《かべぎわ》まで後退《あとずさ》りし、緊張《きんちょう》しながら身構《みがま》えた。

ドアは音《おと》を立《た》てて少《すこ》しずつ開《ひら》いていく。

やがてその間《あいだ》から、２つの目《め》がのぞいた。

「アーヤ、」

それは翼《たすく》の声《こえ》だった。

「そこにいるの？」

私《わたし》は一気《いっき》に力《ちから》が抜《ぬ》け、その場《ば》に座《すわ》りこんだ。

「いるよ。」

瞬間《しゅんかん》、一気《いっき》にドアが開《あ》き、翼《たすく》を押《お》しのけて若武《わかたけ》が飛《と》びこんできたんだ。

「大丈夫《だいじょうぶ》かっ!?」

その後《うし》ろから上杉君《うえすぎくん》や黒木君《くろきくん》、小塚君《こづかくん》がドヤドヤと入《はい》ってきた。

「アーヤ、無事《ぶじ》でよかった！」

「ごめんね、来《く》るのが遅《おそ》くなって。」

「どっか怪我《けが》してないか？」

若武《わかたけ》が出《だ》した手《て》に、私《わたし》は摑《つか》まって立《た》ち上《あ》がった。

「どうして、ここだってわかったの？」

若武《わかたけ》は片目《かため》をつぶり、親指《おやゆび》でドアの方《ほう》を指《さ》す。

そこには、翼《たすく》がしゃがみこんでいた。

いつになく呆然《ぼうぜん》とした様子《ようす》で、こちらを見《み》ている。

「あんまりにも必死《ひっし》だったんで、アーヤを見《み》つけて気《き》が抜《ぬ》けたらしいぜ。」

黒木君《くろきくん》が笑《わら》ってドアの所《ところ》まで戻《もど》っていき、翼《たすく》を助《たす》け起《お》こした。

「ほら功労者《こうろうしゃ》、しっかりしろ。結構《けっこう》メンタル弱《よわ》いな。それとも・・・」

そう言《い》いながら、意味《いみ》ありげな目《め》を私《わたし》に向《む》ける。

「アーヤだから？」

その瞬間《しゅんかん》に、私《わたし》にはわかった、翼《たすく》は私《わたし》の匂《にお》いを嗅《か》ぎ分《わ》けながらここまで来《き》たんだってことが。

それは、すごく大変《たいへん》だったに違《ちが》いない。

だって、私《わたし》が触《さわ》ったのは売店《ばいてん》のチャームだけ。

それ以外《いがい》のどこにも触《ふ》れなかった。

翼《たすく》は、ただ空中《くうちゅう》に漂《ただよ》っている匂《にお》いだけを頼《たよ》りに、ここにたどり着《つ》いたんだ。

「時間《じかん》になってもアーヤが来《こ》ないんで、若武《わかたけ》がブーブー言《い》ってたらさ、美門《みかど》が言《い》い出《だ》したんだ。ちゃんと来《き》てる、かすかに匂《にお》いがするって。で、それをたどって、この家《いえ》の玄関先《げんかんさき》まで来《き》たら、大石《おおいし》が立《た》ち塞《ふさ》がっててさ。七鬼《なな き》が、ここは俺《おれ》が引《ひ》き受《う》けるって言《い》うから、任《まか》せて、俺《おれ》たちは美門《みかど》の鼻《はな》を頼《たよ》りにこのドアの前《まえ》まで来《き》たんだ。で、」

そこで若武《わかたけ》が片手《かたて》を上《あ》げ、黒木君《くろきくん》の話《はなし》を止《と》めた。

「後《あと》は、俺《おれ》が話《はな》す。」

自分《じぶん》がリーダーであることを目《め》いっぱい強調《きょうちょう》するような気取《きど》った態度《たいど》で、得意《とくい》げに口《くち》を開《ひら》いた。

「もしかして部屋《へや》の中《なか》には、おまえの服《ふく》とか小物《こもの》なんかが置《お》いてあるだけで、本人《ほんにん》はいないってこともあるだろ。つまり俺《おれ》たちを捕《つか》まえるゴキブリホイホイ作戦《さくせん》だ。で、美門《みかど》に、慎重《しんちょう》にやれって指令《しれい》を出《だ》したんだ。」

私《わたし》は若武《わかたけ》のそばを離《はな》れて翼《たすく》に歩《あゆ》み寄《よ》り、その両手《りょうて》を握《にぎ》りしめた。

「ありがと！」

翼《たすく》はじっと私《わたし》を見《み》つめていたけれど、やがてその目《め》に、じわっと涙《なみだ》を滲《にじ》ませた。

「俺《おれ》、もう会《あ》えないかと思《おも》った・・・」

その時《とき》、私《わたし》には、わかったんだ。

生《い》きているってことは、会《あ》えるってことなんだって。

会《あ》って、一緒《いっしょ》の時間《じかん》を過《す》ごせるってことなんだ。

私《わたし》は砂原《すなはら》と会《あ》える、どんなに遠《とお》く離《はな》れていても、生《い》きてさえいれば。

悠飛《ゆうひ》にも会《あ》える、会《あ》って小説《しょうせつ》の話《はなし》をすることができる。

佐田真理子《さたまりこ》とも会《あ》える、今度《こんど》は友《とも》だちになれるかもしれない。

そう考《かんが》えると、今《いま》生《い》きていることがすごくうれしかった。

「翼《たすく》のおかげだよ。」

私《わたし》は、両腕《りょううで》を伸《の》ばして翼《たすく》を抱《だ》きしめた。

「ありがとう！」

翼《たすく》は一瞬《いっしゅん》、ビクッとしたけれど、すぐに力《ちから》を抜《ぬ》いて、静《しず》かに抱《だ》きしめられていた。

それはとても長《なが》い時間《じかん》のようにも、ほんのちょっとの間《あいだ》のようにも思《おも》えた。

やがて黒木君《くろきくん》が言《い》ったんだ。

「感動《かんどう》の対面《たいめん》を遮《さえぎ》って悪《わる》いけど、状況《じょうきょう》を説明《せつめい》してくれる？」

それで私《わたし》は、自分《じぶん》が大石先生《おおいしせんせい》から聞《き》いたことを話《はな》した。

「つまり、」

上杉君《うえすぎくん》が眉根《まゆね》を寄《よ》せる。

「大石《おおいし》は自分《じぶん》の運命《うんめい》から解放《かいほう》されるために、他人《たにん》の迷惑《めいわく》をまったく顧《かえり》みず、こんなことしでかしたってわけか。」

まぁ、そうだけど・・・たぶんすごくつらくって、そうせずにいられなかったんだと思《おも》うよ。

「で、その運命《うんめい》って、具体的《ぐたいてき》にどんなの？」

さぁ。

「肝心《かんじん》のそこ、聞《き》いてねーのか。」

他《ほか》のことを聞《き》くだけで精《せい》いっぱいだったんだよぉ・・・。

「じゃ忍《しのぶ》に期待《きたい》しよう。様子《ようす》を見《み》にいこうぜ。」

若武《わかたけ》が身《み》をひるがえし、地下室《ちかしつ》を飛《と》び出《だ》していく。

皆《みな》でそれに続《つづ》いた。

家《いえ》の中《なか》は静《しず》まり返《かえ》っている。

「静《しず》かだな。」

「まさか、大石《おおいし》にやられちまったとか？」

え、そんなっ！

「七鬼《ななき》、どこだ？」

若武《わかたけ》が声《こえ》を上《あ》げると、ささやくような返事《へんじ》が返《かえ》ってきた。

「こっち。」

玄関《げんかん》の方《ほう》からだった。

「あいつ、さっきの場所《ばしょ》から動《うご》いてないのか。」

「何《なに》やってんだろ？」

「行《い》けばわかるよ。」

私《わたし》たちは、急《いそ》いで玄関《げんかん》に向《む》かった。

そこでは、立《た》ったままの忍《しのぶ》が、ぐったりとした大石先生《おおいしせんせい》を抱《だ》きしめていたのだった。

「静《しず》かに！　霊魂《れいこん》を抜《ぬ》いたんだ。」

は？

「事情《じじょう》を聞《き》きたかったからさ。今《いま》、元《もと》に戻《もど》すから、皆《みんな》、離《はな》れてて。」

私《わたし》たちは呆気《あっけ》にとられ、顔《かお》を見合《みあ》わせた。

「霊魂戻《れいこんもど》すって、どうやんだ？」

「七鬼《なぎ》、頭《あたま》、大丈夫《だいじょうぶ》かよ。」

「ダメかもしんないな。」

忍《しのぶ》はクスッと笑《わら》う。

「抜《ぬ》いた霊魂《れいこん》を還《かえ》すと、元《もと》の状態《じょうたい》に戻《もど》るんだ。俺《おれ》たち、きっと追《お》い散《ち》らされるぜ。先《さき》に逃《に》げといた方《ほう》がいい。特《とく》にアーヤは狙《ねら》われると思《おも》うけど。」

皆《みな》が、一気《いっき》に殺気立《さっきだ》つ。

「来《こ》いっ！」

上杉君《うえすぎくん》が私《わたし》の手首《てくび》を摑《つか》み、引《ひ》っ張《ぱ》って走《はし》り出《だ》した。

「上杉《うえすぎ》っ、てめぇー、それはリーダーの役目《やくめ》だっ！」

若武《わかたけ》が猛然《もうぜん》と追《お》いついてきて、私《わたし》のもう一方《いっぽう》の手《て》を掴《つか》む。

「俺《おれ》がやる。」

「早《はや》いもん勝《が》ちだろ。」

2人《ふたり》で引《ひ》っ張《ぱ》るので、私《わたし》は左右《さゆう》によろけた。

まるで大岡裁《おおおかさば》きに出《で》てくる、実母《じつぼ》と継母《けいぼ》から引《ひ》っ張《ぱ》られる子供《こども》みたいで、もうやめてよと言《い》いたかった。

その時《とき》、後《うし》ろからきた黒木君《くろきくん》がひょいっと手《て》を伸《の》ばして私《わたし》の両脚《りょうあし》を掬《すく》い上《あ》げ、腕《うで》の中《なか》に抱《かか》え上《あ》げたんだ。

「悪《わる》いね、漁夫《ぎょふ》の利《り》だ。」

そのままガソリンスタンドに面《めん》した道路《どうろ》まで走《はし》り、反対側《はんたいがわ》に渡《わた》って私《わたし》を下《お》ろしてくれた。

皆《みな》が追《お》いついてきて、周《まわ》りを取《と》り囲《かこ》む。

私《わたし》はほっとし、それでようやく、今日《きょう》は来《こ》ないはずの小塚君《こづかくん》がここにいるのを不思議《ふしぎ》に思《おも》った。

「骨《ほね》を調《しら》べるって言《い》ってなかった？」

小塚君《こづかくん》は、うれしそうにニッコリ笑《わら》う。

「思《おも》ったより早《はや》く終《お》わったんだ。」

とても無邪気《むじゃき》な笑顔《えがお》で、私《わたし》は思《おも》わず、お腹《なか》がいっぱいになった丸々《まるまる》の赤《あか》ちゃんを連想《れんそう》してしまった。

「お、来《き》たぞ。」

道路《どうろ》の向《む》こうから忍《しのぶ》が、こちらに駆《か》け寄《よ》ってくる。

「どうだった？」

若武《わかたけ》が聞《き》くと、忍《しのぶ》は顔《かお》をしかめた。

「あの霊魂《れいこん》、口下手《くちべた》でさ、」

個性《こせい》あるんだ、霊魂《れいこん》って。

「さっさとしゃべらないんだ。前《まえ》にも言《い》ったけど、きっと幼《おさな》いんだと思《おも》う。人間《にんげん》の実年齢《じつねんれい》と、霊《れい》魂《こん》の年齢《ねんれい》は別《べつ》だからさ。時間《じかん》をかければ何《なん》とかなると思《おも》うけど、今《いま》の段階《だんかい》では、断片的《だんぺんてき》な言葉《ことば》しか聞《き》き取《と》れなかった。お母《かあ》さんのバカ、校長《こうちょう》になりたい、古墳《こふん》の祟《たた》り、の3つだ。」

私《わたし》は、頭《あたま》を抱《かか》えこみたい気分《きぶん》だった。

だってその3つって、全然《ぜんぜん》つながらないよ。

「この3つは、大石《おおいし》の魂《たましい》の根底《こんてい》にある強《つよ》い声《こえ》だ。これを組《く》み立《た》てれば、今回《こんかい》の行動《こうどう》の謎《なぞ》が解《と》けるはず。」

と言《い》われても、う〜ん、それはいったい何《なに》っ!?

29　KZ《カッズ》、渾身《こんしん》の推理《すいり》

途方《とほう》に暮《く》れたのは、私《わたし》ばかりではなかった。

皆《みな》が黙《だま》りこみ、その場《ば》がシーンと静《しず》まり返《かえ》る。

「あ、大石《おおいし》の家《いえ》の中《なか》のどこかに遺体《いたい》が置《お》かれていたことは、ちゃんと確認《かくにん》したよ。」

忍《しのぶ》だけが元気《げんき》で、ひたすら陽気《ようき》。

「本体《ほんたい》はもうないようだったけれど、家《いえ》の中全体《なかぜんたい》に強《つよ》い気配《けはい》が残《のこ》っていた。遺体《いたい》っていうより、もう骨《ほね》だったけどね。」

やっぱ、あの地下室《ちかしつ》にあったのかもしれない。

そう考《かんが》えて私《わたし》は、改《あらた》めてゾッとした。

「黒木《くろき》、」

上杉君《うえすぎくん》が静《しず》かに口《くち》を開《ひら》く。

「B組《ビーぐみ》の担任《たんにん》を2人《ふたり》にする案《あん》に反対《はんたい》したのが大石愛子《おおいしあいこ》だってわかった時点《じてん》で、おまえ、大石《おおいし》のプロフィル調《しら》べてる？」

黒木君《くろきくん》は平然《へいぜん》と眉《まゆ》を上《あ》げた。

「当然《とうぜん》だろ。」

スマートフォンを出《だ》し、操作《そうさ》して情報《じょうほう》を呼《よ》び出《だ》す。

「えっと大石《おおいし》が生《う》まれたのは、」

上杉君《うえすぎくん》が、待《ま》ちきれないといった性急《せいきゅう》さでその声《こえ》を遮《さえぎ》った。

「もしかして岡山市《おかやまし》か？」

黒木君《くろきくん》は画面《がめん》から顔《かお》を上《あ》げる。

「ご名答《めいとう》！　大石愛子《おおいしあいこ》は岡山市《おかやまし》生《う》まれだ。なんでわかった？」

上杉君《うえすぎくん》は、細心《さいしん》の注意《ちゅうい》を必要《ひつよう》とする場所《ばしょ》に分《わ》け入《い》っていこうとしているかのような顔《かお》つきになった。

「今《いま》、思《おも》い出《だ》した。うちの親《おや》のとこに来《き》てる医学系《いがくけい》の雑誌《ざっし》に、古墳《こふん》の祟《たた》り!?　っていう記事《きじ》が載《の》ってたんだ。」

古墳《こふん》の祟《たた》りって、大石先生《おおいしせんせい》の霊魂《れいこん》が言《い》った言葉《ことば》の1つだよね。

「その古墳《こふん》の祟《たた》りの場所《ばしょ》が、岡山市《おかやまし》。」

わ、重《かさ》なってきた！

「岡山《おかやま》には、古墳《こふん》が多《おお》いんだ。」

小塚君《こづかくん》が口《くち》を挟《はさ》む。

「特《とく》に岡山市《おかやまし》から西《にし》に広《ひろ》がる地域《ちいき》は、昔《むかし》、吉備国《きびのくに》と呼《よ》ばれた所《ところ》の一部《いちぶ》で、日本最古級《にほんさいこきゅう》の前方後円墳《ぜんぽうこうえんふん》や古墳群《こふんぐん》がある。自宅《じたく》の裏手《うらて》に小《ちい》さな山《やま》があると思《おも》っていたら実《じつ》は古墳《こふん》だったっていう話《はなし》があるくらい、市民《しみん》にとって身近《みぢか》なものなんだ。古事記《こじき》や日本書紀《にほんしょき》にもたくさんの描写《びょうしゃ》が出《で》てくるしね。」

翼《たすく》が黙《だま》っていられないといったように身《み》を乗《の》り出《だ》した。

「御伽話《おとぎばなし》に、桃太郎《ももたろう》ってあるでしょ。あの伝説《でんせつ》も、岡山《おかやま》で生《う》まれたって説《せつ》が有力《ゆうりょく》なんだよ。」

へえ。

「桃太郎《ももたろう》に出《で》てくるキビダンゴは、吉備国《きびのくに》の団子《だんご》って意味《いみ》だって。」

大石先生《おおいしせんせい》って、由緒《ゆいしょ》ある土地《とち》で生《う》まれたんだね。

「上杉《うえすぎ》、その雑誌《ざっし》に載《の》ってた古墳《こふん》の祟《たた》りって記事《きじ》、具体的《ぐたいてき》に何《なに》？」

黒木君《くろきくん》に聞《き》かれて、上杉君《うえすぎくん》は腕《うで》を組《く》み、壁《かべ》に寄《よ》りかかった。

「岡山市《おかやまし》の木下古墳《きのしたこふん》の近辺《きんぺん》で、奇病《きびょう》が発生《はっせい》しているって内容《ないよう》だ。地元《じもと》では、古墳《こふん》の祟《たた》りと言《い》われてるらしい。」

黒木君《くろきくん》が、パチンと指《ゆび》を鳴《な》らす。

「大石《おおいし》の生家《せいか》は、その木下古墳《きのしたこふん》のそばだ。」

私《わたし》は、コクンと息《いき》を呑《の》んだ。

じゃ大石先生《おおいしせんせい》の言《い》ってた祟《たた》りって、奇病《きびょう》のことなの？

「奇病《きびょう》って何《なに》？」

小塚君《こづかくん》に聞《き》かれ、私《わたし》は言葉《ことば》だけを説明《せつめい》した。

「奇妙《きみょう》な病気《びょうき》の略《りゃく》。珍《めずら》しくて、原因不明《げんいんふめい》の病気《びょうき》のことだよ。具体的《ぐたいてき》にはいろいろだけど・・・」

そう言《い》いながら上杉君《うえすぎくん》に目《め》を向《む》け、話《はなし》を引《ひ》き継《つ》いでもらったんだ。

「木下古墳《きのしたこふん》の近辺《きんぺん》で奇病《きびょう》と言《い》われてるのは、胃《い》の激痛《げきつう》や嘔吐《おうと》、下痢《げり》などの消化器系障害《しょうかきけいしょうがい》。腎臓《じんぞう》をやられてる人間《にんげん》もいるらしい。多数《たすう》の住民《じゅうみん》が同《おな》じ症状《しょうじょう》を訴《うった》えてるんだ。」

翼《たすく》が怪訝《けげん》な表情《ひょうじょう》になる。

「で、真相《しんそう》は？」

上杉君《うえすぎくん》は、軽《かる》く首《くび》を横《よこ》に振《ふ》った。

「総合的《そうごうてき》な調査《ちょうさ》はこれから。雑誌《ざっし》によれば、症状《しょうじょう》からして無機水銀中毒《むきすいぎんちゅうどく》が疑《うたが》われているらしい。このあたりは井戸水《いどみず》を使《つか》ってる家《いえ》も多《おお》いってことだから、水《みず》が汚染《おせん》されてるんじゃないかな。水《すい》銀《ぎん》なら毛髪《もうはつ》に出《で》るから、検査《けんさ》が始《はじ》まれば一発《いっぱつ》でわかる。でも古墳《こふん》の近辺《きんぺん》っていう話《はなし》だからさ、独《どく》特《とく》の風土病《ふうどびょう》かもしれない。」

ん、古墳《こふん》って古《ふる》いものだもんね、ありそう。

「古墳《こふん》に起因《きいん》する風土病《ふうどびょう》なんて、ないよ。」

小塚君《こづかくん》がきっぱりと言《い》った。

「古墳《こふん》から出土《しゅつど》する副葬品《ふくそうひん》にも、水銀《すいぎん》の入《はい》ったものはこれまでなかった。原因《げんいん》は、おそらく古墳《こふん》じゃないと思《おも》う。」

じゃやっぱり祟《たた》り？

「古墳《こふん》は、墓《はか》だからさ、」

忍《しのぶ》が興味津々《きょうみしんしん》の様子《ようす》で口《くち》を開《ひら》く。

「祟《たた》るってありえないけど、ほんとなら超《ちょう》おもしれー。」

若武《わかたけ》が両手《りょうて》を上《あ》げ、私《わたし》たちをにらみ回《まわ》した。

「諸君《しょくん》、勝手《かって》にくっちゃべるのはやめるんだ。話《はなし》が進《すす》まん。黒木《くろき》、大石《おおいし》のプロフィルの続《つづ》きを。」

黒木君《くろきくん》は、再《ふたた》びスマートフォンに視線《しせん》を落《お》とす。

「父親《ちちおや》は、すでに死亡《しぼう》。母親《ははおや》は現在《げんざい》、岡山市内《おかやましない》の病院《びょういん》に入院中《にゅういんちゅう》。どうも古墳《こふん》の祟《たた》りによる奇病《きびょう》らしい。大石本人《おおいしほんにん》は大学《だいがく》を卒業《そつぎょう》して教職《きょうしょく》に就《つ》き、その後《ご》、ガソリンスタンド経営者《けいえいしゃ》の息子《むすこ》である今《いま》の夫《おっと》と結婚《けっこん》した。」

若武《わかたけ》の目《め》に、慎重《しんちょう》な光《ひかり》が瞬《またた》く。

「整理《せいり》しようぜ。大石《おおいし》は、自分《じぶん》に与《あた》えられた運命《うんめい》から逃《のが》れたくて今回《こんかい》の呪詛事件《じゅそじけん》を起《お》こした。その運命《うんめい》とは何《なん》だ。ヒントは、お母《かあ》さんのバカ、校長《こうちょう》になりたい、古墳《こふん》の祟《たた》りの３つだ。」

小塚君《こづかくん》が、はっとしたような声《こえ》を上《あ》げる。

「そうか、古墳《こふん》なんだ！」

若武《わかたけ》がイラッとした顔《かお》で、小塚君《こづかくん》の胸元《むなもと》を小突《こづ》いた。

「おい、さっきからずっと古墳《こふん》の話《はなし》をしてるんだろうが。おもしろくないボケ方《かた》すんな。」

小塚君《こづかくん》は顔《かお》を真《ま》っ赤《か》にし、珍《めずら》しく抵抗《ていこう》した。

「そうじゃないよ。例《れい》の古《ふる》い骨《ほね》と古墳《こふん》が今《いま》、僕《ぼく》の中《なか》で合致《がっち》したんだ。」

古《ふる》い骨《ほね》と古墳《こふん》？

「僕《ぼく》、骨《ほね》の罅《ひび》を調《しら》べてたろ。その中《なか》に入《はい》ってたのは、土《つち》じゃなくて苔《こけ》だった。」

へえ、苔《こけ》なんだ。

「特殊《とくしゅ》な環境《かんきょう》でしか生《は》えない苔《こけ》で、しかも生長《せいちょう》に時間《じかん》がかかるタイプ。それがびっしりと罅《ひび》の中《なか》に生《は》えていたんだ。いったいどこで骨《ほね》の中《なか》に入《はい》ったんだろうって不思議《ふしぎ》だったんだけれど、古墳《こふん》の環境《かんきょう》を考《かんが》えてみれば、ピッタリだ。あの骨《ほね》は4~5世紀《せいき》のものだから、その頃《ころ》、古墳《こふん》に埋葬《まいそう》された人間《にんげん》のなんだよ。埋葬《まいそう》されて以降《いこう》ずっと古墳《こふん》の中《なか》にあったとすれば、あれだけ苔《こけ》が生長《せいちょう》したのも頷《うなず》ける。」

私《わたし》たちは言葉《ことば》を呑《の》み、顔《かお》を見合《みあ》わせた。

「古《ふる》い骨《ほね》は、木下古墳《きのしたこふん》にあった。そして新川《しんかわ》から発見《はっけん》された。新川《しんかわ》には、あのガススタの排水《はいすい》が流《なが》れこんでいた。ガススタは大石《おおいし》の家《いえ》で、木下古墳《きのしたこふん》は大石《おおいし》の実家《じっか》のすぐ近《ちか》くだ。となると、古《ふる》い骨《ほね》を流《なが》したのは大石《おおいし》くさいよな。実家近《じっかちか》くの古墳《こふん》から持《も》ち出《だ》してきて、今《いま》の家《いえ》の下水《げすい》に流《なが》した。」

「ん、決《き》まりでしょ。」

「木下古墳《きのしたこふん》は、立《た》ち入《い》り可能《かのう》な古墳《こふん》だ。しようと思《おも》えばできる。けど、何《なん》のためにそんなことを?」

う~ん、わからないっ!

「この謎《なぞ》を解《と》くキーワードは、お母《かあ》さんのバカ、校長《こうちょう》になりたい、古墳《こふん》の祟《たた》りの3つだ。」

若武《わかたけ》の声《こえ》を聞《き》きながら、私《わたし》はそれらをつなげたり、順番《じゅんばん》を変《か》えたりしてみた。

でも依然《いぜん》として、わからないっ!

「古《ふる》い骨《ほね》だけを考《かんが》えててもダメだ。新川《しんかわ》には、新《あたら》しい骨《ほね》や髪《かみ》もあった。それはおそらく大石《おおいし》の家《いえ》に置《お》かれていて、今《いま》はもう置《お》かれてないものだ。大石《おおいし》が流《なが》した可能性《かのうせい》は、相当高《そうとうたか》い。」

私《わたし》は、3つのキーワードに新《あたら》しい骨《ほね》や髪《かみ》を加《くわ》えて考《かんが》えてみた。

でもそうすると、ますます、わけがわからなくなってくるのだった、う〜む。

「バラして考《かんが》えよう。」

黒木君《くろきくん》が提案《ていあん》した。

「お母《かあ》さんのバカ、は、母親《ははおや》が何《なに》かをし、それを強《つよ》く恨《うら》んでいる言葉《ことば》だ。校長《こうちょう》になりたい、は、今副校長《いまふくこうちょう》である大石《おおいし》の切実《せつじつ》な願《ねが》い。出世《しゅっせ》したいんだろう。この2つは結《むす》びつくよ。校長《こうちょう》になりたいと思《おも》っている大石《おおいし》の希望《きぼう》を打《う》ち砕《くだ》くようなことを母親《ははおや》がしたんだ。だからお母《かあ》さんのバカ。」

なるほど。

「だが古墳《こふん》の祟《たた》り、がわからないな。母親《ははおや》は、その奇病《きびょう》にやられて入院中《にゅういんちゅう》だけど、大石《おおいし》も同《おな》じ病《びょう》気《き》にかかってるってことか？」

だったら呪《のろ》いの祭壇《さいだん》なんか作《つく》ってないで、さっさと病院《びょういん》に行《い》った方《ほう》がいいと思《おも》うけど。

「いや、こうじゃね？」

上杉君《うえすぎくん》が、冷《ひ》ややかなその目《め》に皮肉《ひにく》な笑《え》みを浮《う》かべる。

「奇病《きびょう》が発生《はっせい》し、古墳《こふん》の祟《たた》りという噂《うわさ》が立《た》って調査《ちょうさ》が行《おこな》われることになった。」

ふむ。

「だが古墳《こふん》の調査《ちょうさ》が実行《じっこう》されると、大石《おおいし》は校長《こうちょう》になれないかもしれない。」

その理由《りゆう》は？

「なぜなら古墳《こふん》の中《なか》には、俺《おれ》たちが新川《しんかわ》で発見《はっけん》した骨《ほね》や髪《かみ》、つまり遺体《いたい》が隠《かく》してあったからだ。それをやったのは大石《おおいし》の母親《ははおや》で、バレると大石《おおいし》の評判《ひょうばん》に傷《きず》がつく。だからお母《かあ》さんのバカ。」

ふ〜む。

「現在《げんざい》、母親《ははおや》は奇病《きびょう》で入院中《にゅういんちゅう》だ。それで大石《おおいし》は、調査《ちょうさ》が始《はじ》まる前《まえ》にそれを運《はこ》び出《だ》して自宅《じたく》に持《も》ち帰《かえ》った。その作業中《さぎょうちゅう》に、古墳《こふん》に埋葬《まいそう》されていた古《ふる》い骨《ほね》の欠片《かけら》が交《ま》じりこんだ。大石《おおいし》はそれに気《き》づかずに、一緒《いっしょ》に持《も》ってきた。」

あ、古《ふる》い骨《ほね》がすごく小《ちい》さかったのは、欠片《かけら》だったからだね。

「そして証拠隠滅《しょうこいんめつ》のために少《すこ》しずつ下水《げすい》に流《なが》した。」

納得《なっとく》！

「大石《おおいし》は、自分《じぶん》のせいでもないのにこんな事件《じけん》に巻《ま》きこまれた今《いま》の運命《うんめい》から解放《かいほう》されたかった。そう考《かんが》えれば、全部《ぜんぶ》がつながるだろ。」

ほんとだ、お見事《みごと》!

「よし、結論《けつろん》は出《で》たな。」

私《わたし》たちは、いっせいに頷《うなず》いた。

ところが忍《しのぶ》だけが、同意《どうい》しなかったんだ。

「まだ出《で》てない。」

そう言《い》って、絶対譲《ぜったいゆず》れないというような顔《かお》で私《わたし》たちを見《み》た。

「奇病《きびょう》の正体《しょうたい》が、はっきりしてないじゃないか。俺的《おれてき》には、すごく気《き》になる。」

若武《わかたけ》が溜《た》め息《いき》をついた。

「それ、今回《こんかい》の事件《じけん》とは関係《かんけい》ないだろ。おまえ的《てき》なことは、この際《さい》どうでもいい。1人《ひとり》で勝手《かって》に解決《かいけつ》しろ。」

忍《しのぶ》は不貞腐《ふてくさ》れ、フンと横《よこ》を向《む》く。

その肩《かた》を黒木君《くろきくん》が抱《だ》き寄《よ》せた。

「さっき出《で》た結論《けつろん》は、推測《すいそく》と情況証拠《じょうきょうしょうこ》の上《うえ》に成《な》り立《た》っている。決定的《けっていてき》な証拠《しょうこ》を摑《つか》まないとダメだよ。その遺体《いたい》は誰《だれ》のもので、大石《おおいし》もしくは母親《ははおや》はそれとどう関《かか》わっているのか、その動機《どうき》は何《なん》だったのか、とかさ。」

上杉君《うえすぎくん》が、片手《かたて》で眼鏡《めがね》の中央《ちゅうおう》を押《お》し上《あ》げた。

「調査《ちょうさ》するには、岡山《おかやま》に行《い》く必要《ひつよう》があるだろ。俺《おれ》、行《い》ってきてもいいぜ。奇病《きびょう》にも興味《きょうみ》あるし。新幹線《しんかんせん》で3時間《じかん》ちょっとだから、日帰《ひがえ》りできる。」

忍《しのぶ》が顔《かお》を輝《かがや》かせ、拳《こぶし》を突《つ》き上《あ》げた。

「俺《おれ》も行《い》く。古墳《こふん》の祟《たた》り、マジ調《しら》べたい。」

小塚君《こづかくん》もうれしそうな表情《ひょうじょう》になった。

「僕《ぼく》も。古墳《こふん》の中《なか》に入《はい》って、あの苔《こけ》の生態《せいたい》を直《じか》に見《み》たい。」

黒木君《くろきくん》がクスッと笑《わら》って片手《かたて》を上《あ》げる。

「俺《おれ》もだ。ラストはきちっとキメたいタイプ。」

それで賛成《さんせい》が4票《ひょう》になった。

若武《わかたけ》が、いかにも面倒《めんどう》そうな顔《かお》になる。

「しょうがないな。じゃ今度《こんど》の土曜日《どようび》、岡山《おかやま》に調査《ちょうさ》に行《い》こう。美門《みかど》は？」

聞《き》かれて、翼《たすく》は軽《かる》く頷《うなず》いた。

「行《い》ってもいいよ。岡山《おかやま》は、桃太郎伝説《ももたろうでんせつ》の場所《ばしょ》だってさっき言《い》ったけど、桃太郎《ももたろう》っていうのは、実《じつ》は第《だい》7代孝霊天皇《だいこうれいてんのう》の皇子《おうじ》の吉備津彦命《きびつひこのみこと》、同行《どうこう》した犬《いぬ》は犬飼健命《いぬかいたけるのみこと》という人物《じんぶつ》で、これは昭和《しょうわ》の総理大臣《そうりだいじん》で暗殺《あんさつ》された犬養毅《いぬかいつよし》の先祖《せんぞ》だったと言《い》われてるんだ。その舞台《ぶたい》になった鬼《き》ノ城《じょう》という城《しろ》も現存《げんそん》してるし、見《み》てみたい。」

翼《たすく》が、意外《いがい》にも古代史《こだいし》に詳《くわ》しいことに、私《わたし》はびっくり！

考《かんが》えてみれば、ＫＺ《カッズ》には今《いま》まで歴史《れきし》の専門家《せんもんか》がいなくて、シャリの小塚君《こづかくん》がカバーしてきたんだ。

でも歴史《れきし》は、事件《じけん》に関《かか》わることが多《おお》い。

これって、翼《たすく》の新《あたら》しい役目《やくめ》かもね。

「アーヤは？」

私《わたし》は、すごく行《い》きたかった。

桃太郎伝説《ももたろうでんせつ》が、どういう史実《しじつ》から生《う》まれてきたのか、とても興味《きょうみ》があったんだ。

今度《こんど》の土曜日《どようび》は、休校日《きゅうこうび》だったしね。

けれど、家《いえ》でなんて言《い》われるかわからなかったから、聞《き》いてみるとしか言《い》えなかった。

ああ自分《じぶん》の意思《いし》で自分《じぶん》の行動《こうどう》を決定《けってい》できる皆《みんな》が、羨《うらや》ましい。

これは、私《わたし》が女子《じょし》だからかな、それとも両親《りょうしん》の考《かんが》え方《かた》の問題《もんだい》だろうか、う―ん・・・。

30 古墳《こふん》の上《うえ》に何《なに》がある？

「え、友《とも》だちと日帰《ひがえ》り旅行《りょこう》に行《い》きたい？　そんなのダメに決《き》まってるでしょ。」

ママは、あっさり拒否《きょひ》。

私《わたし》がガッカリしていると、そこにパパが帰《かえ》ってきて、事情《じじょう》を聞《き》いてくれた。

「ああ、そういう話《はなし》か。一緒《いっしょ》に行《い》くのは、どんな子《こ》たちなんだい？」

私《わたし》は、強調《きょうちょう》した。

メンバーは全員《ぜんいん》、私《わたし》より成績《せいせき》のいい秀明《しゅうめい》っ子《こ》たちで、しかも目的《もくてき》は観光《かんこう》じゃなくて古墳《こふん》や桃太《ももた》郎伝説《ろうでんせつ》について調《しら》べることで、朝早《あさはや》く出発《しゅっぱつ》すれば、夕方《ゆうがた》の秀明《しゅうめい》の授業《じゅぎょう》までには帰《かえ》ってこられると。

まぁ多少《たしょう》、事実《じじつ》から遠《とお》い部分《ぶぶん》もあったけれど、ね。

「よし、じゃ行《い》っておいで。中学時代《ちゅうがくじだい》には、いろいろな経験《けいけん》をすることも勉強《べんきょう》のうちだからね。」

わーいっ！

ものすごくうれしかった。

＊

その日《ひ》、私《わたし》たちは、新幹線《しんかんせん》のホームで待《ま》ち合《あ》わせ、一緒《いっしょ》に電車《でんしゃ》に乗《の》った。

3人掛《にんが》けのシートを向《む》かい合《あ》わせ、若武《わかたけ》は肘掛《ひじか》けに腰《こし》かけて、皆《みな》でこの事件《じけん》についての事実《じじつ》を把握《はあく》し直《なお》し、調査《ちょうさ》ポイントを絞《しぼ》ったり、調査場所《ちょうさばしょ》の位置《いち》を確認《かくにん》したりしたんだ。

もちろん周《まわ》りの乗客《じょうきゃく》に迷惑《めいわく》をかけないよう、小《ちい》さな声《こえ》で話《はな》したよ。

「アーヤ、これまでの経過《けいか》を読《よ》み上《あ》げ、今後《こんご》の方針《ほうしん》をまとめて発表《はっぴょう》してくれ。」

若武《わかたけ》に言《い》われて、私《わたし》はノートを開《ひら》いた。

「今回《こんかい》の事件《じけん》は、浜田高校付属中学《はまだこうこうふぞくちゅうがく》の担任《たんにん》が、次々《つぎつぎ》と倒《たお》れるというブラック教室事件《きょうしつじけん》で始《はじ》まりました。またガソリンスタンドの洗面所《せんめんじょ》で落《お》とした指輪《ゆびわ》が新川《しんかわ》で発見《はっけん》されるという謎《なぞ》の指輪事件《ゆびわじけん》も発生《はっせい》。その後《ご》、新川《しんかわ》からは人骨《じんこつ》と髪《かみ》も発見《はっけん》され、殺人事件《さつじんじけん》の疑《うたが》いが浮上《ふじょう》しました。また中《ちゅう》1の立花彩《たちばなあや》が呪《のろ》いの人形《にんぎょう》で脅《おど》されるという呪《のろ》いの人形事件《にんぎょうじけん》も起《お》こり、我々《われわれ》KZ《カッズ》は、この4つの調査《ちょうさ》に忙殺《ぼうさつ》されてきたのです。」

皆《みな》が、賛同《さんどう》の大《おお》きな息《いき》をついた。

「その結果《けっか》、これらは浜田高校付属中学《はまだこうこうふぞくちゅうがく》の副校長大石愛子《ふくこうちょうおおいしあいこ》が、自分《じぶん》の運命《うんめい》を変《か》えたいと願《ねが》ったことから始《はじ》まったものではないかとの推論《すいろん》に到《いた》りました。大石《おおいし》の母親《ははおや》は、古墳《こふん》の中《なか》に誰《だれ》かの遺体《いたい》を隠《かく》しており、大石《おおいし》は古墳《こふん》の調査《ちょうさ》でそれが発覚《はっかく》するのを恐《おそ》れ、持《も》ち出《だ》して家《いえ》の下水道《げすいどう》に流《なが》した。ところが水道局《すいどうきょく》の手違《てちが》いで遺体《いたい》は新川《しんかわ》に流《なが》れ出《で》てしまった。そうとは知《し》らない大石《おおいし》は、自分《じぶん》の運命《うんめい》を変《か》えるために、3種類《しゅるい》の呪詛神《じゅそしん》を祭《まつ》った祭壇《さいだん》を作《つく》りました。その呪詛《じゅそ》には3つの魂《たましい》が必要《ひつよう》だったので、同《おな》じ学校《がっこう》の教師《きょうし》たちを死《し》に追《お》いやり、教師《きょうし》に手《て》を貸《か》そうとした立花彩《たちばなあや》を脅《おど》し、かつ自宅《じたく》の地下《ちか》に閉《と》じこめた、以上《いじょう》が経過《けいか》です。これから調査《ちょうさ》しなければならないことは、古墳《こふん》の中《なか》にあったと思《おも》われる遺体《いたい》は誰《だれ》のものなのか。どういう理由《りゆう》でそこに置《お》かれたのか。大石《おおいし》の母親《ははおや》は、それとどう関係《かんけい》しているのか。奇病《きびょう》はなぜ発生《はっせい》したのか。それは本当《ほんとう》に古墳《こふん》の祟《たた》りなのか、以上《いじょう》です。」

若武《わかたけ》が頷《うなず》き、いつも通《どお》りにテキパキと指示《しじ》を出《だ》す。

「3つに分《わ》かれよう。第《だい》1チームは小塚《こづか》と七鬼《ななき》、古墳《こふん》の中《なか》に入《はい》り、遺体《いたい》および加害者《かがいしゃ》の手《て》がかりを集《あつ》める。第《だい》2チームは黒木《くろき》と美門《みかど》、病院《びょういん》で大石《おおいし》の母親《ははおや》に接触《せっしょく》し、事情《じじょう》を探《さぐ》る。第《だい》3チームは俺《おれ》と上杉《うえすぎ》、アーヤ、奇病《きびょう》の調査《ちょうさ》だ。」

岡山《おかやま》の駅《えき》に着《つ》くと、私《わたし》たちは吉備線《きびせん》、別名《べつめい》を桃太郎線《ももたろうせん》という長閑《のどか》な電車《でんしゃ》に乗《の》り替《か》えて、木下古《きのしたこ》墳《ふん》へ。

「スマホの情報《じょうほう》によれば、途中《とちゅう》の駅《えき》にレンタル自転車《じてんしゃ》がある。サイクリングで行《い》こうぜ。」

若武《わかたけ》が言《い》い、３つ目《め》の駅《えき》で降《お》りて自転車《じてんしゃ》を借《か》り、皆《みな》で走《はし》らせた。

あたりは平地《へいち》で、いたるところに山《やま》のような古墳《こふん》が見《み》える。

空気《くうき》がきれいで、風《かぜ》が気持《きも》ちよくて、これから自分《じぶん》が調査《ちょうさ》に行《い》こうとしていることなど忘《わす》れてしまいそうだった。

「ここで分《わ》かれよう。」

木下古墳《きのしたこふん》という案内板《あんないばん》が出《で》ている所《ところ》で若武《わかたけ》が自転車《じてんしゃ》を止《と》め、片足《かたあし》を地面《じめん》に突《つ》いた。

「古墳《こふん》の出入《でい》り口《ぐち》は、この先《さき》だ。病院《びょういん》は反対方向《はんたいほうこう》。第《だい》1、第《だい》2チーム、成功《せいこう》を祈《いの》る。終《お》わったらここに集合《しゅうごう》だ。GO《ゴー》っ！」

小塚君《こづかくん》たちと黒木君《くろきくん》たちが左右《さゆう》に分《わ》かれて走《はし》り出《だ》し、私《わたし》と若武《わかたけ》、上杉君《うえすぎくん》が残《のこ》った。

「上杉先生《うえすぎせんせい》、どう調査《ちょうさ》する？」

若武《わかたけ》が聞《き》くと、上杉君《うえすぎくん》は組《く》んだ両腕《りょううで》を自転車《じてんしゃ》のハンドルに載《の》せ、前《まえ》かがみになった。

「奇病《きびょう》の症状《しょうじょう》から考《かんが》えて、おそらく無機水銀中毒《むきすいぎんちゅうどく》で間違《まちが》いないと思《おも》う。つまり木下古墳《きのしたこふん》の近《ちか》くで無機水銀《むきすいぎん》が垂《た》れ流《なが》しになってて、土《つち》に染《し》みこみ、井戸水《いどみず》に混《ま》じりこんでるんだ。垂《た》れ流《なが》しの元凶《げんきょう》を捜《さが》せばいい。」

若武《わかたけ》がスマートフォンで地図《ちず》を呼《よ》び出《だ》す。

「無機水銀《むきすいぎん》を扱《あつか》ってるのって、工場《こうじょう》か？」

上杉君《うえすぎくん》も自分《じぶん》のスマートフォンを出《だ》した。

「医療用《いりょうよう》の器具《きぐ》を作《つく》ってる会社《かいしゃ》かもしれん。」

2人《ふたり》で検索《けんさく》していて、やがて2人同時《ふたりどうじ》に顔《かお》を上《あ》げた。

「ダメだ。」

「1件《けん》もねーな。」

じゃ無機水銀《むきすいぎん》は、どこから流《なが》れ出《で》ているの？

「無機水銀《むきすいぎん》じゃねーとか？」

若武《わかたけ》の言葉《ことば》で、上杉君《うえすぎくん》は目《め》に怒《いか》りを含《ふく》んだ。

「だったら、他《ほか》に何《なに》があんだよ。」

わっ、ここで仲間割《なかまわ》れはやめてよ、3人《にん》しかいないのに。

「古墳《こふん》を歩《ある》いてみようよ。何《なに》か見《み》つかるかもしれないし。」

私《わたし》がそう言《い》うと、上杉君《うえすぎくん》はギョッとしたような顔《かお》になった。

「おいマジか。この古墳《こふん》、超《ちょう》デカいんだぞ。後《うし》ろの方《ほう》は山《やま》に続《つづ》いていて、ほとんど渾然一体化《こんぜんいったいか》してるし。」

山《やま》と混《ま》じり合《あ》ってるんだ、すごい。

「しかたね。」

若武《わかたけ》が脚《あし》を回《まわ》して自転車《じてんしゃ》から降《お》り、サイドスタンドを立《た》てた。

「俺《おれ》たちのチームだけが何《なん》の成果《せいか》も上《あ》げられなかったら、他《ほか》のチームに示《しめ》しがつかん。とりあえず古墳《こふん》の上《うえ》まで行《い》ってみよう。」

さっさと歩《ある》き出《だ》し、古墳《こふん》に上《のぼ》っていく。

それで私《わたし》と上杉君《うえすぎくん》も、後《あと》に続《つづ》いたんだ。

古墳《こふん》の上《うえ》は平《たい》らで、森《もり》の中《なか》みたい。

今《いま》、この下《した》で小塚君《こづかくん》と忍《しのぶ》が調査《ちょうさ》をしてるんだと思《おも》うと、足《あし》でトントンと地面《じめん》を叩《たた》いて、頑張《がんば》ってねと信号《しんごう》を送《おく》りたくなった。

「ただの古墳《こふん》だな。それらしきものは、なんもねーし。」

やがて地面《じめん》がこんもりと盛《も》り上《あ》がってくる。

そこを歩《ある》きながら、上杉君《うえすぎくん》がつぶやいた。

「あれ、もしかして・・・」

スマートフォンを出して何《なに》やら調《しら》べ始《はじ》め、歩《ある》きスマホ状態《じょうたい》で私《わたし》たちについてくる。

「おい上杉《うえすぎ》、それやめな。危《あぶ》ねーだろ。」

若武《わかたけ》に言《い》われても、てんで無視《むし》。

何《なに》、調《しら》べてんだろ。

不思議《ふしぎ》に思《おも》いながら私《わたし》は盛《も》り上《あ》がった部分《ぶぶん》を通《とお》り過《す》ぎた。

すると、周《まわ》りの景色《けしき》が変《か》わる。

そこまでは植林《しょくりん》されたみたいに形《かたち》の整《ととの》った木々《きぎ》が茂《しげ》っていたのに、そこから急《きゅう》に雑多《ざった》な感《かん》じの森《もり》になったんだ。

「このあたりから山《やま》だな。」

若武《わかたけ》が足《あし》を止《と》める。

「いったん古墳《こふん》から降《お》りて、周辺《しゅうへん》を捜《さが》すか。」

私《わたし》も立《た》ち止《ど》まり、後《うし》ろから来《く》る上杉君《うえすぎくん》を振《ふ》り返《かえ》った。

「どうする？」

ところが上杉君《うえすぎくん》は何《なに》も言《い》わずに私《わたし》たちの脇《わき》を通過《つうか》、ドンドン山《やま》の中《なか》に入《はい》っていってしまったんだ。

若武《わかたけ》が舌打《したう》ちした。

「あいつ態度悪《たいどわる》っ！　行動《こうどう》を決《き》めるのは、リーダーの俺《おれ》だぞ。」

そう言《い》うなり、回《まわ》れ右《みぎ》っ！　さっさと引《ひ》き返《かえ》し始《はじ》める。

「来《こ》いアーヤ、とりあえず戻《もど》る。」

遠《とお》ざかっていく上杉君《うえすぎくん》と、戻《もど》っていく若武《わかたけ》の間《あいだ》で、私《わたし》は戸惑《とまど》うばかり。

ううっ、どうしよう!?

目《め》いっぱい頭《あたま》を働《はたら》かせて考《かんが》え、とりあえず上杉君《うえすぎくん》の後《あと》を追《お》いかけることにした。

だって若武《わかたけ》は、来《き》た道《みち》を戻《もど》って自転車《じてんしゃ》を止《と》めてある場所《ばしょ》に帰《かえ》るだけだから、見失《みうしな》っても居場所《いばしょ》はすぐにわかる。

でも上杉君《うえすぎくん》は、どこに行《い》くのかわからないんだ、見失《みうしな》わないようにしないと。

大急《おおいそ》ぎで追《お》いかけて、爪先上《つまさきあ》がりの道《みち》を上《のぼ》る。

ところがっ！

しばらく行《い》くと前方《ぜんぽう》に茂《しげ》った木々《きぎ》が立《た》ち塞《ふさ》がり、道《みち》がなくなってしまったんだ。

はて上杉君《うえすぎくん》は、どこに？

耳《みみ》を澄《す》ますと、右手《みぎて》の茂《しげ》みの間《あいだ》からガサゴソと動《うご》く音《おと》が聞《き》こえてくる。

私《わたし》は身《み》をかがめ、茂《しげ》っている木々《きぎ》の間《あいだ》に入《はい》りこんだ。

「上杉君《うえすぎくん》、どこにいるの？」

何度《なんど》か声《こえ》をかけて、ようやく返事《へんじ》があった。

「こっち。」

え、どっち？

「おまえこそ、どこにいんの？　そっちの位置《いち》がわからなかったら、言《い》いようがねーだろ。」

確《たし》かに。

でも磁石《じしゃく》もなかったし、周《まわ》りは木《き》ばかりで目印《めじるし》になるものもなく、自分《じぶん》の位置《いち》をどう表《あらわ》していいのかわからなかったんだ。

黙《だま》っていると、上杉君《うえすぎくん》はそれを察《さっ》したみたいだった。

「じゃ、いったん道路《どうろ》に戻《もど》ってろ。」

それで素直《すなお》に道路《どうろ》まで戻《もど》り、待《ま》っていた。

やがて茂《しげ》みの間《あいだ》から上杉君《うえすぎくん》が姿《すがた》を見《み》せる。

「すげぇもん、見《み》つけたぜ。」

え、何《なに》っ!?

「来《こ》いよ。」

私《わたし》の手首《てくび》を掴《つか》み、再《ふたた》び茂《しげ》みの中《なか》へ。

前《まえ》を向《む》いたままで、ズンズン歩《ある》きながら言《い》った。

「おまえ、砂原《すなはら》に告《コク》ったんだよな。」

え・・・ここでその話《はなし》？

「あいつは、カッコいい奴《やつ》だけどさ、遠《とお》く離《はな》れてるじゃん。おまえ、つらくない？」

似《に》たようなことを、悠飛《ゆうひ》からも言《い》われた気《き》がした。

告白《こくはく》したのは、半《なか》ば、勢《いきお》いだったんだよ。

ちょっと軽率《けいそつ》すぎたかもって反省《はんせい》してるけど、でも一度《いちど》言《い》ったら責任《せきにん》があるもの。

砂原《すなはら》も喜《よろこ》んでくれたし、取《と》り消《け》せない。

「大丈夫《だいじょうぶ》。電話《でんわ》とかできるし。」

でも、ほんとはできないんだ、砂原《すなはら》の時間《じかん》を取《と》りたくなくて。

これって、変《へん》な関係《かんけい》だよね。

私《わたし》は不安《ふあん》でいっぱいだし・・・。

「おまえがそれでよければ、いいんだけどさ。」

そう言って上杉君《うえすぎくん》は黙《だま》りこみ、そのまま歩《ある》き続《つづ》けて、やがて木々《きぎ》が切《き》り開《ひら》かれた小《ち》さな広場《ひろば》みたいな所《ところ》に出《で》た。

「見《み》ろよ。すげぇだろ。」

私《わたし》の手《て》を放《はな》して指差《ゆびさ》したのは、そこに積《つ》み上《あ》げられていた金属《きんぞく》の小《ち》さな箱《はこ》。

1つ1つは縦《たて》10センチ、横《よこ》20センチ、高《たか》さが20センチくらいの直方体《ちょくほうたい》で、すごく汚《よご》れ、所々《ところどころ》が錆《さ》び付《つ》いている。

全部《ぜんぶ》で、50個《こ》ほどあった。

「何《なに》、これ？」

私《わたし》が聞《き》くと、上杉君《うえすぎくん》は信《しん》じられないといったような顔《かお》になった。

「見《み》て、わかんねーの!?」

わからん。

「バッテリーじゃんよ。」

は？

私《わたし》がなおもわからずにいると、上杉君《うえすぎくん》は苛立《いらだ》ち、片手《かたて》でクチャクチャッと自分《じぶん》の髪《かみ》をかき上《あ》げた。

「あのねぇ、よく聞《き》けよ。」

はい。

「こいつは空気湿電池《くうきしつでんち》。中《なか》には電解液《でんかいえき》が入《はい》っている。」

はぁ・・・。

「観測機器《かんそくきき》や無線装置《むせんそうち》の電源《でんげん》として使《つか》うんだ。その電極《でんきょく》には無機水銀《むきすいぎん》が使《つか》われている。」

あ！

「見《み》ての通《とお》り腐食《ふしょく》してるから、ここから流《なが》れ出《で》た無機水銀《むきすいぎん》が土壌《どじょう》を汚染《おせん》し、地下水脈《ちかすいみゃく》に流《なが》れこんでいることは間違《まちが》いない。」

すごいっ！　よく見《み》つけたね。

「このあたり、小規模《しょうきぼ》の広場《ひろば》ができてるだろ、」

そう言《い》いながら周囲《しゅうい》を眺《なが》め回《まわ》す。

「無人雨量観測所《むじんうりょうかんそくじょ》があった跡《あと》だ。」

へっ？

「無人雨量観測所《むじんうりょうかんそくじょ》は、全国《ぜんこく》に５２３か所設置《しょせっち》されてた。さっき俺《おれ》がスマホで捜《さが》してたのは、その配置図《はいちず》。古墳《こふん》から山《やま》の方《ほう》を眺《なが》めた時《とき》、この部分《ぶぶん》だけ人工的《じんこうてき》に木《き》が刈《か》られてるのが見《み》えたから、土《と》地《ち》の条件《じょうけん》や様子《ようす》からどうもそれらしいと思《おも》って検索《けんさく》したんだ。当《あ》たり。」

私《わたし》が目《め》をパチパチしていると、上杉君《うえすぎくん》は、もうおまえには何《なに》も期待《きたい》せんといったような溜《た》め息《いき》をついた。

「無人雨量観測所《むじんうりょうかんそくじょ》というのは、降水量《こうすいりょう》を測定《そくてい》するために気象庁《きしょうちょう》が山《やま》に設置《せっち》した機械《きかい》だ。観測所《かんそくじょ》っていうと施設《しせつ》みたいだけど、電話《でんわ》ボックスみたいな形《かたち》をした単《たん》なる箱《はこ》だよ。1952年《ねん》から始《はじ》まって、1983年頃《ねんごろ》まで使《つか》われていた。」

そこで言葉《ことば》を止《と》め、じっと私《わたし》の顔《かお》を見《み》る。

「ここまでは、いいか？　わかるな？」

私《わたし》がニッコリすると、ほっとしたように先《さき》を続《つづ》けた。

「無人雨量観測所《むじんうりょうかんそくじょ》の中《なか》には、観測機器《かんそくきき》や無線装置《むせんそうち》が入《はい》っていたんだ。ここに置《お》かれてるバッテリーは、その電源《でんげん》として使《つか》われていたもの。」

何《なん》となくわかった気《き》がするけど、バッテリーだけがここにあって、観測所自体《かんそくじょじたい》がないのは、どうして？

「その後《ご》、レーダー観測技術《かんそくぎじゅつ》が発達《はったつ》したため、無人雨量観測所《むじんうりょうかんそくじょ》は2010年《ねん》に廃止《はいし》され、機械類《きかいるい》の入《はい》ったボックスは撤去《てっきょ》されたんだ。」

ああ、それでないんだね。

「でもその際《さい》、重《おも》いバッテリーを機械《きかい》から抜《ぬ》いて、その場《ば》に放置《ほうち》したっていう事件《じけん》が全国《ぜんこく》のあちこちで起《お》こって、社会問題《しゃかいもんだい》になってるんだ。まさに今《いま》、目《め》の前《まえ》のこの状態《じょうたい》。」

じゃ私《わたし》たち、社会問題《しゃかいもんだい》を目撃《もくげき》してるんだ、なんか感動《かんどう》。

「バッテリー1個《こ》の重《おも》さは、ほぼ3・5キロから4キロで、無人雨量観測所《むじんうりょうかんそくじょ》には7個《こ》くらい使《つか》われてたから、全重量《ぜんじゅうりょう》は24・5キロから28キロ。ここには車《くるま》が入《はい》れないから、人間《にんげん》が手《て》で運《はこ》ばなきゃならない。」

重《おも》かったから、その場《ば》に放置《ほうち》なのかぁ。

でも、ここには、その何倍分《なんばいぶん》もあるよ。

「バッテリーって、毎年交換《まいとしこうかん》しなきゃならないんだ。で、新《あたら》しいのを設置《せっち》して、古《ふる》いのを持《も》って帰《かえ》る。それが面倒《めんどう》で、毎年《まいとし》ここに放《ほう》りっぱなしにしてきたんだろう。」

だからこんなに溜《た》まったんだね。

「これだけあると、総重量《そうじゅうりょう》で200キロは下《くだ》らない。ますます運《はこ》びにくくなっちまったってことだな。」

そう言《い》いながら上杉君《うえすぎくん》は、スマートフォンを出《だ》した。

「早急《さっきゅう》に片付《かたづ》けてもらおう。でないと、水銀被害《すいぎんひがい》がひどくなる一方《いっぽう》だ。」

どこかに電話《でんわ》をかける。

「あの僕《ぼく》、今《いま》、木下古墳《きのしたこふん》に遊《あそ》びに来《き》てるんですが、大量《たいりょう》のバッテリーが放置《ほうち》されてるのを見《み》つけました。腐食《ふしょく》してるので、水銀《すいぎん》が漏《も》れてると思《おも》います。場所《ばしょ》は木下古墳《きのしたこふん》に続《つづ》く山《やま》の途中《とちゅう》です。」

これで回収《かいしゅう》してもらえるよね、よかった。

「さて、俺《おれ》たちチームは、任務《にんむ》を終《お》えた。」

上杉君《うえすぎくん》がスマートフォンをポケットに入《い》れようとした時《とき》、それが鳴《な》り出《だ》した。

画面《がめん》を見《み》てから、私《わたし》の方《ほう》に目《め》を向《む》ける。

「小塚《こづか》からだ。聞《き》く?」

私《わたし》が頷《うなず》くと、スマートフォンを操作《そうさ》し、声《こえ》が聞《き》こえるようにしてくれた。

「僕《ぼく》たちのチームは、古墳《こふん》の調査《ちょうさ》を完了《かんりょう》したよ。中《なか》が広《ひろ》かったからちょっと大変《たいへん》だったけど、遺《い》体《たい》が隠《かく》されていたと思《おも》われる場所《ばしょ》を七鬼《ななき》が特定《とくてい》してくれたんで、僕《ぼく》が調《しら》べた。古《ふる》い血痕《けっこん》と遺体《いたい》の一部《いちぶ》、それに服《ふく》や靴《くつ》を見《み》つけたよ。川《かわ》から見《み》つかった骨《ほね》のデータと照合《しょうごう》すれば、同一人物《どういつじんぶつ》かどうかわかるし、死亡時期《しぼうじき》が特定《とくてい》できる。同《おな》じ時期《じき》に行方不明《ゆくえふめい》になった人間《にんげん》のリストと照《て》らし合《あ》わせて被害者《ひがいしゃ》を見《み》つけることもね。あと足跡《あしあと》も複数発見《ふくすうはっけん》できたし、千切《ちぎ》れた衣服《いふく》の一部《いちぶ》や剥《は》がれた爪《つめ》も見《み》つけた。これらから遺体《いたい》に関係《かんけい》した人間《にんげん》を絞《しぼ》りこめるよ。」

やったね！

「苔《こけ》も採集《さいしゅう》できたんだ。うちに帰《かえ》って培養《ばいよう》する予定《よてい》。」

小塚君《こづかくん》の声《こえ》は、とてもうれしそうだった。

「さっき黒木《くろき》からも電話《でんわ》あったよ。うまくいったみたい。」

へぇ、よかった！

「詳《くわ》しくは、直接聞《ちょくせつき》いてよ。」

その声《こえ》に、忍《しのぶ》の不満《ふまん》げな声《こえ》が重《かさ》なる。

「祟《たた》りの気配《けはい》はまるでなし。遺体《いたい》の置《お》かれていた場所《ばしょ》に不穏《ふおん》な気《き》が漂《ただよ》ってただけで、あとは健全《けんぜん》な、普通《ふつう》の古墳《こふん》だった。つまんないの。」

クスクス。

「じゃ、僕《ぼく》たちは集合場所《しゅうごうばしょ》に向《む》かうからね。ああ、そうだ、若武《わかたけ》と連絡《れんらく》が取《と》れないんだ。電話《でんわ》に出《で》ない。」

はて、どうしたんだろ。

「そっちからも、かけてみてよ。じゃね。」

電話《でんわ》を切《き》った上杉君《うえすぎくん》が、すぐ若武《わかたけ》にかけたものの、やっぱり出《で》なかった。

「俺《おれ》たちも戻《もど》ろう。」

歩《ある》き出《だ》しながら上杉君《うえすぎくん》は黒木君《くろきくん》にかけ、スピーカーフォンにする。

「ああ黒木《くろき》、首尾《しゅび》はどう？」

軽《かる》い笑《わら》いが返《かえ》ってきた。

「上々《じょうじょう》。」

お、余裕《よゆう》だ。

「母親《ははおや》の病院《びょういん》を訪《たず》ねて、大石先生《おおいしせんせい》の生徒《せいと》ですって言《い》って面会《めんかい》した。どうもあまり体調《たいちょう》がよくないみたいだったから、俺《おれ》と翼《たすく》で励《はげ》ましていたら、愛子《あいこ》には悪《わる》いことをしたって言《い》い出《だ》してね。いろいろ話《はな》してくれたよ。どうやらずっと罪悪感《ざいあくかん》に悩《なや》まされていたらしい。」

黒木君《くろきくん》はサラッと言《い》ったけれど、私《わたし》は思《おも》った、誰《だれ》の心《こころ》にもスッと入《はい》りこむあの必殺《ひっさつ》テクニックを使《つか》ったに違《ちが》いないって。

「愛子《あいこ》の父親《ちちおや》は、十数年前《じゅうすうねんまえ》に自殺《じさつ》したんだ。血液型《けつえきがた》はB型《ビーがた》。年齢《ねんれい》も、川《かわ》から出《で》た人骨《じんこつ》の推定年齢《すいていねんれい》と同《おな》じだ。」

じゃ、あれはお父《とう》さんだったんだ。

「自殺《じさつ》した夫《おっと》を発見《はっけん》した愛子《あいこ》の母親《ははおや》は、自宅《じたく》から徒歩《とほ》1～2分《ふん》の所《ところ》にある古墳《こふん》に遺体《いたい》を隠《かく》し、警《けい》察《さつ》には行方不明《ゆくえふめい》になったと届《とど》け出《で》た。」

どうして？

「父親《ちちおや》が自殺《じさつ》した時《とき》、保険《ほけん》が免責期間《めんせききかん》だったんだ。」

免責期間《めんせききかん》？

私《わたし》は、答《こた》えを求《もと》めて上杉君《うえすぎくん》を見《み》る。

上杉君《うえすぎくん》は、さすがにゲンナリした顔《かお》だったけれど、説明《せつめい》だけはしてくれた。

「保険金《ほけんきん》が支払《しはら》われない期間《きかん》のこと。保険契約《ほけんけいやく》は、それを結《むす》んでから一定期間《いっていきかん》が経過《けいか》した後《あと》に開《かい》始《し》されることが多《おお》いんだ。その間《あいだ》に死亡《しぼう》しても、保険金《ほけんきん》はもらえない。」

ありがとう。

黒木君《くろきくん》の、笑《わら》いを含《ふく》んだ声《こえ》がする。

「講義《レクチャー》、終《お》わった？　話《はなし》、再開《さいかい》していいかな。」

どうやら全部聞《ぜんぶき》こえていたらしい、赤面《せきめん》。

「行方不明《ゆくえふめい》になって7年経《ねんた》つと、死亡《しぼう》したと見《み》なされる。それで母親《ははおや》は、7年後《ねんご》に保険金《ほけんきん》を受《う》け取《と》った。」

そうだったんだ。

「娘《むすめ》を大学《だいがく》に行《い》かせるために借《か》りた奨学金《しょうがくきん》の返済《へんさい》に充《あ》てたかったらしいよ。」

なんか・・・気《き》の毒《どく》かも。

「全部自分《ぜんぶじぶん》が考《かんが》えたことで、それを見《み》ていた愛子《あいこ》は手伝《てつだ》わざるをえなくなったんだって、しきりに言《い》ってた。」

それで、お母《かあ》さんのバカ、なんだ。

「ところが奇病《きびょう》が広《ひろ》まり、祟《たた》りの噂《うわさ》が立《た》って古墳《こふん》に調査《ちょうさ》が入《はい》ることになった。その頃《ころ》、母親《ははおや》はもう入院《にゅういん》していたから、愛子《あいこ》が父親《ちちおや》の遺体《いたい》を古墳《こふん》から出《だ》してきて、自分《じぶん》の今《いま》の家《いえ》に運《はこ》んで下水《げすい》に流《なが》したんだ。」

そうだったのか。

「大石家《おおいしけ》は貧《まず》しくて、母親《ははおや》が働《はたら》かないと食《た》べていけなかったみたいだ。近所《きんじょ》で馬鹿《ばか》にされることも多《おお》かったし、愛子《あいこ》には苦労《くろう》をさせたって。」

だから大石先生《おおいしせんせい》は、校長《こうちょう》っていうステータスがほしかったんだね。

「躾《しつけ》をしている暇《ひま》がなくて放《ほう》りっぱなしだったから、いまだに子供《こども》みたいな所《ところ》もあるけれど、根《ね》はすごくいい子《こ》なんだって。」

大石先生《おおいしせんせい》に幼《おさな》い部分《ぶぶん》があるってことは、忍《しのぶ》も言《い》っていたし、私《わたし》も思《おも》っていた、自分《じぶん》の願《ねが》いを叶《かな》えるのに呪《のろ》いなんかに頼《たよ》るのは幼稚《ようち》だって。

大学《だいがく》を卒業《そつぎょう》して就職《しゅうしょく》して社会《しゃかい》に出《で》ても、心《こころ》に子供《こども》の部分《ぶぶん》を抱《かか》えてるって・・・悲劇《ひげき》だなぁ。

それに振《ふ》り回《まわ》される本人《ほんにん》も、きっとつらいだろうし。

私《わたし》、きちんと成長《せいちょう》しよっと！

できるかなぁ・・・。

「で、どうするよ、この事件《じけん》。」

上杉君《うえすぎくん》が問《と》いかけ、黒木君《くろきくん》の溜《た》め息交《いきま》じりの声《こえ》が聞《き》こえた。

「それを相談《そうだん》しようと思《おも》って、さっきから若武先生《わかたけせんせい》に電話《でんわ》してるんだけどさ、出《で》ないんだ。」

どうしたんだろ、若武《わかたけ》。

「とりあえず集合場所《しゅうごうばしょ》に戻《もど》るよ。そっちで会《あ》おう。」

上杉君《うえすぎくん》は電話《でんわ》を切《き》り、足《あし》を速《はや》めながら私《わたし》を振《ふ》り返《かえ》った。

「おまえ、この事件《じけん》、どうするのがいいと思《おも》う？」

私《わたし》は、ちょっと考《かんが》えてから答《こた》えた。

「KZ《カッズ》としては、完璧《かんぺき》に事件《じけん》の全貌《ぜんぼう》と真相《しんそう》を究明《きゅうめい》したといえると思《おも》うんだ。だから私《わたし》としては、もう満足《まんぞく》。」

上杉君《うえすぎくん》が深《ふか》く頷《うなず》く。

「俺《おれ》もだ。」

私《わたし》たちは見《み》つめ合《あ》い、微笑《ほほえ》み合《あ》った。

「今回《こんかい》の事件《じけん》はすごく複雑《ふくざつ》に絡《から》み合《あ》っていて、初《はじ》めはバラバラだったけれど、私《わたし》たちは調査《ちょうさ》を重《かさ》ねて、それぞれの奥《おく》にあったただ1つの真実《しんじつ》にたどり着《つ》いたんだ。そして、そこに光《ひかり》を当《あ》てた。」

私《わたし》たちの周《まわ》りで起《お》こった4つの事件《じけん》は、今《いま》、ついに1つにまとまったのだった。

KZ《カッズ》の書記《しょき》として私《わたし》は、そのきれいなまとまり方《かた》に感動《かんどう》していた。

「私《わたし》たちKZ《カッズ》は、やり遂《と》げたんだよ。」

「そうだな。」

上杉君《うえすぎくん》とそんなふうに見《み》つめ合《あ》うのは初《はじ》めてのことで、そうしているとなんだか心《こころ》が通《かよ》うような気《き》がした。

やがて上杉君《うえすぎくん》がポッと頬《ほお》を染《そ》め、目《め》を逸《そ》らす。

それで私《わたし》も急《きゅう》に恥《は》ずかしくなって、横《よこ》を向《む》いた。

「だから、後《あと》は警察《けいさつ》に任《まか》せてもいいと思《おも》う。私《わたし》たちは、関係者《かんけいしゃ》の誰《だれ》もが、あまり傷《きず》つかずにすむ方法《ほうほう》を考《かんが》えようよ。」

私《わたし》の視界《しかい》の端《はし》で、上杉君《うえすぎくん》が、ふっとこちらを見《み》た。

「おまえって、さ・・・」

そのまま黙《だま》りこみ、ただじっと見《み》つめる。

その目《め》がまぶしくって、私《わたし》はとても困《こま》ってしまい、横《よこ》を向《む》いたままで続《つづ》けた。

「放置《ほうち》されたバッテリーについては、さっき上杉君《うえすぎくん》が電話《でんわ》したからこれ以上《いじょう》の被害《ひがい》は防《ふせ》げるし、大石先生《おおいしせんせい》のお母《かあ》さんには自首《じしゅ》を勧《すす》めた方《ほう》がいいかもしれないね。そしたら本人《ほんにん》も罪悪感《ざいあくかん》から解放《かいほう》されて精神的《せいしんてき》に楽《らく》になれるし、きっと病気《びょうき》もいい方向《ほうこう》に向《む》かうよ。警察《けいさつ》が古墳《こふん》に入《はい》って調《しら》べる時《とき》には、小塚君《こづかくん》が摑《つか》んだ情報《じょうほう》を提供《ていきょう》しよう。それからブラック教室《きょうしつ》の被害者《ひがいしゃ》がもう出《で》ないように、大石先生《おおいしせんせい》をなんとかしないと。」

上杉君《うえすぎくん》が歩《ある》き出《だ》す気配《けはい》がした。

「あの祭壇《さいだん》は、七鬼《な나き》が破壊《はかい》したってさ。もう何《なに》もできないくらい滅茶苦茶《めちゃくちゃ》に。」

あ、よかった。

「大石《おおいし》の母親《ははおや》の取《と》り調《しら》べが進《すす》めば、当然《とうぜん》、大石愛子《おおいしあいこ》も事情聴取《じじょうちょうしゅ》される。うちの市《し》の水道局《すいどうきょく》は新川《しんかわ》から白骨《はっこつ》の残《のこ》りを発見《はっけん》するだろうし、俺《おれ》たちが情報提供《じょうほうていきょう》すれば、すべてが明《あき》らかになる。大石愛《おおいしあい》子《こ》は、この機会《きかい》に大人《おとな》に脱皮《だっぴ》してもらおう。」

そしたら人生《じんせい》をやり直《なお》せるかもね、それがいいよ。

「あっ！」

上杉君《うえすぎくん》が急《きゅう》に足《あし》を止《と》め、真顔《まがお》で私《わたし》を振《ふ》り返《かえ》る。

「新川《しんかわ》から持《も》ち出《だ》した骨《ほね》、まだ小塚《こづか》のとこにあるじゃん。あれって証拠品《しょうこひん》だ。戻《もど》しとかないと、ヤべぇぞ。今度《こんど》は俺《おれ》たちが、警察《けいさつ》に事情聴取《じじょうちょうしゅ》される。」

そうだ、大変《たいへん》っ！

「急《いそ》いで帰《かえ》ろう！」

上杉君《うえすぎくん》が手《て》を伸《の》ばし、私《わたし》の手《て》を摑《つか》んだ。

「おまえ、蝸牛《かたつむり》みたいに腹足《ふくそく》出《だ》すなよ。ちゃんと走《はし》れ。」

しくしくしく・・・。

31　前向《まえむ》きに！

集合場所《しゅうごうばしょ》に戻《もど》ると、小塚君《こづかくん》と忍《しのぶ》、それに黒木君《くろきくん》と翼《たすく》がもう来《き》ていた。

若武《わかたけ》だけが、いない。

「今《いま》、立花《たちばな》と相談《そうだん》したんだけどさ、」

上杉君《うえすぎくん》が、私《わたし》たち2人《ふたり》で話《はな》し合《あ》った結論《けつろん》、警察《けいさつ》に情報提供《じょうほうていきょう》することや、大石先生《おおいしせんせい》のお母《かあ》さんに自首《じしゅ》を勧《すす》めること、そして何《なに》より証拠《しょうこ》の骨《ほね》を新川《しんかわ》に戻《もど》すことなどを話《はな》した。

「それでいいだろ？」

皆《みな》が、いっせいに賛成《さんせい》の手《て》を上《あ》げる。

「じゃ僕《ぼく》、早《はや》く帰《かえ》らないと。」

小塚君《こづかくん》がソワソワしながら皆《みな》を見回《みまわ》した。

「誰《だれ》か、骨《ほね》を戻《もど》すの手伝《てつだ》ってくれないかな。」

忍《しのぶ》が頷《うなず》き、自転車《じてんしゃ》に飛《と》び乗《の》る。

「急《いそ》いで帰《かえ》ろうぜ。じゃな！」

２人《ふたり》で自転車《じてんしゃ》を漕《こ》ぎ出《だ》し、あっという間《ま》に遠《とお》ざかっていった。

それを見《み》ながら黒木君《くろきくん》が片手《かたて》を上《あ》げる。

「俺《おれ》もここで別《わか》れる。病院《びょういん》に戻《もど》って大石《おおいし》の母親《ははおや》を説得《せっとく》、自首《じしゅ》させるから。秀明《しゅうめい》で会《あ》おう。」

長《なが》い脚《あし》を伸《の》ばして自転車《じてんしゃ》に跨《また》がり、振《ふ》り返《かえ》りもせずに道《みち》の向《む》こうに消《き》えていった。

ん、いつもながらカッコいい。

「そんじゃ俺《おれ》たちは、若武先生捜《わかたけせんせいさが》しか？」

上杉君《うえすぎくん》が、嫌《いや》そうに言《い》ったとたん、

「その必要《ひつよう》はない。」

声《こえ》と共《とも》に、竹藪《たけやぶ》の中《なか》から若武《わかたけ》の姿《すがた》が現《あらわ》れた。

なんとっ、びしょ濡《ぬ》れっ！

「どうしたの？」

翼《たすく》に聞《き》かれて、忌々《いまいま》しそうにポケットからスマートフォンを出《だ》した。

「ここに戻《もど》ってきても誰《だれ》もいねーからさ、待《ま》ってたんだけど退屈《たいくつ》しちゃって、あっちの道《みち》の上《うえ》に大《おお》きな岩《いわ》が見《み》えたから、おもしろそうだと思《おも》って上《のぼ》ってたんだ。そしたら滑《すべ》って下《した》の川《かわ》に落《お》ちた。スマホ、即死《そくし》。」

それで通《つう》じなかったんだ。

「ま、いい。調査《ちょうさ》は完結《かんけつ》したんだろ。報告《ほうこく》してくれ、俺《おれ》がまとめてテレビ局《きょく》に持《も》っていく。」

ああ・・・。

私《わたし》たちは顔《かお》を見合《みあ》わせた。

「俺《おれ》、」

翼《たすく》が素早《すばや》く口《くち》を開《ひら》く。

「やるべきことはやったから、ここで別《わか》れる。この向《む》こう30分《ぷん》くらいの所《ところ》に、桃太郎伝説《ももたろうでんせつ》の鬼《き》ノ城《じょう》があるんだ。そこを見《み》にいくから。じゃあね。」

私《わたし》も、あわてて言《い》った。

「あ、私《わたし》も行《い》きたかったんだ、一緒《いっしょ》に行《い》こ。」

素早《すばや》く自転車《じてんしゃ》に乗《の》り、漕《こ》ぎ出《だ》しながら振《ふ》り返《かえ》ると、若武《わかたけ》のそばに1人《ひとり》残《のこ》された上杉君《うえすぎくん》が、息《いき》を呑《の》んで固《かた》まっていた。

「ごめん、よろしく!」

何《なん》だかおかしくなって笑《わら》い出《だ》しながら前《まえ》を向《む》き、翼《たすく》の後《あと》を追《お》って一生懸命《いっしょうけんめい》に自転車《じてんしゃ》を漕《こ》ぐ。

私《わたし》、いつかこの事件《じけん》を砂原《すなはら》に話《はな》そう。

砂原《すなはら》は忙《いそが》しいだろうけど、もし時間《じかん》ができたら、きっと電話《でんわ》をかけてきてくれるだろう。

その時《とき》いつでも報告《ほうこく》できるように、きちんと整理《せいり》をして、心《こころ》の中《なか》に大事《だいじ》に取《と》っておくんだ。

私《わたし》もこんな活動《かつどう》をしてるよって話《はな》して、だから砂原《すなはら》も頑張《がんば》ってねって言《い》うんだ、絶対《ぜったい》！

「ようやく終《お》わったね。」

翼《たすく》が、走《はし》りながらこちらを振《ふ》り向《む》いた。

「事件《じけん》は、解決《かいけつ》したんだ。」

とてもきれいな、輝《かがや》くような笑顔《えがお》だった。

「アーヤが無事《ぶじ》でよかったよ。」

ん、いろいろありがと。

「薫先生《かおるせんせい》、回復《かいふく》に向《む》かってるみたいだよ。」

ほんとっ、よかった！

「お土産《みやげ》買《か》って帰《かえ》ろうか？　もちろんキビダンゴ！」

私《わたし》は頷《うなず》きながら思《おも》った、一日《いちにち》も早《はや》く薫先生《かおるせんせい》がよくなりますようにって。

《完《かん》》

あとがき

藤本《ふじもと》ひとみです、いつも読《よ》んでくださってありがとう！

今回《こんかい》は、ホットなお知《し》らせがあります。

この事件《じけん》ノートシリーズは、これまでＫƵ《カッズ》とＧ《ジエニ》、そしてＫƵＤ《カッズディー》の３つで同時進行《どうじしんこう》してきました。

Ｇ《ジエニ》は、彩《あや》の妹《いもうと》の奈子《なこ》が主人公《しゅじんこう》の物語《ものがたり》。

ＫƵＤ《カッズディー》は、ＫƵ《カッズ》　Ｄｅｅｐ《ディープ》　Ｆｉｌｅ《ファイル》の略《りゃく》で、ＫƵ《カッズ》メンバーの心理《しんり》や過去《かこ》、プライベートを深《ふか》く掘《ほ》り下《さ》げた物語《ものがたり》です。

ここに、新《あたら》しい作品《さくひん》が加《くわ》わることになりました。

今《いま》までに寄《よ》せられたたくさんのご要望《ようぼう》にお応《こた》えするためのもので、高校生《こうこうせい》になったＫƵ《カッズ》メンバーが活躍《かつやく》する推理《すいり》サスペンスドラマです。

名前《なまえ》は、ＫƵ《カッズ》　Ｕｐｐｅｒ《アッパー》　Ｆｉｌｅ《ファイル》、略《りゃく》してＫƵＵ《カッズユー》。

もちろん他《ほか》のＫƵ本《カッズぼん》と同様《どうよう》に、新《あたら》しい事件《じけん》を扱《あつか》い、謎《なぞ》を解決《かいけつ》して終《お》わります。

このKZU《カッズユー》の1冊目《さつめ》は、高校生《こうこうせい》になった上杉《うえすぎ》たち。

そのカッコいい姿《すがた》と、恋《こい》をたっぷりとお目《め》にかけます。

発刊《はっかん》は、２０１８年《ねん》6月《がつ》の予定《よてい》。

タイトルは、「失楽園《しつらくえん》のイヴ」。

どうぞ、お楽《たの》しみに、トン！

あ、精神年齢《せいしんねんれい》が13歳以下《さいいか》の方々《かたがた》には、お勧《すす》めできません。なにしろ高校生《こうこうせい》の恋愛《れんあい》ですから。

14歳以上《さいいじょう》の方々《かたがた》のみ、どうぞ充分《じゅうぶん》にご堪能《たんのう》ください、トントン!!

住滝良《すみたきりょう》です。
オリジナルの作品《さくひん》を書《か》いていますが、ど〜も、うまく進《すす》みません。
3ページ書《か》いて2ページ戻《もど》り、5ページ書《か》いて4ページ戻《もど》り、2ページ書《か》いて4ページ戻《もど》ってしまう、しくしくしく。
高校《こうこう》や大学時代《だいがくじだい》に自分《じぶん》が書《か》いていた作品《さくひん》は、日本《にほん》の平安時代《へいあんじだい》や鎌倉時代《かまくらじだい》、あるいは宇宙《うちゅう》を舞台《ぶたい》にしたファンタジーでした。

それが好《す》きだったのですが、今《いま》、読《よ》み返《かえ》してみると、

「これ、何《なに》？」

という感《かん》じのものも多《おお》く、ますます自信《じしん》を失《うしな》います。

趣味《しゅみ》の御朱印集《ごしゅいんあつ》めで神社仏閣《じんじゃぶっかく》を回《まわ》っていますが、その時《とき》には、お賽銭《さいせん》を納《おさ》めて両手《りょうて》を合《あ》わせ、

「どーぞ、オリジナルを完成《かんせい》できますよう、力《ちから》を貸《か》してください。」

と・・・もはや神頼《かみだの》み状態《じょうたい》に突入《とつにゅう》してます、トホホ。

「事件《じけん》ノート」シリーズの次作《じさく》は、2018年《ねん》6月《がつ》発売予定《はつばいよてい》のKZU《カッズユー》『失楽園《しつらくえん》のイヴ』です。お楽《たの》しみに！

この物語《ものがたり》はフィクションです。KZ《カッズ》メンバーが、子《こ》どもには好《この》ましくない行動《こうどう》に出《で》ることがありますが、読者《どくしゃ》のみなさんは、けっしてまねしないでくださいね。（編集部《へんしゅうぶ》）

この作品は書き下ろしです。

＊原作者紹介

藤本《ふじもと》ひとみ

長野県生まれ。西洋史への深い造詣と綿密な取材に基づく歴史小説で脚光をあびる。フランス政府観光局親善大使をつとめ、現在AF（フランス観光開発機構）名誉委員。著作に、『皇妃エリザベート』『シャネル』『アンジェリク　緋色の旗』『ハプスブルクの宝剣』『幕末銃姫伝』など多数。青い鳥文庫の作品では『三銃士』『マリー・アントワネット物語』（上・中・下巻）がある。

＊著者紹介

住滝《すみたき》 良《りょう》

千葉県生まれ。大学では心理学を専攻。ゲームとまんがを愛する東京都在住の小説家。性格はポジティブで楽天的。趣味は、日本中の神社や寺の御朱印集め。

＊画家紹介

駒形《こまがた》

大阪府在住。京都の造形大学を卒業後、フリーのイラストレーターとなる。おもなさし絵の作品に「動物と話せる少女リリアーネ」シリーズ（学研教育出版）がある。

講談社　青い鳥文庫

探偵《たんてい》チームＫＺ《カッズ》事件《じけん》ノート
ブラック教室《きょうしつ》は知《し》っている
藤本《ふじもと》ひとみ　原作
住滝《すみたき》　良《りょう》　文

2018年３月15日　第１刷発行

（定価はカバーに表示してあります。）
発行者　鈴木　哲
発行所　株式会社講談社
東京都文京区音羽 2-12-21　郵便番号 112-8001
電話　編集（03）5395-3536
販売（03）5395-3625
業務（03）5395-3615

N.D.C.913　356p　18cm

装　丁　久住和代
印　刷　図書印刷株式会社
製　本　図書印刷株式会社
本文データ制作　講談社デジタル製作

ISBN978-4-06-285684-3

どこから読《よ》んでも楽《たの》しめる！

探偵《たんてい》チーム KZ カッズ 事件《じけん》ノート

藤本《ふじもと》ひとみ／原作《げんさく》
住滝《すみたき》 良《りょう》／文《ぶん》
駒形《こまがた》／絵《え》

消《き》えた自転車《じてんしゃ》は知《し》っている

第一印象《だいいちいんしょう》は最悪《さいあく》！なエリート男子《だんし》４人《にん》と探偵《たんてい》チーム結成《けっせい》！

本格《ほんかく》ミステリーはここから始《はじ》まった！

切《き》られたページは知《し》っている

だれも借《か》りてないはずの図書《としょ》室《しつ》の本《ほん》からページが消《き》えた!?

キーホルダーは知《し》っている

なぞの少年《しょうねん》が落《お》とした鍵《かぎ》にかくされた秘密《ひみつ》とは!?

卵《たまご》ハンバーグは知《し》っている

給食《きゅうしょく》を食《た》べた若武《わかたけ》がひどい目《め》に！ あのハンバーグに何《なに》が？

砂原《すなはら》、初登場《はっとうじょう》です!!

緑《みどり》の桜《さくら》は知《し》っている

ひとり暮《ぐ》らしの老婦人《ろうふじん》が行方《ゆくえ》不明《ふめい》に!? 失踪《しっそう》か？ 事件《じけん》か!?

洋館《ようかん》に隠《かく》された恐《おそ》るべき秘密《ひみつ》！

シンデレラ特急《とっきゅう》は知《し》っている

ＫＺ《カッズ》がついに海外《かいがい》へ!! リーダー若武《わかたけ》の目標《もくひょう》は超《ちょう》・世界基準《せかいきじゅん》！

砂原《すなはら》ファンは
見逃《みのが》せない１冊《さつ》！

シンデレラの城《しろ》は知《し》っている

ＫＺ《カッズ》、最大《さいだい》のピンチ!! おちいった罠《わな》から脱出《だっしゅつ》できるか!?

ＫＺ《カッズ》初《はつ》の海外編《かいがいへん》！

クリスマスは知《し》っている

若武《わかたけ》がついに「解散《かいさん》」を宣言《せんげん》！
ＫＺ最後《カッズさいご》の事件《じけん》になるか!?

裏庭《うらにわ》は知《し》っている

若武《わかたけ》に掃除《そうじ》サボりのヌレギヌが！
そこへ上杉《うえすぎ》の数学《すうがく》１位転落《いてんらく》!?

初恋《はつこい》は知《し》っている 若武編《わかたけへん》

「ついに初恋《はつこい》だぜ！ すごいだろ。」若武《わかたけ》、堂々《どうどう》の告白《こくはく》！

若武《わかたけ》の恋《こい》バナ
がとんでもな
いことに！

天使《てんし》が知《し》っている

「天使《てんし》」に秘《ひ》められたメッセージとは!? この事件《じけん》は過去最大級《かこさいだいきゅう》！

バレンタインは知《し》っている

砂原《すなはら》と再会《さいかい》！　心《こころ》ときめくバレンタインは大事件《だいじけん》の予感《よかん》！

ハート虫《むし》は知《し》っている

転校生《てんこうせい》はパーフェクトな美少《びしょう》年《ねん》！ そして、若武《わかたけ》のライバル!?

最大《さいだい》のピンチ！
どうする、若武《わかたけ》!?

お姫《ひめ》さまドレスは知《し》っている

若武《わかたけ》、ＫＺ除名《カッズじょめい》!?　そして
美門翼《みかどたすく》にも危機《きき》が……。

超《ちょう》・強力《きょうりょく》な
新《しん》キャラ登場《とうじょう》！

KZ《カッズ》に雇《やと》い主《ぬし》が
みつかる!?

青《あお》いダイヤが知《し》っている

高級《こうきゅう》ダイヤの盗難《とうなん》事件《じけん》発生《はっせい》！
若武《わかたけ》にセカンド・ラヴ到来《とうらい》か!?

男《おとこ》の子《こ》たちの
友情《ゆうじょう》とは!?

赤《あか》い仮面《かめん》は知《し》っている

砂原《すなはら》が13歳《さい》で社長《CEO》に！ KZ《カッズ》最大《さいだい》
の10億円黒《おくえんくろ》ルビー事件《じけん》ぼっ発《ぱつ》！

黄金《おうごん》の雨《あめ》は知《し》っている

上杉《うえすぎ》が女《おんな》の子《こ》を誘《さそ》う!?　その
意外《いがい》な真相《しんそう》とは!?

彩《あや》の宣言《せんげん》、
上杉《うえすぎ》の告白《こくはく》！

七夕姫《たなばたひめ》は知《し》っている

屋敷《やしき》に妖怪《ようかい》が住《す》む!?　忍《しの》びこん
だKZ《カッズ》メンバーが見《み》たものは。

消《き》えた美少女《びしょうじょ》は知《し》っている

KZ《カッズ》に近《ちか》づく謎《なぞ》の美少女《びしょうじょ》の目的《もくてき》は!?

妖怪《ようかい》パソコンは知《し》っている

不登校《ふとうこう》のクラスメイトは、
妖怪《ようかい》の末裔《まつえい》!?

KZ《カッズ》が分裂《ぶんれつ》、
解散《かいさん》へ!?

本格《ほんかく》ハロウィンは知《し》っている

砂原《すなはら》が極秘《ごくひ》帰国《きこく》!?　彩《あや》が拾《ひろ》った
スマホから思《おも》わぬ事件《じけん》へ！

パーティーで
何《なに》かが起《お》こる!?

アイドル王子《おうじ》は知《し》っている

KZ《カッズ》がアイドルに!?
さらに神剣《しんけん》の呪《のろ》いとは。

アイドルが家《うち》に
やってきた！

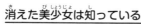

心《こころ》ときめく
新《あら》たな出会《であ》い♡

学校《がっこう》の都市伝説《としでんせつ》は知《し》っている

一見《いっけん》、ただの都市伝説《としでんせつ》。
その裏《うら》には!?

危《あぶ》ない誕生日《たんじょうび》ブルーは知《し》っている

ＫＺ《カッズ》メンバーが、次々《つぎつぎ》と負傷《ふしょう》。
疑惑《ぎわく》の目《め》はイケメン新《しん》キャラに。

コンビニ仮面《かめん》は知《し》っている

空《あ》き家《や》を探《さぐ》るＫＺ《カッズ》の前《まえ》に、
マニキュアを塗《ぬ》った男《おとこ》たちが!?

ブラック教室《きょうしつ》は知《し》っている

彩《あや》の机《つくえ》の上《うえ》に置《お》かれた呪《のろ》いの
藁人形《わらにんぎょう》。事件《じけん》の予感《よかん》が——。

これは大事件《だいじけん》の
予感《よかん》がする!

「探偵《たんてい》チームＫＺ《カッズ》事件《じけん》ノート」は、まだまだ続《つづ》きます!

探偵《たんてい》チームKZ《カッズ》事件《じけん》ノート 100冊読書《さつどくしょ》ノート

かわいいキャラの
シール付《つ》き!!

あなたの読書《どくしょ》を
KZ《カッズ》メンバーが
応援《おうえん》します!

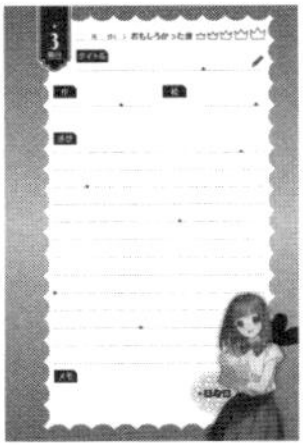

・かわいいちびキャラたくさん!
・全《ぜん》ページにイラスト入《い》り!
・書《か》けるスペースたっぷり!
・100冊分《さつぶん》書《か》けるよ!

妖精《ようせい》チームG《ジェニ》事件《じけん》ノート

こんにちは、奈子《なこ》です。姉《あね》の彩《あや》から、超天然《ちょうてんねん》と言《い》われている私《わたし》は、秀明《しゅうめい》の特別《とくべつ》クラス「G《ジェニ》」に通《かよ》っています。

このG《ジェニ》というのは、ｇｅｎｉｅ《ジェニ》の略《りゃく》で、フランス語《ご》で妖精《ようせい》という意味《いみ》。同《おな》じクラスにはカッコいい3人《にん》の男子《だんし》がいて、皆《みんな》で探偵《たんてい》チームを作《つく》っています。

妖精《ようせい》チームG《ジェニ》は、妖精《ようせい》だけに、事件《じけん》を消《け》してしまえる！

これは、過去《かこ》のどんな名探偵《めいたんてい》にもできなかった至難《しなん》の業《わざ》なんだ。

ＫＺ《カッズ》の若武先輩《わかたけせんぱい》、上杉先輩《うえすぎせんぱい》や小塚《こづか》さんも手伝《てつだ》ってくれるしね。

さぁ**妖精《ようせい》チームG《ジェニ》**の世界《せかい》をのぞいてみて！

すっごくワクワク、ドキドキ、最高《さいこう》だよっ!!

妖精《ようせい》チームGジェニ事件《じけん》ノート

わたしたちが活躍《かつやく》します！

立花《たちばな》 奈子《なこ》
Nako Tachibana
主人公《しゅじんこう》。大学生《だいがくせい》の兄《あに》と高《こう》校生《こうせい》の姉《あね》がいる。小学《しょうがく》5年生《ねんせい》。超《ちょう》・天然系《てんねんけい》。

火影《ひかげ》 樹《たつき》
Tatsuki Hikage
野球部《やきゅうぶ》で4番《ばん》を打《う》ち、リーダーシップと運動《うんどう》神経《しんけい》、頭脳《ずのう》をあわせ持《も》つ小学《しょうがく》6年生《ねんせい》。

若王子《わかおうじ》 凜《りん》
Rin Wakaouji
フランスのエリート大学《だいがく》で学《まな》んでいた小学《しょうがく》5年生《ねんせい》。繊細《せんさい》な美貌《びぼう》の持《も》ち主《ぬし》。

美織《みおり》 鳴《めい》
Mei Miori
音楽大学付属中学《おんがくだいがくふぞくちゅうがく》に通《かよ》う中学《ちゅうがく》1年生《ねんせい》。ヴァイオリンの名手《めいしゅ》だが、元《もと》ヤンキーの噂《うわさ》も。

好評《こうひょう》発売中《はつばいちゅう》！

クリスマスケーキは知《し》っている
塾《じゅく》の特別《とくべつ》クラス「妖精《ようせい》チームG《ジェニ》」に入《はい》った奈子《なこ》に、思《おも》いもかけない事件《じけん》が！

星形《ほしがた》クッキーは知《し》っている
美織《みおり》にとんでもない疑惑《ぎわく》!? クラブZ《ゼータ》と全面対決《ぜんめんたいけつ》!?

5月《がつ》ドーナツは知《し》っている
G《ジェイ》チームが、初《はつ》の敗北《はいぼく》!? 一方《いっぽう》、奈子《なこ》は印象的《いんしょうてき》な少年《しょうねん》に出会《であ》って・・・。

〈歴史《れきし》発見《はっけん》！ドラマシリーズ〉

藤本ひとみ／作　K2商会／絵

マリー・アントワネット物語《ものがたり》 上
夢《ゆめ》みる姫君《ひめぎみ》

「わたし、花《はな》のフランスに行《い》って、だれよりもしあわせになるのよ！」フランス革命《かくめい》のきっかけとなったことで有名《ゆうめい》なお姫《ひめ》さまの真実《しんじつ》の姿《すがた》は、よくいる普通《ふつう》の女《おんな》の子《こ》だったのです！　おちゃめで明《あか》るく元気《げんき》な少女《しょうじょ》が、お嫁《よめ》に来《き》てから仲間《なかま》はずれにならないためにどれほどがんばったのか――。その奮闘《ふんとう》がわかる、楽《たの》しい歴史《れきし》ドラマにワクワク。

歴史発見《れきしはっけん》！ドラマシリーズ

藤本ひとみ／作　K2商会／絵

マリー・アントワネット物語《ものがたり》 中
恋《こい》する姫君《ひめぎみ》

まだ14歳《さい》で、たった一人《ひとり》でフランスにやってきたマリー・アントワネット。仲間《なかま》はずれにならないように、一生懸命《いっしょうけんめい》がんばりましたが、うまくいかず宮廷《きゅうてい》で孤立《こりつ》するハメに。そんなとき、やっと出会《であ》えた初恋《はつこい》の相手《あいて》とは……。とんでもないトラブルにまきこまれながらも、本当《ほんとう》に大切《たいせつ》なものとはなんなのかに気《き》づき始《はじ》めるのですが……。読《よ》んで楽《たの》しく心《こころ》ときめく歴史《れきし》ドラマ！

歴史発見《れきしはっけん》！ドラマシリーズ

藤本《ふじもと》ひとみ／作《さく》　K2商会《ケーツーしょうかい》／絵《え》

マリー・アントワネット物語《ものがたり》 下《げ》
戦《たたか》う姫君《ひめぎみ》

宮廷《きゅうてい》をゆるがした「ダイヤの首飾《くびかざ》り事件《じけん》」に運悪《うんわる》く巻《ま》き込《こ》まれてしまったり、ほかにも数々《かずかず》のトラブルにあうなかで、「本当《ほんとう》に大切《たいせつ》なもの」に気《き》づき始《はじ》めたマリー・アントワネット。革命《かくめい》の色《いろ》がどんどん濃《こ》くなっていくフランスで、心《こころ》の支《ささ》えは真実《しんじつ》の恋《こい》だけ……。読《よ》んで楽《たの》しい歴史《れきし》ドラマ、いよいよ最高《さいこう》のクライマックスです！

青《あお》い鳥《とり》文庫《ぶんこ》で読《よ》める名作《めいさく》

A・デュマ／原作《げんさく》
藤本《ふじもと》ひとみ／文《ぶん》　K2商会《ケーツーしょうかい》／絵《え》

『三銃士《さんじゅうし》』

ひとりはみんなのために、
みんなはひとりのために！

冒険《ぼうけん》…
友情《ゆうじょう》…
恋《こい》…

読《よ》みはじめたらとまらない！
胸《むね》が熱《あつ》くなる、
命《いのち》をかけた冒険活劇《ぼうけんかつげき》！

「わたしの名《な》はダルタニャン。わたしの剣《けん》を受《う》けてみろ！」ルイ王朝華《おうちょうはな》やかなりしころのフランス，花《はな》の都《みやこ》パリ。片田舎《かたいなか》からやってきた，熱《あつ》い心《こころ》をもつ青年《せいねん》ダルタニャンは，３人《にん》の勇敢《ゆうかん》な銃士《じゅうし》，アトス，ポルトス，アラミスに出会《であ》う。そして彼《かれ》らとともに，国家《こっか》をゆるがす陰謀《いんぼう》に立《た》ち向《む》かうことに！　恋《こい》と友情《ゆうじょう》に命《いのち》をかけた，手《て》に汗《あせ》にぎる冒険活劇《ぼうけんかつげき》，ここに登場《とうじょう》。

「講談社《こうだんしゃ》 青《あお》い鳥文庫《とりぶんこ》」刊行《かんこう》のことば

太陽《たいよう》と水《みず》と土《つち》のめぐみをうけて、葉《は》をしげらせ、花《はな》をさかせ、実《み》をむすんでいる森《もり》。小《こ》鳥《とり》や、けものや、こん虫《ちゅう》たちが、春《はる》・夏《なつ》・秋《あき》・冬《ふゆ》の生活《せいかつ》のリズムに合《あ》わせてくらしている森《もり》。森《もり》には、かぎりない自然《しぜん》の力《ちから》と、いのちのかがやきがあります。

本《ほん》の世界《せかい》も森《もり》と同《おな》じです。そこには、人間《にんげん》の理想《りそう》や知恵《ちえ》、夢《ゆめ》や楽《たの》しさがいっぱいつまっています。

本《ほん》の森《もり》をおとずれると、チルチルとミチルが「青《あお》い鳥《とり》」を追《お》い求《もと》めた旅《たび》で、さまざまな体験《たいけん》を得《え》たように、みなさんも思《おも》いがけないすばらしい世界《せかい》にめぐりあえて、心《こころ》をゆたかにするにちがいありません。

「講談社《こうだんしゃ》 青《あお》い鳥文庫《とりぶんこ》」は、七十年《ねん》の歴史《れきし》を持《も》つ講談社《こうだんしゃ》が、一人《ひとり》でも多《おお》くの人《ひと》のために、すぐれた作品《さくひん》をよりすぐり、安《やす》い定価《ていか》でおおくりする本《ほん》の森《もり》です。その一さつ一さつが、みなさんにとって、青《あお》い鳥《とり》であることをいのって出版《しゅっぱん》していきます。この森《もり》が美《うつく》しいみどりの葉《は》をしげらせ、あざやかな花《はな》を開《ひら》き、明日《あす》をになうみなさんの心《こころ》のふるさととして、大《おお》きく育《そだ》つよう、応援《おうえん》を願《ねが》っています。

昭和《しょうわ》五十五年《ねん》十一月《がつ》

講談社